heraus-arbeiten	Lautet deine Aufgabe, dass du bestimmte Informationen z. B. aus einem Text herausarbeiten sollst, musst du aus dem Material Sachverhalte herausfinden. In der Regel steht in der Aufgabe, um welche Informationen es sich dabei handelt. Wenn du die einzelnen Informationen herausgearbeitet hast, musst du abschließend Zusammenhänge zwischen ihnen herstellen. Formuliere in eigenen Worten und in sinnvoller Reihenfolge.	
analysieren	Wenn du Materialien wie Texte oder Grafiken analysieren sollst, geht es nicht nur darum, alle Besonderheiten des Materials aufzuzählen. Du musst die Informationen, die du dem Material entnimmst, ordnen, auswerten und in einen logischen Zusammenhang bringen.	
darstellen	Deine Aufgabe ist es, Informationen zu einem Begriff oder Thema in einem logischen Zusammenhang wiederzugeben. Dabei sollst du auch Fachwörter verwenden. Das Darstellen von zusammenhängenden Informationen kann auch anhand eines Schaubilds erfolgen.	
vergleichen	Vergleichen bedeutet, dass du Sachverhalte bzw. Informationen gegenüberstellen sollst, um Gemeinsamkeiten, Ähnlichkeiten bzw. Unterschiede herauszufinden.	

Anforderungsbereich III:

Arbeitsanweisung in der Aufgabe	Was ist genau zu tun?	Was dir zusätzlich helfen kann
begründen	Etwas zu begründen heißt, zu einer Aussage passende, logische Argumente zu formulieren.	Folgende Formulierungen können dir bei einer Begründung helfen: *„Dafür/dagegen spricht …"* *„Ein Grund dafür ist …"*
Stellung nehmen	Du sollst Stellung nehmen zu einer Aussage von anderen oder zu einem bestimmten Sachverhalt. Dabei geht es darum herauszufinden, ob die Aussage überzeugend und somit logisch oder z. B. gerecht ist. Gib dabei die Gründe für dein Urteil an.	Folgende Formulierungen kannst du verwenden: *„Ich halte die Aussage für überzeugend, weil …"* *„Weniger/nicht überzeugend ist, dass …"* *„Ich halte das für richtig (bzw. falsch), weil …"*
diskutieren	Im Unterricht setzt du dich mit verschiedenen Sachverhalten, Problemstellungen oder Konzepten auseinander. Beim Diskutieren geht es um einen Austausch von Argumenten bzw. verschiedenen Sichtweisen zu bestimmten Dingen, um sich am Schluss eine begründete Meinung dazu bilden zu können.	Diese Formulierungen kannst du verwenden: *„Dafür spricht …"* *„Dagegen spricht …"* *„Ich bin der Meinung, dass …"* *„Bei diesem Punkt muss ich dir widersprechen, weil …"*
(über)prüfen	Überlege dir auf Grundlage deiner Kenntnisse oder mithilfe zusätzlicher Materialien, ob du eine Aussage, eine Vermutung oder einen bestimmten Sachverhalt richtig findest oder teilst, oder nicht. Begründe dein Ergebnis mit Fachwissen.	

#Politik

Politik für die Realschule,
Gesamtschule und
Sekundarschule

Band 5/6

Bearbeitet von

Barbara Hansen
Nicola Huhn
André Kost
Oliver Schulz
Veronika Simon
Teresa Tuncel

Nordrhein-Westfalen

C.C.BUCHNER

#Politik – Nordrhein-Westfalen

Politik für die Realschule, Gesamtschule und Sekundarschule

Band 5/6

Bearbeitet von Barbara Hansen, Nicola Huhn, André Kost, Oliver Schulz, Veronika Simon und Teresa Tuncel

Zu diesem Lehrwerk sind geplant:

- Digitales Lehrermaterial **click & teach 5/6** Einzellizenz, Bestell-Nr. 700661
- Digitales Lehrermaterial **click & teach 5/6** Box (Karte mit Freischaltcode), ISBN 978-3-661-70066-3
- **Differenzierungsheft** 5/6, ISBN 978-3-661-70071-7

Weitere Materialien finden Sie unter www.ccbuchner.de.

Dieser Titel wird auch als digitale Ausgabe **click & study** unter www.ccbuchner.de erscheinen.

1. Auflage, 1. Druck 2020

Dieses Werk folgt der reformierten Rechtschreibung und Zeichensetzung. Ausnahmen bilden Texte, bei denen künstlerische, philologische oder lizenzrechtliche Gründe einer Änderung entgegenstehen.

Redaktion: Meike Rademacher

Layout, Satz und Illustrationen: Wildner + Designer GmbH, Fürth

Druck und Bindung: Firmengruppe Appl, aprinta Druck, Wemding

www.ccbuchner.de

ISBN: 978-3-661-**70061**-8

Inhalt

Übersicht: Gemeinsam aktiv

Übersicht: Methoden

Übersicht: Methodenglossar

Zur Arbeit mit dem Buch

1 Jedes Kapitel beginnt mit einer **Auftaktdoppelseite.**
Material und offene Aufgaben ermöglichen euch eine erste Annäherung an die Inhalte des neuen Kapitels. Dabei könnt ihr auch zeigen, was ihr schon über das Thema wisst. Außerdem hilft euch ein kleiner Einführungstext, einen Überblick zu bekommen. Über welches Wissen und Können ihr am Ende des Kapitels verfügt, könnt ihr ebenfalls nachlesen.

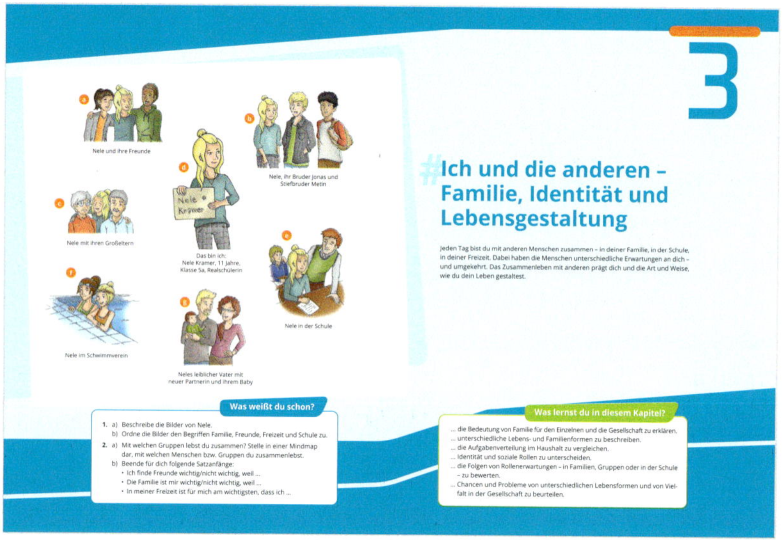

2 Auf den ersten zwei Seiten im Kapitel wird euch immer ein Weg vorgestellt, über den ihr weitgehend selbständig das Kapitel bearbeiten könnt (**„Gemeinsam aktiv“**)! Dazu müsst ihr euch projektartig mit den Materialien und Inhalten des Kapitels auseinandersetzen und abschließend ein Produkt dazu erstellen.

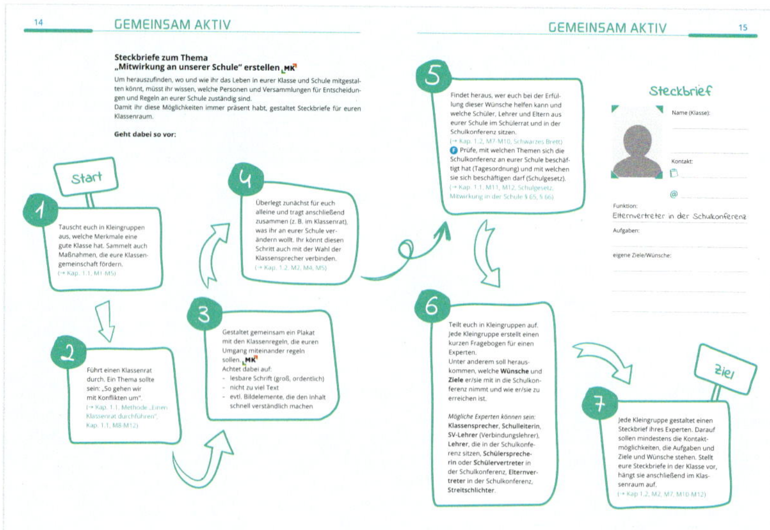

3 Aufgebaut sind die einzelnen **Unterkapitel** ganz einfach:
Das Thema wird in der Überschrift und wenige Zeilen darunter erläutert.
Die **Materialien** sind immer mit „M“ gekennzeichnet und durchnummeriert.
Am Ende jeder Doppelseite ist ein Aufgabenblock platziert. Die **Aufgaben** zeigen euch, wie ihr mit den Materialien arbeiten könnt.
Natürlich lernt und arbeitet nicht jeder gleich schnell. Deswegen gibt es in der Randspalte oft **Hilfen** H oder auch **Zusatzangebote** F zu den einzelnen Aufgaben.
Das Symbol ◌ zeigt an, dass es dieses Material oder diese Aufgabe auch in einer – häufig einfacheren – Variante gibt.

4 Ausgewählte wichtige Begriffe eines Themas werden in blauen Kästen als **Grundbegriffe** erklärt und mit einem # gekennzeichnet: Die Kernaussage findet ihr jeweils gleich zu Anfang, ergänzt um Details, Beispiele und Fachbegriffe.
Das ebenfalls blaue **Grundwissen** schließt jedes Unterkapitel ab. Hier werden die wesentlichen Inhalte zusammengefasst. Ihr könnt zur Nacharbeit oder zur Vorbereitung einer mündlichen oder schriftlichen Prüfung das Wichtigste nachlesen.

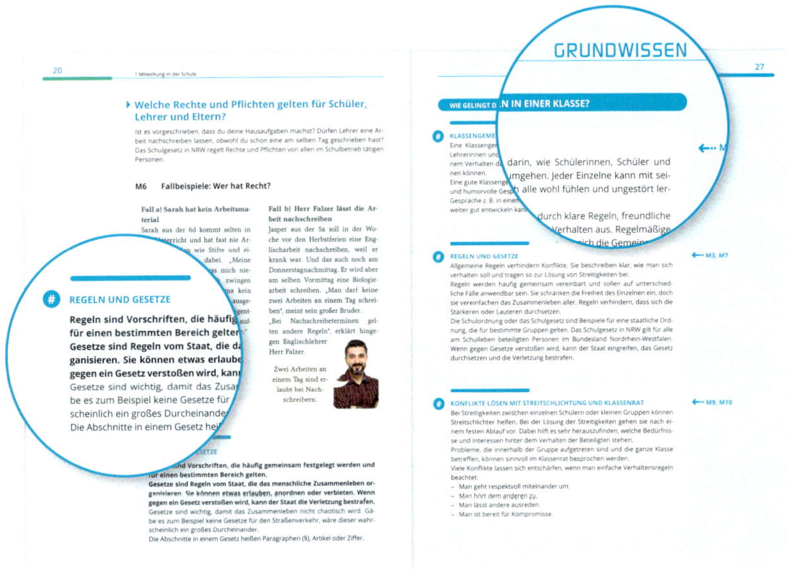

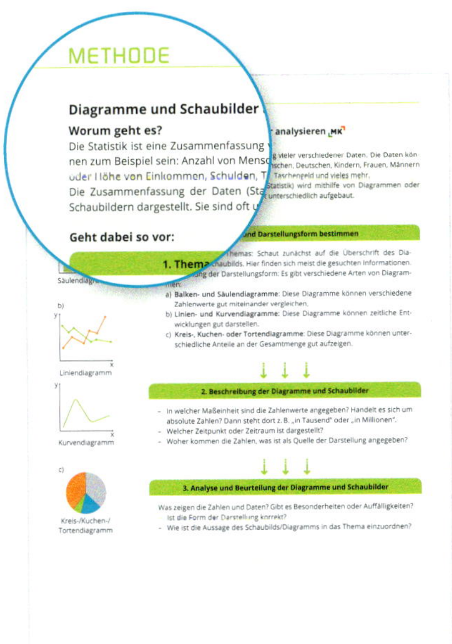

5 Im Fach Politik sollt ihr aber nicht einfach Fakten auswendig lernen und wiedergeben. Ihr sollt euch kritisch und selbstständig mit Problemstellungen auseinandersetzen. Mithilfe der **Methoden** lernt ihr Schritt für Schritt, wie ihr strukturiert und selbstständig arbeitet.

6 Die Doppelseite **Training** und **Selbsteinschätzung** schließt ein Großkapitel ab. Hier könnt ihr euch selbst überprüfen und zeigen, ob ihr die erlernten Kompetenzen in einer konkreten Situation sinnvoll anwenden könnt.

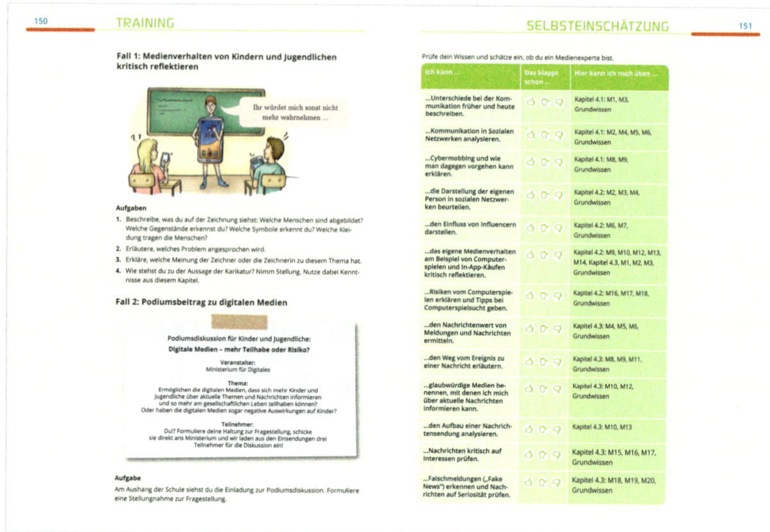
150 TRAINING

Fall 1: Medienverhalten von Kindern und Jugendlichen kritisch reflektieren

Aufgaben

1. Beschreibe, was du auf der Zeichnung siehst: Welche Menschen sind abgebildet? Welche Gegenstände erkennst du? Welche Symbole erkennt du? Welche Kleidung tragen die Menschen?
2. Erläutere, welches Problem angesprochen wird.
3. Erkläre, welche Meinung der Zeichner oder die Zeichnerin zu diesem Thema hat.
4. Wie stehst du zu der Aussage der Karikatur? Nimm Stellung. Nutze dabei Kenntnisse aus diesem Kapitel.

Fall 2: Podiumsbeitrag zu digitalen Medien

Podiumsdiskussion für Kinder und Jugendliche:
Digitale Medien – mehr Teilhabe oder Risiko?

Veranstalter:
Ministerium für Digitales

Thema:
Ermöglichen die digitalen Medien, dass sich mehr Kinder und Jugendliche über aktuelle Themen und Nachrichten informieren und so mehr am gesellschaftlichen Leben teilhaben können? Oder haben die digitalen Medien sogar negative Auswirkungen auf Kinder?

Teilnehmer:
Du!? Formuliere deine Haltung zur Fragestellung, schicke sie direkt ans Ministerium und wir laden aus den Einsendungen drei Teilnehmer für die Diskussion ein!

Aufgabe

Am Aushang der Schule siehst du die Einladung zur Podiumsdiskussion. Formuliere eine Stellungnahme zur Fragestellung.

SELBSTEINSCHÄTZUNG 151

Prüfe dein Wissen und schätze ein, ob du ein Medienexperte bist.

Ich kann …	Das klappt schon …	Hier kann ich noch üben …
…Unterschiede bei der Kommunikation früher und heute beschreiben.		Kapitel 4.1: M1, M3, Grundwissen
…Kommunikation in Sozialen Netzwerken analysieren.		Kapitel 4.1: M2, M4, M5, M6, Grundwissen
…Cybermobbing und wie man dagegen vorgehen kann erklären.		Kapitel 4.1: M8, M9, Grundwissen
…die Darstellung der eigenen Person in sozialen Netzwerken beurteilen.		Kapitel 4.2: M2, M3, M4, Grundwissen
…den Einfluss von Influencern darstellen.		Kapitel 4.2: M6, M7, Grundwissen
…das eigene Medienverhalten am Beispiel von Computerspielen und In-App-Käufen kritisch reflektieren.		Kapitel 4.2: M9, M10, M12, M13, M14, Kapitel 4.3, M1, M2, M3, Grundwissen
…Risiken vom Computerspielen erklären und Tipps bei Computerspielsucht geben.		Kapitel 4.2: M16, M17, M18, Grundwissen
…den Nachrichtenwert von Meldungen und Nachrichten ermitteln.		Kapitel 4.3: M4, M5, M6, Grundwissen
…den Weg vom Ereignis zu einer Nachricht erläutern.		Kapitel 4.3: M8, M9, M11, Grundwissen
…glaubwürdige Medien benennen, mit denen ich mich über aktuelle Nachrichten informieren kann.		Kapitel 4.3: M10, M12, Grundwissen
…den Aufbau einer Nachrichtensendung analysieren.		Kapitel 4.3: M10, M13
…Nachrichten kritisch auf Interessen prüfen.		Kapitel 4.3: M15, M16, M17, Grundwissen
…Falschmeldungen („Fake News") erkennen und Nachrichten auf Seriosität prüfen.		Kapitel 4.3: M18, M19, M20, Grundwissen

7 In #Politik finden sich verschiedene Anregungen, wie die Lehrkraft der Vielfalt heterogener Lerngruppen am besten gerecht wird, z. B.:

- der kooperative und produktorientierte Lernweg „Gemeinsam aktiv"
- H- und F-Aufgaben in der Randspalte

Über QR-Codes könnt ihr in verschiedenen Kapiteln **Erklärvideos** und vertiefende Materialien oder Anwendungen direkt ansteuern. Diese können außerdem über die Eingabe der Mediencodes im Suchfeld auf www.ccbuchner.de aufgerufen werden.

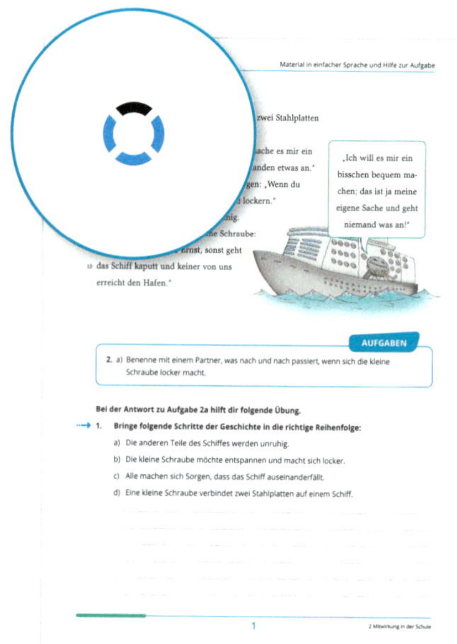
Material in einfacher Sprache und Hilfe zur Aufgabe

… das Schiff kaputt und keiner von uns erreicht den Hafen."

AUFGABEN

2. a) Benenne mit einem Partner, was nach und nach passiert, wenn sich die kleine Schraube locker macht.

Bei der Antwort zu Aufgabe 2a hilft dir folgende Übung.

→ 1. **Bringe folgende Schritte der Geschichte in die richtige Reihenfolge:**
   a) Die anderen Teile des Schiffes werden unruhig.
   b) Die kleine Schraube möchte entspannen und macht sich locker.
   c) Alle machen sich Sorgen, dass das Schiff auseinanderfällt.
   d) Eine kleine Schraube verbindet zwei Stahlplatten auf einem Schiff.

1 2 Mitwirkung in der Schule

Zusätzlich zum Schulbuch finden sich im passgenauen **Differenzierungsheft** Arbeitsblätter, die das Lernen in heterogenen Gruppen vereinfachen. Das Symbol kennzeichnet im Buch, zu welchen Materialen oder Aufgaben ein Zusatzangebot zur Verfügung steht. Dies können sein:

- Text in einfacher Sprache
- Strukturierungshilfen
- Argumentationshilfen zu Aufgaben
- Vertiefungsangebote zur Kapitelfrage
- und anderes mehr...

Die Arbeitsblätter führen zum gleichen Ziel wie die Arbeit mit Material und Aufgaben im Schulbuch.
Mithilfe des nebenstehenden QR- bzw. Mediencodes können die jeweiligen Materialien online eingesehen, heruntergeladen und ausgedruckt werden.

Differenzierungsmaterial zum Schulbuch

Mediencode: 70061-02

8 Über den nebenstehenden QR-Code kann eine **Synopse** abgerufen werden, in der die **Umsetzung des neuen Kernlehrplans** für die Sekundarstufe I an Realschulen in NRW deutlich wird.

Synopse zum Lehrplan

Mediencode: 70061-01

Nordrhein-Westfalen hat einen sogenannten **Medienkompetenzrahmen** (MKR) erstellt. Die hier aufgeführten Medienkompetenzen werden in jedem Unterrichtsfach Schritt für Schritt fachspezifisch eingeführt. Das vorliegende Schulbuch #Politik wird dies für euer neues Fach Politik umsetzen. Das „Icon" zeigt euch an einigen Stellen im Schulbuch an, wo ihr Medienkompetenzen des Medienkompetenzrahmens trainieren könnt.
Dies geschieht vor allem in den Rubriken „Gemeinsam aktiv" sowie in den Aufgabenblöcken und im Kapitel 4, Leben in der Medienwelt.
Der nebenstehende QR- bzw. Mediencode listet euch auf, an welchen Stellen im Schulbuch welche Medienkompetenzen trainiert werden können.

Umsetzung des Medienkompetenzrahmens

Mediencode: 70061-03

9 Als Ausdruck einer **geschlechtergerechten Sprache** werden im gesamten Schulbuch nach Möglichkeit die beiden Geschlechter abwechselnd und bewusst gleichwertig mal die männliche und mal die weibliche Form (auch im Plural) verwendet. Häufig werden Paarformulierungen wie „Bürgerinnen und Bürger" oder neutrale Formen wie „Lehrkraft" gebraucht. Ausnahmen davon bilden zum Beispiel layouttechnische Gründe (Platzmangel), Fremdtexte oder die massive Beeinträchtigung der Lesbarkeit. Selbstverständlich sind auch in diesen Fällen Personen jeglichen Geschlechts gemeint.
Materialien ohne Quellenangaben sind von den Autorinnen und Autoren verfasst.

Was ist Politik?

Politik ist verstaubt, langweilig und wird von alten Männern gemacht?! Wenn du das denkst, hast du viele Seiten von Politik noch nicht kennen gelernt. Aber was genau ist eigentlich „Politik"? Und wusstest du, dass es immer auch um dich geht?

M1 Politik in meinem Alltag?

Jugendliche auf einer Skateanlage.

Jugendliche demonstrieren im Rahmen von Fridays for future für mehr Klimaschutz.

Die Müllabfuhr leert eine Mülltonne.

Sitzung des Deutschen Bundestags.

M2 Freibad schließen? Schüler bringen sich ein

Das Freibad der Gemeinde Tulla ist an vielen Stellen kaputt. Die Gemeinde hat kein Geld für die Modernisierung. Bereits die ständigen Kosten waren für die Gemeinde eine große Ausgabe: die Becken mussten beheizt werden, das Personal bezahlt und die Technik gewartet werden. Die Gemeinde sieht keine andere Möglichkeit: Das Freibad soll geschlossen werden.

Kinder und Jugendliche nutzen das Bad besonders gerne. Gerade für Familien, die selten in den Urlaub fahren, ist das Freibad ein beliebtes Ziel. Schülerinnen und Schüler aus Tulla beschließen, aktiv zu werden: Sie wollen sich dafür einsetzen, dass das Freibad geöffnet bleibt.

Das Freibad soll erhalten bleiben. Dafür wollen sich die Schüler einsetzen.

M3 Kinder und Politik

Auch Kinder und Jugendliche können Politik machen. Das bedeutet zwar nicht, dass sie gleich in den Bundestag gewählt werden können. Aber Politik wird nicht nur von Parteien gemacht. Kinder und Jugendliche können in vielen Vereinen Politik machen. Sie dürfen und sollen mithelfen, ihre Anliegen vorzutragen und Probleme zu verändern. Hier ein paar Beispiele:

- Im Kinder- und Jugendparlament können sich Jugendliche gezielt in die Gemeindepolitik einbringen. Sie vertreten dort ihre Standpunkte zu bestimmten Themen gegenüber den verantwortlichen Personen in der Politik oder Verwaltung.
- Vereine gibt es in Deutschland sehr viele, z. B. im Bereich Sport, Hilfe für Obdachlose oder Flüchtlinge oder den Tierschutz. Je nachdem, für welches Thema sich Jugendliche interessieren, können sie sich hier einbringen.
- Als Klassen- oder Schulsprecher haben Schülerinnen und Schüler die Möglichkeit, die Interessen ihrer Klasse zu vertreten und mitzubestimmen.

M4 Was ist Politik?

Politik regelt das Zusammenleben der Menschen. Der Begriff Politik stammt vom griechischen Wort „polis" ab. Polis bedeutet Stadt oder Gemeinschaft. In einer polis hatten alle Bürger das Recht (und auch die Pflicht), über die Angelegenheiten der Gemeinschaft mitzubestimmen.

In der Politik geht es um die Lösung von Problemen, die die Menschen betreffen. Verschiedene Gruppen versuchen dabei, ihre Interessen durchzusetzen. Konflikt gilt es zu lösen. Dazu wird viel diskutiert.

AUFGABEN

1. a) Wähle ein Bild aus, das du am ehesten mit Politik in Verbindung bringst (**M1**).
   b) Begründe, warum du dich für dieses Bild entschieden hast.
2. Arbeitet in Kleingruppen.
   a) Beschreibt, was der Fall mit „Politik" zu tun hat (**M2**, **M4**).
   b) Tragt zusammen, welche Möglichkeiten ihr kennt, um euch einzubringen und den Fall in eurem Sinne zu beeinflussen (**M2**, **M3**).
   c) Hast du eigene Erfahrungen damit, dich zu engagieren. Berichte.
3. a) Dein kleiner Bruder fragt dich, was Politik bedeutet. Erkläre es ihm in einfachen Worten (**M1-M4**).
   b) Vergleiche deine Formulierung mit der deines Nachbarn.
   c) Stellt eure Politikformulierungen in der Klasse vor und vergleicht Gemeinsamkeiten und Unterschiede.

Was weißt du schon?

1. a) Tausche dich mit einem Partner aus. Benennt Situationen aus eurer Klasse und eurer Schule, in denen ihr mitreden dürft und Situationen, in welchen ihr nicht mitreden dürft.

b) Diskutiert in der Klasse, in welchen Situationen ihr gerne mitreden und mitentscheiden würdet.

2. a) Notiert in Kleingruppen Positives und Negatives in einer Tabelle: Was gefällt euch an eurer Schule, was gefällt euch nicht?

b) Diskutiert erst in der Gruppe und anschließend in der Klasse, was ihr an eurer Schule gerne verändern wollt.

1

#Mitwirkung in der Schule

Einen großen Teil deiner Zeit verbringst du in der Schule – mal mit mehr, mal mit weniger Freude. Viele verschiedene Faktoren haben Einfluss darauf, ob dir Schule Spaß macht: die Fächer und die Noten, Mitschülerinnen und Mitschüler sowie Lehrkräfte, das Gebäude und das Miteinander.
Bei vielen Dingen darfst du mitbestimmen! So kannst du selbst deine Klasse und deine Schule zu einem Ort machen, an dem du dich wohl fühlst. Aber dazu musst du die Möglichkeiten kennenlernen, wie du dich einbringen kannst.

Was lernst du in diesem Kapitel?

... Regeln für das Zusammenleben in deiner Klasse und Schule zu benennen.
... die Bedeutung von Regeln in der Schule zu begründen.
... Konfliktlösung in der Klasse und Schule anzuwenden.
... die Wahlen zum Klassensprecher zu beschreiben.
... Möglichkeiten demokratischer Beteiligung in der Schule zu ermitteln.

Steckbriefe zum Thema „Mitwirkung an unserer Schule“ erstellen MK

Um herauszufinden, wo und wie ihr das Leben in eurer Klasse und Schule mitgestalten könnt, müsst ihr wissen, welche Personen und Versammlungen für Entscheidungen und Regeln an eurer Schule zuständig sind.
Damit ihr diese Möglichkeiten immer präsent habt, gestaltet Steckbriefe für euren Klassenraum.

Geht dabei so vor:

Start

1. Tauscht euch in Kleingruppen aus, welche Merkmale eine gute Klasse hat. Sammelt auch Maßnahmen, die eure Klassengemeinschaft fördern. (→ Kap. 1.1, M1-M5)

2. Führt einen Klassenrat durch. Ein Thema sollte sein: „So gehen wir mit Konflikten um". (→ Kap. 1.1, Methode „Einen Klassenrat durchführen“, Kap. 1.1, M8-M12)

3. Gestaltet gemeinsam ein Plakat mit den Klassenregeln, die euren Umgang miteinander regeln sollen. MK
Achtet dabei auf:
- lesbare Schrift (groß, ordentlich)
- nicht zu viel Text
- evtl. Bildelemente, die den Inhalt schnell verständlich machen

4. Überlegt zunächst für euch alleine und tragt anschließend zusammen (z. B. im Klassenrat), was ihr an eurer Schule verändern wollt. Ihr könnt diesen Schritt auch mit der Wahl der Klassensprecher verbinden. (→ Kap. 1.2, M2, M4, M5)

5

Findet heraus, wer euch bei der Erfüllung dieser Wünsche helfen kann und welche Schüler, Lehrer und Eltern aus eurer Schule im Schülerrat und in der Schulkonferenz sitzen.
(→ Kap. 1.2, M7-M10, Schwarzes Brett)
F Prüfe, mit welchen Themen sich die Schulkonferenz an eurer Schule beschäftigt hat (Tagesordnung) und mit welchen sie sich beschäftigen darf (Schulgesetz).
(→ Kap. 1.1, M11, M12, Schulgesetz, Mitwirkung in der Schule § 65, § 66)

Steckbrief

Name (Klasse):

Kontakt:

@

Funktion:
Elternvertreter in der Schulkonferenz

Aufgaben:

eigene Ziele/Wünsche:

6

Teilt euch in Kleingruppen auf. Jede Kleingruppe erstellt einen kurzen Fragebogen für einen Experten.
Unter anderem soll herauskommen, welche **Wünsche** und **Ziele** er/sie mit in die Schulkonferenz nimmt und wie er/sie zu erreichen ist.

Mögliche Experten können sein:
Klassensprecher, **Schulleiterin**, **SV-Lehrer** (Verbindungslehrer), **Lehrer**, die in der Schulkonferenz sitzen, **Schülersprecherin** oder **Schülervertreter** in der Schulkonferenz, **Elternvertreter** in der Schulkonferenz, **Streitschlichter**.

7

Jede Kleingruppe gestaltet einen Steckbrief ihres Experten. Darauf sollen mindestens die Kontaktmöglichkeiten, die Aufgaben und Ziele und Wünsche stehen. Stellt eure Steckbriefe in der Klasse vor, hängt sie anschließend im Klassenraum auf.
(→ Kap 1.2, M2, M7, M10-M12)

1.1 Zusammenleben in der Klasse

Was für eine Klasse wollen wir sein?

Woran erkennst du, dass die Gemeinschaft in deiner Klasse gut funktioniert? In was für einer Klasse möchtest du gerne sein? Was möchtest du an dir oder deiner Klasse verändern?

M1 Merkmale einer guten Klasse

Mädchen und Jungs sind miteinander befreundet.

Neue Mitschüler werden schnell in unsere Klassengemeinschaft aufgenommen.

Meine Meinung kann ich immer offen sagen.

Beim Lernen helfen wir uns.

Ich habe viele Freunde in der Klasse.

Ich möchte in keiner anderen Klasse sein.

Schülerinnen und Schüler der Klasse 5b während der großen Pause an der Erich-Kästner-Realschule.

Niemand wird hier ausgelacht.

Es gibt keine Cliquenbildung.

Jeder kann mit Jedem in einer Gruppe arbeiten.

Wir können sachlich miteinander diskutieren.

Unsere Klassensprecher vertreten uns gut.

Wir verstehen uns alle gut.

Wir halten zusammen.

...

M2 Jeder hat seine Aufgabe

Eine kleine Schraube sitzt in einem riesigen Kreuzfahrtschiff mit tausend anderen Schrauben und hält zwei Stahlplatten zusammen. Eines Tages sagt die Schraube: „Ich will es mir ein bisschen bequem machen; das ist ja meine eigene Sache und geht niemand was an!" Aber als die anderen Schrauben hören, dass da eine etwas locker werden will, da protestieren sie und rufen: „Bist du verrückt? Wenn du herausfällst, dann wird es nicht lange dauern, bis auch wir herausfallen." Zwei größere eiserne Rippen schlagen auch Alarm: „Um Gottes willen, haltet die Platten zusammen, denn sonst ist es auch um uns geschehen." In Windeseile geht das Gerücht durch das ganze Schiff: „Die kleine Schraube hat was vor!" Alles ist entsetzt. Der riesige Körper des Schiffes ächzt und bebt in allen Fugen. Und alle Rippen, Platten und Schrauben senden eine gemeinsame Nachricht an die kleine Schraube und bitten sie, [ihre Aufgabe Ernst zu nehmen], sonst werde das ganze Schiff untergehen, und keiner werde den Hafen erreichen.

Hoffsümmer, Wilhelm: Starthilfen für dich. Mainz: Matthias-Grünewald-Verlag 1978

AUFGABEN

1. a) Wie wichtig ist dir eine gute Klassengemeinschaft? Stelle dich dazu auf eine Positionslinie von 1-10 (10 = sehr wichtig, 1= gar nicht wichtig, **Methodenglossar**).
   b) Notiere die für dich fünf wichtigsten Merkmale, an denen du eine gute Klasse erkennst (**M1**).
   c) Begründe im Klassengespräch, warum dir diese Merkmale wichtig sind.
2. Was hat die Geschichte der kleinen Schraube (**M2**) mit einer Klasse zu tun?
   a) Benenne mit einem Partner, was nach und nach passiert, wenn sich die kleine Schraube locker macht.
   b) Was würdest du der kleinen Schraube antworten (Sprechblase)?
   c) Untersucht im Klassengespräch, was die Geschichte mit dir, dem Unterricht und dem Zusammenleben in deiner Klasse zu tun hat.

H zu Aufgabe 2c
- Schiff = ganze Klasse
- kleine Schraube = ein Schüler
- Hafen erreichen = Lernerfolg haben

F Nenne Beispiele dafür, warum das Verhalten einzelner Schülerinnen und Schüler die ganze Klasse betreffen kann.

Welche Regeln sollen in unserer Klasse gelten?

In was für einer Klasse möchtest du gerne sein? Und welchen Beitrag kannst du leisten?

M3 Merkmale einer guten Klasse

Jeder von euch kann dazu beitragen, dass eure Klassengemeinschaft so gut wird, dass sich jeder von euch wohlfühlt. Mit welchen Maßnahmen lässt sich so eine gute Klassengemeinschaft erreichen?

Was kann ich dafür tun, ...

... dass sich Jungen und Mädchen gut miteinander verstehen?

... dass in unserer Klasse Ordnung herrscht?

... dass wir uns beim Lernen helfen?

... dass ...

Mateo, 10 Jahre, 5. Klasse an einer Realschule in Kamp-Lintfort

Zum Begriff „Regeln“ → siehe **#Regeln und Gesetze**

M4 Zu welchen Themen brauchen wir Regeln?

Wie unterhalte ich mich im und außerhalb des Unterrichts?

Wie verhalte ich mich gegenüber meinen Mitschülern?

Wie halte ich Ordnung in meiner Klasse?

Wie gehe ich mit dem Eigentum anderer um?

M5 Brauchen wir eine neue Regel – oder wie klären wir ein Problem?

In der Klasse 6b kam es in den letzten Wochen mehrfach zu Unterbrechungen im Unterricht. Tom und Nick tragen im Unterricht nämlich immer ihre Käppis. Sie nehmen sie erst ab, wenn Klassenlehrer Herr Schwarzer oder andere Lehrerinnen sie dazu auffordern: Sie sagen, es gehöre sich einfach, dass man einander in die Augen schaut, wenn man miteinander spricht.

Tom und Nick sind verärgert: Sie meinen, dass ihre Käppis doch niemanden stören und gar keinen Einfluss auf den Unterricht haben. „Wir dürfen Käppis tragen, denn ein Verbot von Kopfbedeckungen steht nicht in den Klassenregeln oder der Schulordnung", erklärt Tom. Die Lehrer könnten ihren Kleidungsstil doch einfach respektieren, so wie es z. B. auch ihre Mathelehrerin Frau Hansen tut. Und schließlich würden die Jungs ja auch nichts gegen das Tattoo von ihrem Deutschlehrer Herrn Menke sagen.

Der Unterricht wird durch die Diskussionen immer wieder gestört.

BEDÜRFNIS

Unter Bedürfnis versteht man in der Alltagssprache ein Verlangen oder Wunsch. Jemand empfindet, dass etwas fehlt und wünscht sich, dass dieser Mangel behoben wird. Bedürfnisse, die nicht befriedigt werden, können zu Konflikten führen.

Man kann verschiedene Bedürfnisse unterscheiden: Grundlegende Bedürfnisse sichern das Überleben (z. B. Hunger, Wärme). Für Menschen ist es auch wichtig, zu einer Gruppe dazu zu gehören (sozialer Anschluss) und von anderen anerkannt zu werden (Wertschätzung, Respekt).

AUFGABEN

1. a) Notiere in Ich-Form auf je einer Karte, was du für eine gute Klassengemeinschaft tun kannst (**M3**).
b) Tragt euch bekannte Schul- und Klassenregeln zusammen.
c) Ordne deine Karten aus 1a den vier Themenfeldern (**M4**) zu.
d) Diskutiert und einigt euch in der Klasse auf höchstens acht Regeln in der Ich-Form, die zukünftig eure Klassenregeln sein sollen.
e) Erstellt ein Plakat mit euren Klassenregeln.

2. a) Arbeite mit einem Partner heraus, wie sich welche Personen durch die Situation in Klasse 6b gestört fühlen (**M5**).
b) Erklärt euch gegenseitig, welche Bedürfnisse hinter dem Verhalten der Beteiligten stehen (**#Bedürfnis**).
c) Begründe, wie du das Problem angehen würdest.
d) Nimm Stellung, ob Tom und Nick deiner Ansicht nach ihre Käppis im Unterricht aufbehalten dürfen.

H zu Aufgabe 1d
Von jedem der vier Themenbereiche soll mindestens eine Regel dabei sein.

H zu Aufgabe 2a
Denkt dabei an folgende Personengruppen: Mitschüler, Tom+Nick, andere, Herr Schwarzer

F zu Aufgabe 2
Entscheidet in der Klasse, wie das Problem (**M5**) angegangen werden soll: Durch eine für alle geltende Klassenregel oder wie anders? Formuliert die neue Regel ggf. als Klassenregel.

Welche Rechte und Pflichten gelten für Schüler, Lehrer und Eltern?

Ist es vorgeschrieben, dass du deine Hausaufgaben machst? Dürfen Lehrer eine Arbeit nachschreiben lassen, obwohl du schon eine am selben Tag geschrieben hast? Das Schulgesetz in NRW regelt Rechte und Pflichten von allen im Schulbetrieb tätigen Personen.

M6 Fallbeispiele: Wer hat Recht?

Fall a) Sarah hat kein Arbeitsmaterial

Sarah aus der 6d kommt selten in den Unterricht und hat fast nie Arbeitsmaterialien wie Stifte und einen Schreibblock dabei. „Meine Mutter hat gesagt, dass mich niemand zum Schulbesuch zwingen kann. Außerdem will Mama kein Geld für Unterrichtsmaterial ausgeben, wofür eigentlich die Schule aufkommen müsste."

Sarah, 12

Fall b) Herr Falzer lässt die Arbeit nachschreiben

Jasper aus der 5a soll in der Woche vor den Herbstferien eine Englischarbeit nachschreiben, weil er krank war. Und das auch noch am Donnerstagnachmittag. Er wird aber am selben Vormittag eine Biologiearbeit schreiben. „Man darf keine zwei Arbeiten an einem Tag schreiben", meint sein großer Bruder. „Bei Nachschreibeterminen gelten andere Regeln", erklärt hingegen Englischlehrer Herr Falzer.

Zwei Arbeiten an einem Tag sind erlaubt bei Nachschreibern.

REGELN UND GESETZE

Regeln sind Vorschriften, die häufig gemeinsam festgelegt werden und für einen bestimmten Bereich gelten.
Gesetze sind Regeln vom Staat, die das menschliche Zusammenleben organisieren. Sie können etwas erlauben, anordnen oder verbieten. Wenn gegen ein Gesetz verstoßen wird, kann der Staat die Verletzung bestrafen.
Gesetze sind wichtig, damit das Zusammenleben nicht chaotisch wird. Gäbe es zum Beispiel keine Gesetze für den Straßenverkehr, wäre dieser wahrscheinlich ein großes Durcheinander.
Die Abschnitte in einem Gesetz heißen Paragraphen (§), Artikel oder Ziffer.

M7 Auszüge aus dem Schulgesetz NRW

§ 41 Verantwortung für die Einhaltung der Schulpflicht

(1) Die Eltern […] sind dafür verantwortlich, dass ihr Kind am Unterricht und an den sonstigen […] Veranstaltungen der Schule regelmäßig teilnimmt, und statten es angemessen aus. […]

(4) […] Schulpflichtige […] können […] zwangsweise zugeführt werden.

§ 42 Allgemeine Rechte und Pflichten aus dem Schulverhältnis

(3) Schülerinnen und Schüler […] sind insbesondere verpflichtet, sich auf den Unterricht vorzubereiten, sich aktiv daran zu beteiligen, die erforderlichen Arbeiten anzufertigen und die Hausaufgaben zu erledigen.

§ 43 Teilnahme am Unterricht […]

(1) Schülerinnen und Schüler sind verpflichtet, regelmäßig am Unterricht […] teilzunehmen.

Schulgesetz für das Land Nordrhein-Westfalen (Schulgesetz NRW – SchulG) vom 15.02.2005

Erlass über schriftliche Arbeiten in NRW

3.1 Klassenarbeiten dürfen nicht am Nachmittag geschrieben werden. […]

3.2 In der […] Sekundarstufe I werden nicht mehr als zwei Klassenarbeiten in einer Woche geschrieben. Pro Tag darf nur eine schriftliche Klassenarbeit geschrieben […] werden. An diesen Tagen dürfen keine anderen schriftlichen Leistungsüberprüfungen stattfinden. […] Für Nachschreibtermine kann die Schulleiterin oder der Schulleiter Ausnahmen zulassen.

Runderlass des Ministeriums für Schule und Weiterbildung 12-06, Nr. 3 vom 05.05.2015

Ausstatten meint hier Arbeitsmaterial, Schultasche, Hefte, Sportzeug…

„Zwangsweise zuführen" heißt, die Polizei bringt den Schulpflichtigen in die Schule.

Ein Erlass gilt wie ein Gesetz.

Das Schulgesetz findest du im Internet unter: *www.schulministerium.nrw.de/docs/Recht/Schulrecht/Schulgesetz/*

AUFGABEN

1. Untersuche mit einem Partner, ob Sarah bzw. Herr Falzer (**M6**) mit ihren Behauptungen Recht haben.
   a) Entscheidet euch für Fall a) oder Fall b) (**M6**).
   b) Lest den Fall und die Artikel aus dem Schulgesetz (**M7**).
   c) Ordnet den Behauptungen die passenden Sätze aus dem Gesetz zu.
   d) Entscheidet, ob die Behauptung von Sarah bzw. Herrn Falzer korrekt war, oder korrigiert sie falls nötig.
2. Recherchiere im Schulgesetz Rechte und Pflichten für Schüler. **MK**
   a) Notiere dir drei weitere, die du für besonders wichtig hältst.
   b) Stellt euch in Partnerarbeit gegenseitig eure Auswahl vor und entscheidet euch für zwei, die ihr der Klasse vorstellt.

H zu Aufgabe 2a
Du findest diese in §§ 43-47 des Schulgesetzes.

F Diskutiert, was passieren könnte, wenn es keine Schulbesuchspflicht geben würde.

Wie gehen wir mit Konflikten um?

Hast du dich schon einmal in der Schule heftig gestritten? Das ist für die Beteiligten oft belastend. Am besten verabredet ihr vorher, wie ihr in solchen Situationen vorgehen wollt.

M8 Konflikte aus dem Schulalltag

Anna und Natascha sind Freundinnen. In der Pause vertraut Anna Natascha an, dass sie Marcel aus der 6. Klasse süß findet. Mittags sieht Natascha Marcel vorbeigehen und schreit: „Anna, da ist dein Schwarm!" Alle Jungen und Mädchen schauen neugierig.

Ein Schüler stößt im Vorbeirennen auf dem Schulhof einen anderen an. Der brüllt: „Pass doch auf, du Penner!" Der andere stoppt seinen Lauf und antwortet: „Was willst du, du Opfer?" Es beginnt eine Rangelei.

M9 Mögliche Schritte der Streitschlichtung

Regeln für das Gespräch:
- ausreden lassen
- wiederholen
- höflich

Rolle des Streitschlichters:
- Neutralität
- Geheimhaltung
- Kontrolle der Schlichtungsregeln

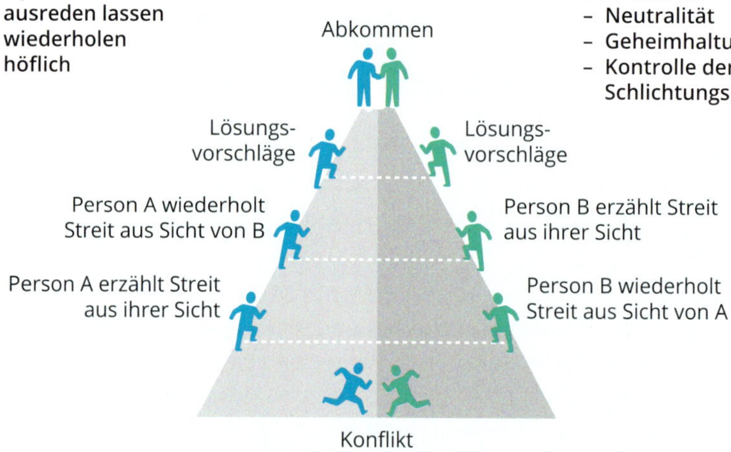

KONFLIKTE

Konflikte sind Streitereien die auftreten, wenn unterschiedliche Bedürfnisse, Interessen oder Meinungen aufeinander treffen.
Häufig rufen Konflikte negative Gefühle hervor, wie Angst und Wut. Das belastet die Beteiligten. Menschen gehen sehr unterschiedlich mit Konflikten um.

M10 Wenn zwei sich streiten, ist das ein Fall für die Streitschlichterin

Annica ist 15 Jahre alt, sie geht in die 9. Klasse. Und manchmal kommt sie zu spät zum Unterricht. Wie andere auch. Nur: Annica darf das. Die 15-Jährige ist seit einem halben Jahr eine sogenannte Konfliktlotsin oder Mediatorin, wie es in der Fachsprache heißt. Übersetzt heißt das: Als Michael aus der 6. Klasse auf dem Schulhof seine Klassenkameraden mit „Scheiß-Ausländer" anbrüllte und dazu die Faust reckte, hatte Annica ihren ersten Fall. Sie sollte den Streit schlichten. Die Lehrer schickten die beiden Gegner zu ihr. Annica hatte an diesem Tag im Mai Sprechstunde – im ehemaligen Erste-Hilfe-Zimmer.
Jeden Tag wartet hier in der Pause ein Zweier-Team der Schlichter darauf, dass entweder zwei Streitende freiwillig kommen oder die Lehrer Druck machen. Die große Pause reichte für Michael und seinen Klassenkameraden nicht. Eine weitere Pause und eine Sitzung nach der Schule waren notwendig. Eineinhalb Stunden dauerte das Gespräch insgesamt, bis die beiden Jungs friedlich auseinandergingen – „jeder im Gefühl, gewonnen zu haben", sagt Annica. „Wir haben die Lösung dann schriftlich in einem Vertrag festgehalten. Das Wichtigste ist, dass wir uns neutral verhalten."

Eggert, Matthias. In: fluter, September 2003, S.48 f.

AUFGABEN

1. Was denken und fühlen die Schüler in **M8**?
   a) Notiere mögliche Gedanken und Gefühle der Beteiligten.
   b) Welche Wünsche und Bedürfnisse könnten die Beteiligten haben? Trage diese mit einem Partner zusammen.
   c) Untersucht gemeinsam, ob es für diese Konflikte schon Regeln in deiner Klasse oder an deiner Schule gibt.
2. Wie können die Konflikte in **M8** mithilfe von Streitschlichtung gelöst werden (**M9**, **M10**)? Bildet Kleingruppen und führt ein Rollenspiel durch (**Methode: Rollenspiel**).
   a) Benennt die Personen, die sich am Rollenspiel beteiligen sollen.
   b) Bereitet euch auf eure Rollen vor, indem ihr die Gefühle und Bedürfnisse der Streitenden aus Aufgabe 1 vergleicht. Der Streitschlichter sollte Gemeinsamkeiten suchen und so Verständnis fördern.
   c) Notiert in Stichworten mögliche Schritte zur Konfliktlösung (**M9**).

H **zu Aufgabe 1b**
Mögliche Bedürfnisse können sein:
Ehrlichkeit, Spaß, Freundschaft, Vertrauen, Zugehörigkeit, Individualität, Aufmerksamkeit, Respekt, Sicherheit

F Sucht eigene Beispiele für Konflikte, mit denen ihr ein Rollenspiel der Streitschlichtung durchführt.

Wie gehen wir mit Minderheiten um?

Hast du schon einmal etwas gewollt, aber die Mehrheit der anderen war dagegen? Wie fühlt man sich, wenn die meisten gegen die eigenen Vorschläge und Interessen sind? Es ist wichtig, möglichst alle bei der Lösungssuche zu berücksichtigen, damit eine Gemeinschaft gut funktioniert.

M11 Fallbeispiel: Abstimmung über das Sportspiel

In der 5a sind 23 Schülerinnen und Schüler, insgesamt 14 Jungen und 9 Mädchen. Die Sportlehrerin Frau Kahn lässt vier Mal im Jahr die Schülerinnen und Schüler selber bestimmen, welches Spiel in der letzten Stunde vor den Ferien gespielt wird. Frau Kahn möchte so über den Inhalt des Sportunterrichts mitbestimmen lassen. Bei der Abstimmung gibt es dieses Mal folgendes Ergebnis:

Sportart	Mädchen (9)	Jungen (14)	GESAMT
Fußball	2	9	**11**
Völkerball	6	2	**8**
Parcours	1	3	**4**

Zum dritten Mal hintereinander wird Fußball gespielt, weil die Mehrheit sich so entschieden hat. Viele Mädchen aber sind unzufrieden: „So werden unsere Interessen ja überhaupt nie beachtet." Auch die Kinder, die gerne Parcours gemacht hätten, flüstern ärgerlich miteinander: „Immer gewinnen die Ballspiele".

M12 Verschiedene Interessen in der Klasse

Frau Kahn hört die leisen Proteste und überlegt, wie sie mit dem Ergebnis umgehen soll. Sie hängt eine Wandzeitung aus und ruft den Klassenrat ein.
Mehrere Schülerinnen und Schüler sind froh, weil sie auch häufig das Gefühl haben, durch eine Mehrheit überstimmt zu werden.

KOMPROMISS

Kompromisse sind Lösungen in einem Konflikt, bei denen beide Seiten auf einen Teil ihrer Forderungen verzichten.
In Verhandlungen gehen die Beteiligten aufeinander zu. Sie verlassen die eigene Position und einigen sich auf eine gemeinsame Lösung.

Ein Spontanurteil begründen

Worum geht es?

Findest du manchmal etwas gar nicht schlimm, was ein anderer sehr schlimm findet und du kannst nicht nachvollziehen, warum das so ist?
Unterschiedliche Einschätzungen von Situationen und Problemen sind abhängig von deiner Sichtweise. Menschen haben ein unterschiedliches Verständnis von „gerecht“. Die folgenden Schritte helfen dir, deine Einschätzungen und die der anderen besser zu verstehen.

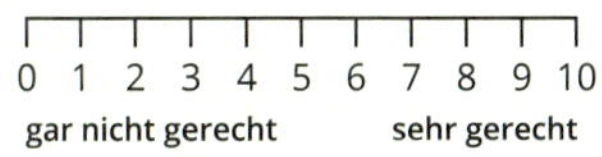

Geht dabei so vor:

1. Schritt: Spontanurteil fällen

Bilde dir zu dem Problem zunächst ein ganz spontanes Urteil aus dem Bauch heraus. Ordne dein spontanes Urteil auf einer Skala von 0 (gar nicht gerecht) bis 10 (sehr gerecht) ein.

2. Schritt: Begründungen finden

Finde Begründungen, warum du die Situation als „gerecht“ oder „gar nicht gerecht“ einschätzt.

3. Schritt: Regeln überprüfen

Überprüfe, ob in der Situation Regeln verletzt werden und wer durch die Situation Nachteile hat. Sind die entstandenen Nachteile und Probleme schwerwiegend?

4. Schritt: Einordnung und Begründung

Ordne das Problem nun erneut auf der Skala von 0-10 ein und begründe dein Urteil.

AUFGABEN

1. Wie gerecht findest du die Entscheidung beim Konflikt um das Sportspiel (**M11**)?
   a) Positioniert euch spontan auf einer Positionslinie (**Methodenglossar**).
   b) Tausche dich mit einem Partner und dann in der Klasse aus: Begründe, warum du die Situation als „gerecht“ oder „gar nicht gerecht“ einschätzt.
   c) Tragt zusammen, welche Minderheiten es bei diesem Konflikt um Spiele in der Sportstunde gibt.
   d) Positioniert euch anschließend erneut auf der Positionslinie und überprüft, ob sich eure Urteile geändert haben (**Methode: Ein Spontanurteil begründen**).
2. a) Notiere an der Wandzeitung (**M12**), was du an der Abstimmung (**M11**) gut findest, was du kritisierst oder dir wünschst.
   b) Suche gemeinem mit einem Partner nach Kompromissmöglichkeiten.
   c) Führt den Klassenrat durch. Begründet dort auch eure Entscheidung, was in den freien Sportstunden zukünftig unternommen werden soll (**Methode: Klassenrat**).

F Betrachte die Zeichnung in **M12**. Welche Person(en) aus der Gruppe könnten Interessen haben, die sie nicht mit der Mehrheit der Klasse teilen? Beschreibe für eine andere Situation, wie ihr mit Minderheiten umgehen möchtet.

Einen Klassenrat durchführen

Worum geht es?

Im Klassenrat habt ihr die Möglichkeit, alle Themen, die eure Klasse betreffen, zu besprechen. Der Klassenrat wird in der Regel einmal pro Woche durchgeführt. Alle Mitglieder der Klasse können Wünsche, Lob oder Kritik auf Karten notieren und an einer Wandzeitung befestigen. Jeder Eintrag ist mit Namen zu unterschreiben. Im Klassenrat werden diese dann besprochen und es wird nach Lösungen gesucht.
Achtet darauf, dass ihr im Vorfeld Regeln für einen guten Austausch aufstellt, diese einübt und auf die Einhaltung achtet.

Geht dabei so vor:

1. Schritt: Vorbereitung

Als erstes müsst ihr die Aufgaben verteilen. Ihr benötigt
- einen **Klassenratsleiter** oder **Moderator**: Er oder sie eröffnet und schließt die Sitzung,
- einen **Assistenten**: er oder sie bestimmt die Reihenfolge der Redner,
- einen **Protokollanten**: er oder sie liest das vergangene Protokoll vor und notiert die neuen Ergebnisse,
- einen **Regelwächter**: er oder sie schreitet ein, wenn z. B. Schüler unfreundlich miteinander umgehen,
- einen **Zeitwächter**: Er oder sie passt auf, dass im Rahmen der Zeit möglichst alle Themen der Wandzeitung besprochen werden.

2. Schritt: Durchführung

1. Die Klassenratsleitung begrüßt die Teilnehmenden und eröffnet die Sitzung.
2. Das Protokoll der letzten Sitzung wird vorgelesen. Hier könnt ihr prüfen, ob eure Beschlüsse von der Vorwoche umgesetzt wurden.
3. Es werden nun von der Klassenratsleitung oder der Assistenz Beiträge aus der Spalte „Ich lobe" benannt und das Wort erteilt. Ihr könnt hier auch noch spontan Personen loben.
4. Anschließend werden die Beiträge der Spalten „Ich kritisiere" und „Ich wünsche" nacheinander bearbeitet, jeweils mit einer Besprechung und Lösungsfindung:
   a) Diejenigen, die die Karte geschrieben haben, sollen ihre Kritik oder ihren Wunsch für alle verständlich vortragen.
   b) Dann sind alle gefordert, Lösungen zu finden. Beachtet, dass möglichst nicht abgestimmt werden soll. Oft schafft das Aushandeln mehr Zufriedenheit.
5. Alle Beschlüsse werden vom Protokollanten notiert. Am Ende liest er oder sie die Beschlüsse vor.
6. Am Ende könnt ihr gemeinsam besprechen, wie erfolgreich eure Klassenratssitzung war.

WIE GELINGT DAS ZUSAMMENLEBEN IN EINER KLASSE?

KLASSENGEMEINSCHAFT

← M1

Eine Klassengemeinschaft zeigt sich darin, wie Schülerinnen, Schüler und Lehrerinnen und Lehrer miteinander umgehen. Jeder Einzelne kann mit seinem Verhalten dazu beitragen, dass sich alle wohl fühlen und ungestört lernen können.
Eine gute Klassengemeinschaft zeichnet sich durch klare Regeln, freundliche und humorvolle Gespräche und rücksichtsvolles Verhalten aus. Regelmäßige Gespräche z. B. in einem Klassenrat, helfen sehr, damit sich die Gemeinschaft weiter gut entwickeln kann.

REGELN UND GESETZE

← M3, M7

Allgemeine Regeln verhindern Konflikte. Sie beschreiben klar, wie man sich verhalten soll und tragen so zur Lösung von Streitigkeiten bei.
Regeln werden häufig gemeinsam vereinbart und sollen auf unterschiedliche Fälle anwendbar sein. Sie schränken die Freiheit des Einzelnen ein, doch sie vereinfachen das Zusammenleben aller. Regeln verhindern, dass sich die Stärkeren oder Lauteren durchsetzen.
Die Schulordnung oder das Schulgesetz sind Beispiele für eine staatliche Ordnung, die für bestimmte Gruppen gelten. Das Schulgesetz in NRW gilt für alle am Schulleben beteiligten Personen im Bundesland Nordrhein-Westfalen. Wenn gegen Gesetze verstoßen wird, kann der Staat eingreifen, das Gesetz durchsetzen und die Verletzung bestrafen.

KONFLIKTE LÖSEN MIT STREITSCHLICHTUNG UND KLASSENRAT

← M9, M10

Bei Streitigkeiten zwischen einzelnen Schülern oder kleinen Gruppen können Streitschlichter helfen. Bei der Lösung der Streitigkeiten gehen sie nach einem festen Ablauf vor. Dabei hilft es sehr herauszufinden, welche Bedürfnisse und Interessen hinter dem Verhalten der Beteiligten stehen.
Probleme, die innerhalb der Gruppe aufgetreten sind und die ganze Klasse betreffen, können sinnvoll im Klassenrat besprochen werden.
Viele Konflikte lassen sich entschärfen, wenn man einfache Verhaltensregeln beachtet:

- Man geht respektvoll miteinander um.
- Man hört dem anderen zu.
- Man lässt andere ausreden.
- Man ist bereit für Kompromisse.

1.2 Mitwirken in der Schule

Wer soll Klassensprecher werden?

Zur Demokratie gehören das Wählen und Mitbestimmen dazu. Wenn ihr eine Wahl trefft, müsst ihr gute Gründe dafür haben, euch entscheiden zu können. Worauf kommt es an, den für euch „richtigen" Klassensprecher zu wählen?

M1 Die Situation nach den Ferien

Herr Busse am ersten Schultag

Am ersten Tag nach den Sommerferien kommt Herr Busse, der Deutsch- und Klassenlehrer der 5c, in den Unterricht. Er begrüßt die Schülerinnen und Schüler, prüft, ob alle anwesend sind, erkundigt sich, wie es ihnen nach den Ferien geht, und stellt die Inhalte für den Deutschunterricht vor.

Bevor er mit dem Unterricht beginnen kann, meldet sich Reza und erinnert daran, dass die Wahl zum Klassensprecher bzw. zur Klassensprecherin noch durchgeführt werden muss.

Herr Busse stimmt zu, allerdings sei die Aufgabe des Klassensprechers oder der Klassensprecherin nicht so wichtig. Wichtig sei, dass man gut miteinander auskomme und daher sei es am günstigsten, wenn Lukas sich bereit erklären würde, das Amt zu übernehmen. Dann könne man sich die Wahl auch sparen. Die Unterrichtszeit im kommenden Schuljahr sei äußerst knapp.

M2 Rechte von Schülern und Klassensprechern im Gesetz

3 Organe der Schülervertretung

3.2 Schülerinnen und Schüler [dürfen] ihre Anregungen, Vorschläge und Wünsche, die den Unterricht und das Schulleben betreffen, und ihre Einwände, wenn sie sich ungerecht behandelt fühlen, mit Lehrkräften besprechen.

3.3 Die Klassensprecherin oder der Klassensprecher vertritt die Interessen der Klasse. Sie oder er führt die Beschlüsse der Klasse aus. Die Klassensprecherin oder der Klassensprecher informiert die Klasse über wichtige Angelegenheiten der SV [Schülervertretung] [...].

Runderlass des Ministeriums für Schule und Weiterbildung vom 22.11.1979

§ 74 Schülervertretung

Die Schülerinnen und Schüler [...] wählen von der fünften Klasse an ihre Sprecherinnen und Sprecher und deren Stellvertretungen.

Schulgesetz für das Land Nordrhein-Westfalen (Schulgesetz NRW – SchulG) vom 15.02.2005

M3 Kandidaten für die Klassensprecherwahl

Phung ist eine sehr gute, aber auch stille Schülerin. Sie ist selten im Unterricht aktiv, schreibt aber ausschließlich Einsen und Zweien. Sie ist sehr freundlich zu allen und bekommt immer gute Noten. Sie lässt auch andere von ihren Hausaufgaben abschreiben. Phung ist zwar schüchtern, kommt aber mit allen gut aus. Ihre Schwester ist die Schülersprecherin.

Philipp ist ein recht guter Schüler. Vor allem die Lehrer mögen Philipp, weil er sehr zuverlässig ist und gut mitarbeitet. Wenn jemand krank geworden ist, wird Philipp beauftragt, die Hausaufgaben zu übermitteln. Viele Schüler bewundern ihn, weil er ein erfolgreicher Fußballspieler ist. Die Schule geht bei Philipp aber trotzdem immer vor.

Tim ist ein hervorragender Schüler in Sport und Englisch. Er hat immer die neueste Kleidung und tolle technische Geräte, gibt aber überhaupt nicht damit an. Tim ist sehr großzügig und lädt zu seinem Geburtstag die ganze Klasse zu sich nach Hause ein. Wenn es Konflikte in der Klasse gibt, dann versucht Tim sich immer neutral zu verhalten, so kommt er mit allen gut aus.

Lea ist eine mittelmäßige Schülerin, die aber in Diskussionen und bei der Projektarbeit sehr engagiert ist. Sie kleidet sich sehr lässig. In Konfliktfällen setzt sie sich sehr entschlossen für Schwächere ein. Einige Lehrer mögen Lea nicht sehr, weil sie häufig im Unterricht Musik hört oder Zeitung liest. Es wird auch behauptet, dass Lea raucht.

AUFGABEN

1. Entspricht das Vorgehen des Klassenlehrers Herr Busse deinen Vorstellungen einer Klassensprecherwahl (**M1**)? Nimm kurz Stellung dazu.
2. a) Notiere die Aufgaben eines Klassensprechers (**M2**).
   b) Erörtert Situationen im Klassengespräch, in denen eine Klassensprecherin wichtig sein kann.
3. Prüfe mithilfe von **M2**, welche Regelung von Herrn Busse nicht berücksichtigt wird (**M1**).
4. a) Notiere dir mithilfe von **M3** Stärken eines guten Klassensprechers in deinem Feld des Placemats.
   b) Dreht euer Placemat solange in der Gruppe reihum, bis jeder von euch die Notizen der anderen gelesen hat. Einigt euch dann auf die vier wichtigsten Stärken, die ein Klassensprecher haben sollte und notiert sie in der Mitte des Placemats.
   c) Gleicht die von euch notierten Stärken mit denen der Kandidaten in **M3** ab. Wo finden sich die größten Überschneidungen?
   d) Stellt eure Ergebnisse im Plenum vor.

F **zu Aufgabe 2a**
Ergänze deine Liste um weitere Aufgaben, die ein Klassensprecher übernehmen sollte.

H **zu Aufgabe 4**

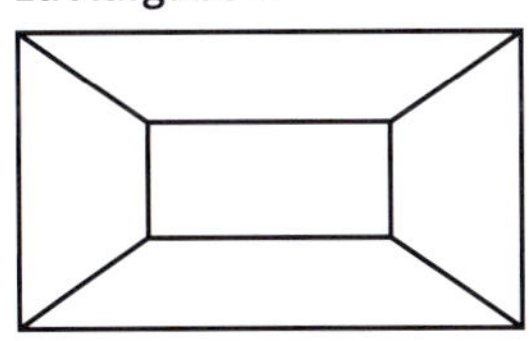

Zur Methode Placemat, siehe auch im **Methodenglossar**

Wie wird gewählt?

Wie habt ihr bisher den Klassensprecher gewählt? Habt ihr geheime Stimmzettel angefertigt oder mit Handzeichen abgestimmt? Für die Klassensprecherwahl und auch für Wahlen in unserem Land im Allgemeinen gibt es bestimmte Regeln, auf die man achten muss, damit eine Wahl von allen akzeptiert wird.

M4 Klassensprecherwahl nach Wahlrechtsgrundsätzen

Wahlrechtsgrundsätze nach Art. 38 GG

gleich

frei

unmittelbar

geheim

allgemein

Jeder, der das 18. Lebensjahr vollendet hat, darf wählen.

Niemand darf Druck auf die Wählerinnen und Wähler ausüben.

Jede Stimme hat das gleiche Gewicht.

In Deutschland wählt jeder direkt. Die eigene Stimme wird also nicht auf Wahlmänner oder Wahlfrauen übertragen.

Man muss niemandem erzählen, wen man gewählt hat.

Wählen ab 16
In manchen Bundesländern, z. B. in Nordrhein-Westfalen, darf man bei den Kommunalwahlen schon ab 16 Jahren teilnehmen.
→ vgl. Kap. 2

WAHLRECHTSGRUNDSÄTZE

Damit eine Wahl von möglichst vielen anerkannt wird, gibt es in Deutschland fünf wichtige Grundregeln.
Mithilfe dieser fünf Grundregeln kann man prüfen, ob eine Wahl nach dem freien Willen der Gemeinschaft durchgeführt wurde. Wahlen sollen demnach gleich, frei, unmittelbar, geheim und allgemein sein.

M5 Wie wird der Klassensprecher gewählt?

1

Als erstes werden Kandidaten für das Amt des Klassensprechers vorgeschlagen und an der Tafel o. Ä. gesammelt. Vorgeschlagen werden kann jede Schülerin und jeder Schüler der Klasse. Es ist möglich, sich selbst vorzuschlagen. Das Vorschlagen kann öffentlich oder geheim durchgeführt werden.

2

Nun wird jede und jeder der vorgeschlagenen Kandidaten und Kandidatinnen gefragt, ob er oder sie sich überhaupt zur Wahl stellt. Diejenigen, die nicht kandidieren möchten, werden gestrichen.

3

Es werden zwei Klassensprecher gewählt. Pro zu besetzendes Amt hat jede Schülerin und jeder Schüler eine Stimme. Die Schüler notieren auf einheitlichen Zetteln ihre Kandidaten. Bei Unleserlichkeit, dem Nennen von mehr als zwei Personen oder bei Doppelnennung wird der Stimmzettel ungültig. Allerdings ist es möglich, sich einer oder beider Stimmen zu enthalten. Hierbei schreibt man einfach nur einen oder keinen Namen auf den Zettel. Die beiden Kandidaten, die die meisten Stimmen auf sich vereinen können, haben die Wahl gewonnen. Bei Stimmengleichheit ist ein weiterer Wahlgang erforderlich.

4

Die Stimmen werden öffentlich ausgezählt und es wird überprüft, ob die Zahl der abgegebenen Stimmen mit der Zahl der Anwesenden übereinstimmt.

5

Die Gewählten erklären, ob sie die Wahl annehmen. Über die Wahl muss ein Protokoll angefertigt werden, das folgende Angaben enthält: Wahlzeitpunkt, Anzahl der Stimmberechtigten, Namen der Kandidaten, Wahlergebnis, Feststellung, ob die Gewählten das Amt angenommen haben. Gegen die Wahl kann innerhalb einer Frist von zwei Wochen beim Schulleiter schriftlich Einspruch erhoben werden.

AUFGABEN

1. a) Arbeite mit einem Partner. Erklärt euch die Bilder in **M4** gegenseitig und nutzt hierzu die Unterüberschriften.
   b) Ordnet die Wahlrechtsgrundsätze im Rand den entsprechenden Beschreibungen und Bildern zu.

2. Wie läuft eine Klassensprecherwahl nach den Wahlrechtsgrundsätzen ab?
   a) Erstelle mit einem Partner eine Checkliste für eine Klassensprecherwahl (**M4**, **M5**).
   b) Führt in eurer Klasse eine Klassensprecherwahl mit den Kandidaten aus **M3** durch.

F **zu Aufgabe 2b**
Diskutiert, ob sich das Ergebnis der Klassensprecherwahl verändern würde, wenn sie öffentlich mit Handzeichen erfolgt, anstatt geheim mit Wahlzetteln.

Wie können wir das Schulleben mitgestalten?

Wo und wie könnt ihr eure Ideen zum Schulleben einbringen? Damit ihr das Schulleben mitbestimmen könnt, müsst ihr wissen, was die Schülervertretung (SV) ist und über welche Fragen sie mit den Lehrern und Eltern der Schule abstimmen darf.

M6 Ein Problem auf dem Schulhof

Die Klasse 5b ist sehr unzufrieden mit den großen Pausen und fühlt sich ungerecht behandelt. Obwohl viele aus der 5b gerne Tischtennis als Rundlauf spielen, kommen sie häufig nicht dazu, weil ganze Gruppen von älteren Schülerinnen und Schülern die Tischtennisplatten als Sitzbank nutzen. Manchmal mischen sich diese einfach in ihr Spiel ein, spielen ungefragt mit und verdrängen dann sogar die Kleineren.
Auf dem Pausenhof gibt es nur wenige Sitzgelegenheiten oder Tischtennisplatten. Die Spielgeräte und Schaukeln sind veraltet.

Die Tischtennisplatte auf dem Pausenhof ist beliebt – zum Sitzen und zum Spielen.

M7 Wer oder was ist die Schülervertretung?

Die Schülervertretung (SV) ist für alle Schülerinnen und Schüler und ihre Fragen, Wünsche und Probleme innerhalb des Schullebens der ganzen Schule zuständig. Alle Schüler haben das Recht, Probleme des schulischen Lebens sowie Beschwerden zu diskutieren und mit den Lehrkräften zu besprechen.
Die gewählten Klassensprecher und Vertreter aus jeder Klasse bilden gemeinsam den Schülerrat. Der Schülerrat ist für das Schulleben (z. B. Pausengestaltung) und alle Fragen der Schülerinnen und Schüler zuständig, die über den Bereich einer Klasse hinausgehen. Im Schülerrat (oder auch in der Schülerversammlung) werden der Schulsprecher oder die Schulsprecherin gewählt. Der Schülerrat wählt einen oder mehrere Lehrerinnen und Lehrer der Schule, die die Schüler und den Schülerrat bei Konflikten und bei der Planung und Durchführung ihrer Aufgaben unterstützen. Diese heißen SV-Lehrer (oder Verbindungslehrer). Zweimal im Jahr kann eine Schülerversammlung einberufen werden. Hier treffen sich alle Schülerinnen und Schüler einer Schule und beraten über wichtige schulische Angelegenheiten.

Nach: SV-Erlass des Kultusministeriums NRW vom 22.11.1979

M8 Interview mit einem Schülersprecher

Jasper W. ist Schülersprecher an seiner Schule in Krefeld.

Warum wolltest du Schülersprecher werden?

Ich möchte die Schule gerechter für die Schülerinnen und Schüler machen. Ich habe oft das Gefühl, dass die Schule nur als Ort des Lernens begriffen wird, dabei ist sie viel mehr als das! Schule ist für die Schülerinnen und Schüler da, und ihre Interessen möchte ich als Schülersprecher vertreten.

Wie viel Einfluss hast du als Schülersprecher?

Als Schülersprecher hat man sehr viel Einfluss! Zum einen zählt meine Stimme bei den Schulkonferenzen, wo man sehr wichtige Entscheidungen für die Schule trifft. Zum anderen kann ich zusammen mit der SV allerlei Projekte auf die Beine stellen.

Wo hast du konkret die Schule mitgestaltet?

Unser Schulhof sieht jetzt ganz anders aus als früher! Als SV haben wir uns dafür eingesetzt, dass die kalten Bänke auf dem Schulhof Holzplatten bekommen. Wir forderten auch neue Tischtennisplatten und Mülleimer für den Schulhof. Wir wollten, dass die Schule ansprechender aussieht und sich die Schülerinnen und Schüler in der Pause wohler fühlen. Das konnten wir durch unseren Einsatz erreichen.

Jasper (links) informiert beim Tag der offenen Tür der Schule über die Schülervertretung.

Interview: Mehmet Akyazi mit Schülersprecher Jasper W., 09.10.2019

AUFGABEN

1. Wie kann das Problem auf dem Schulhof gelöst werden?
   a) Beschreibe, welche Interessen und Bedürfnisse im Beispiel aufeinanderstoßen (**M6**, **Kap 2.1**, **#Bedürfnis**).
   b) Erkläre mithilfe von **M7** und **M8**, wie die Schüler der Klasse 5b vorgehen können, damit ihr Problem Aufmerksamkeit bekommt.
   c) Entwerft in Kleingruppen Vorschläge und Kompromisse zur Lösung des Problems. Berücksichtigt dabei die Interessen aller Beteiligten.
   d) Diskutiert in der Klasse, welche Vorschläge und Kompromisse ihr für gut und umsetzbar haltet.
2. Führt ein Interview mit der Schülersprecherin oder dem Schülersprecher eurer Schule durch. **MK**

H zu Aufgabe 2
Für das Interview könnt ihr euch an **M8** orientieren oder neue Fragen formulieren.

Wie kann der Schülerrat am Schulleben mitwirken?

Ihr habt bestimmt schon gemerkt, dass eure Klassensprecher für die Schülerratssitzungen vom Unterricht befreit werden. Die Klassensprecher haben dort die wichtige Aufgabe, ihre Klassen zu vertreten und Themen zu diskutieren, die wichtig für alle an der Schule beteiligten sind.

M9 Wie können die Pausen attraktiver werden?

Die Schulleitung hat in Aussicht gestellt, dass über den Förderverein 3.000 € für eine attraktivere Pausengestaltung zur Verfügung stehen werden. Die Elternvertretung, die Lehrer und auch der Schülerrat haben unterschiedliche Vorstellungen, wie dieses Geld verwendet werden soll. Leider kann man mit dem Geld nur einen Teil der Wünsche erfüllen. Die Vorschläge sollen in der Schulkonferenz diskutiert und beschlossen werden. Im Schülerrat kommt es zu Diskussionen, welchen Vorschlag die Vertreter in der Schulkonferenz machen sollen.

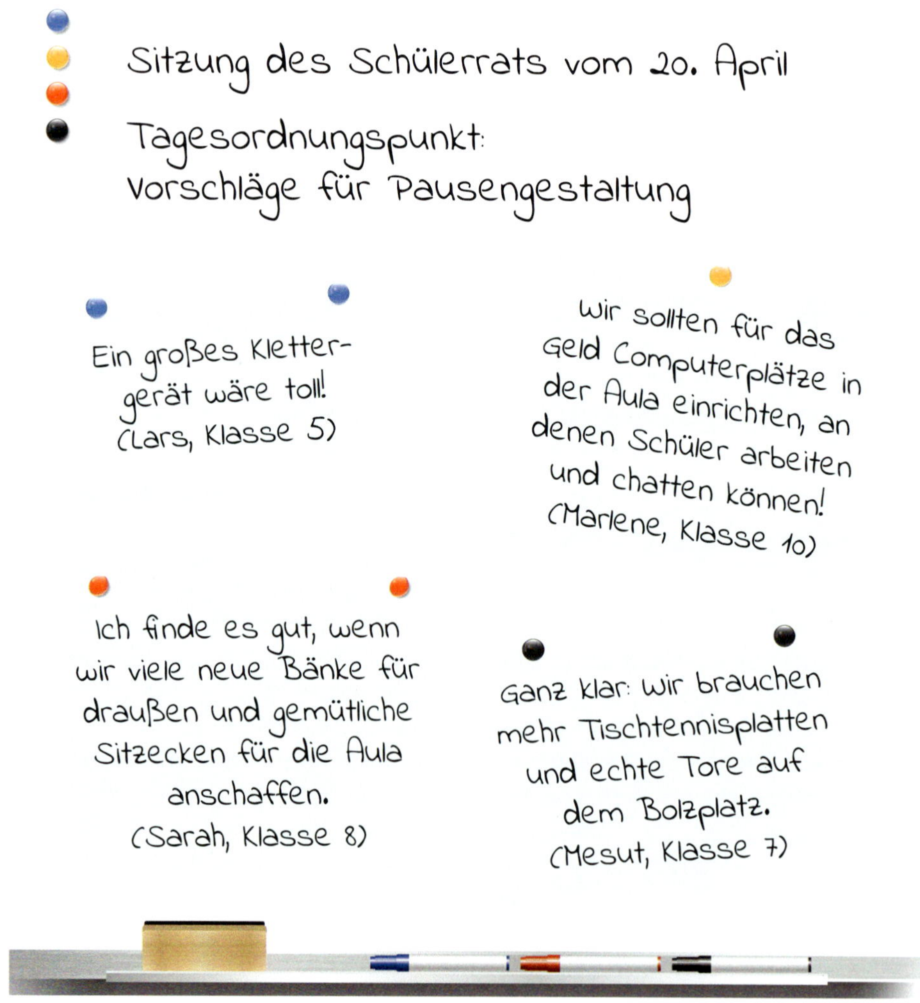

SCHÜLERVERTRETUNG

Die Schülervertretung (SV) vertritt die Interessen und Anliegen der Schülerinnen und Schüler.
Neben der Wahl des Schülersprechers werden Themen, die alle Schülerinnen und Schüler betreffen, diskutiert und gemeinsame Beschlüsse zu diesen gefasst. Sie besteht aus den gewählten Klassensprechern der jeweiligen Klassen bzw. deren Vertretern.

M10 Ist der Schülerrat zuständig oder nicht?

1. Wahl der Schülersprecherin oder des Schülersprechers in einem geregelten Wahlverfahren
2. Einberufen der Schülerversammlung (bei wichtigen Themen oder um Schulsprecher wählen zu lassen)
3. Wünsche des Schülerrats an die Schulkonferenz formulieren (z. B. Handynutzung in den Pausen)
4. Finden von Lösungen für Disziplinprobleme in der Klasse 8b
5. Gestaltung des Schulfests diskutieren (Sportfest, Disko oder Halloweenparty?)
6. Überarbeiten der Art und Weise der Bewertung in Klassenarbeiten
7. Vorschläge machen für die Neugestaltung von Schul-T-Shirts
8. Übersicht geben über die Einnahmen und Ausgaben der SV
9. Streit schlichten zwischen zwei Schülern aus der 7b, die sich auf dem Schulhof geprügelt haben

AUFGABEN

1. Versetzt euch in die Rolle des Schülerrats und untersucht in Kleingruppen die vier Vorschläge zur Pausengestaltung .
   a) Notiert Vor- und Nachteile der einzelnen Vorschläge in einer Tabelle (**M9**).
   b) Untersucht, ob Kompromisse möglich sind.
   c) Begründet im Klassengespräch eure Entscheidung, welchen Vorschlag der Schülerrat für die Schulpausen machen sollte.
2. Arbeite mit einem Partner zusammen. Prüft, in welchen Fällen der Schülerrat zuständig ist und in welchen nicht (**M10**).

H zu Aufgabe 2
- Lest nochmal den Text **M7** zur Schülervertretung.
- Denkt auch daran, dass das Schulfest für die gesamte Schulgemeinschaft zugänglich sein soll (Schüler, Lehrer, Eltern).

Wie funktioniert die Mitwirkung in der Schulkonferenz?

Wer bestimmt darüber, um wieviel Uhr die erste Stunde an deiner Schule beginnt? Wer ist in der Schule zuständig, wenn neue Spielgeräte für den Pausenhof angeschafft werden sollen? Dazu musst du die Aufgaben der Schulkonferenz kennen und wissen, wer dort sitzt.

M11 Aufgaben der Schulkonferenz

Die Schulkonferenz ist die wichtigste Versammlung einer Schule: In ihr sitzen Lehrer, Eltern und Schüler und entscheiden gleichberechtigt über Fragen des Schullebens.

In der Schulkonferenz beraten und entscheiden ausgewählte Lehrer, Eltern und Schüler gemeinsam, wie das Zusammenleben in der Schule geregelt werden soll und sie vermitteln bei Konflikten innerhalb der Schule. Zu den Aufgaben, über die die Schulkonferenz entscheiden soll, gehören beispielsweise das Aufstellen von Regeln in einer Schulordnung, die Pausenhofgestaltung oder die Feier von Schulfesten. Die Schulkonferenz kann auch darüber entscheiden, ob z. B. der Unterrichtsbeginn und die Unterrichtszeiten geändert werden sollen. Die Anzahl von Lehrern, Schülern und Eltern in dieser Versammlung muss immer gleich sein, und bei Abstimmungen zählt jede Stimme gleich viel. Schüler haben also genauso viele Stimmen wie Lehrer oder die Eltern. Nur bei Stimmgleichheit in einer Abstimmung der Schulkonferenz darf der Schulleiter, der als Vorsitzender hier sonst nicht mit abstimmen darf, entscheiden.

Zusammensetzung der Schulkonferenz
(bei einer Schulgröße von 200-500 Schülern):

M12 Der Weg von Schüler-, Eltern- und Lehrervertreter in die Schulkonferenz

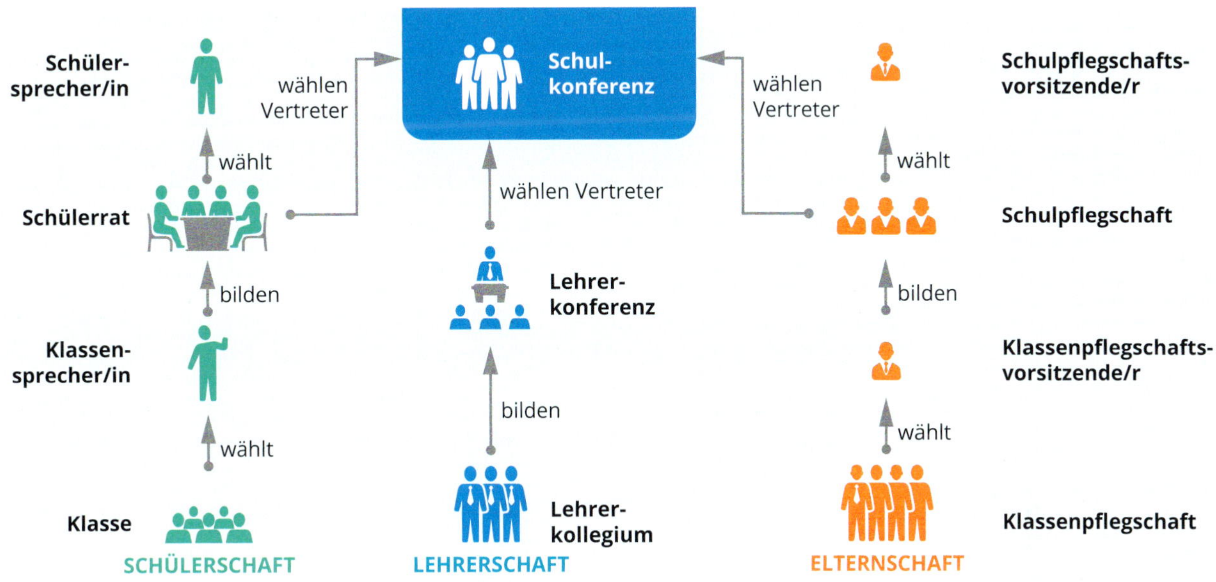

M13 Positionen in der Schulkonferenz zur Pausengestaltung

Wir treten für eine Verschönerung und Erweiterung der Schulbibliothek ein. Sie soll ein Platz sein, an dem sich alle Schüler wohlfühlen und auch ihre Pausen gut verbringen können.

Wir fordern mehr Tischtennisplatten und mehr Sitzgelegenheiten im Pausenhof.

Wir sprechen uns zuallererst für klare Regelungen aus, an die sich alle Schüler während der Pause halten müssen.

Lehrerschaft

Schülerschaft

Elternschaft

AUFGABEN

1. a) Nenne mindestens vier Aufgaben der Schulkonferenz (**M11**).
   b) Notiere, welche Gruppen mit wie vielen Personen in der Schulkonferenz sitzen (**M11**).
2. Erkläre den Weg von Schülern und Eltern in die Schulkonferenz mithilfe des Schaubilds (**M12**).
3. Begründe, warum Schüler, Eltern und Lehrer in der Schulkonferenz gleichberechtigt sind.
4. Wie kann die Schulkonferenz zu einer Übereinkunft bei der Pausengestaltung kommen? Führt zu diesem Thema ein Rollenspiel zur Schulkonferenz durch (**M13**, **Methode: Rollenspiel**).

Ein Rollenspiel am Beispiel der Schulkonferenz durchführen

Worum geht es?

Bei einem Rollenspiel könnt ihr in einer vorgegebenen Situation in Rollen schlüpfen, die zwar durch Rollenkarten vorgeschrieben sind, aber zusätzlich von euch selbst ausgestaltet werden können. Dabei geht es darum, möglichst rollengerecht so zu handeln, wie es in der Rollenbeschreibung vorgesehen ist. Ihr spielt, als ob ihr eine bestimmte Person in einer bestimmten Situation seid. Dabei könnt ihr eigene Einstellungen und Gefühle erkennen und verstehen, aber auch die anderen Interessen und Sichtweisen erfahren.

Geht dabei so vor:

1. Schritt: Rollenspiel vorbereiten

- **Überblick verschaffen:** Recherchiert Zusammensetzung und Größe der Schulkonferenz und legt in eurer Klasse Gruppen fest, welche die jeweilige Rolle übernehmen.
- **Rollenkarten gestalten:** Gestaltet mithilfe der Aussagen in **M13** die entsprechenden Rollenkarten.
- **Rollen verteilen:** Bestimmt jeweils eine Person aus eurer Gruppe, die die jeweilige Rolle in der Schulkonferenz vertritt.

↓ ↓ ↓

2. Schritt: Rollenspiel durchführen

- **Führt die Schulkonferenzsitzung als Rollenspiel durch.**
- **Rollenspiel beobachten**
  Diejenigen von euch, die nicht daran teilnehmen, beobachten die Konferenz und machen sich Notizen zu den einzelnen Rollen. Was sind die überzeugendsten Argumente?

↓ ↓ ↓

3. Schritt: Rollenspiel auswerten

- **Feedback geben**
  Tauscht euch am Ende über das Rollenspiel aus.
  a) Wie haben sich die Vertreter der jeweiligen Rollen gefühlt? Wie ging es ihnen in den jeweiligen Rollen (vor allem, wenn es nicht die eigene Meinung war)?
  b) Welche Beobachtungen haben die Nichtteilnehmer gemacht?
  c) Was hat die Rollendiskussion gebracht?

WIE KANN ICH DAS SCHULLEBEN MITGESTALTEN?

KLASSENSPRECHER/IN

← M2, M3, M5

Im Schulgesetz wird die Wahl eines Klassensprechers/einer Klassensprecherin verlangt. Der Klassensprecher vertritt die Interessen der gesamten Klasse vor den Lehrern und im Schülerrat vor der Schule. Um diese Aufgabe auch geeignet ausführen zu können, muss sich die gewählte Person in besonderer Weise eignen. Ein Klassensprecher sollte ausgleichend auftreten, seine Meinung gut vertreten können und sich für Mitschüler einsetzen.

WAHLRECHTSGRUNDSÄTZE

← M4

Auch bei einer Klassensprecherwahl gelten festgelegte Grundsätze, die bei Wahlen in Deutschland angewendet werden (Artikel 38 Grundgesetz):

- **Allgemein** bedeutet, dass jeder, der das Wahlrecht besitzt, auch wählen kann.
- **Unmittelbar** bedeutet, dass ein Kandidat direkt gewählt wird und nicht über einen Vertreter (wie z. B. Wahlmänner oder Ähnliches).
- **Geheim** bedeutet, dass nicht mehr nachvollziehbar sein darf, wer wie gewählt hat.
- **Gleich** bedeutet, dass jeder Wähler die gleiche Stimmenanzahl hat bzw. jede Stimme gleich viel zählt.
- **Frei** bedeutet, dass niemand zur Wahl gezwungen werden darf, dass niemand nach der Wahl benachteiligt werden darf, dass jeder das Recht hat, auf eine Stimmabgabe zu verzichten.

SCHULE MITGESTALTEN

← M7, M8

Die Schüler haben das Recht, die Schule mitzugestalten. Der Schülerrat vertritt über seine Klassensprecher und Vertreter die Interessen aller Schülerinnen und Schüler. Die gewählten Klassensprecher sowie ihre Vertreter bilden gemeinsam den Schülerrat. Der Schülerrat ist die wichtigste Vertretung der Schüler, denn im Schülerrat werden in der Regel der Schulsprecher oder die Schulsprecherin sowie Vertreter für die Schulkonferenz gewählt. Der Schülerrat hat festgelegte Aufgaben. Zweimal im Jahr darf der Schülerrat alle Schüler der Schule zu einer Schülerversammlung einladen.

SCHULKONFERENZ

← M11, M12

Die Schulkonferenz ist das gemeinsame Organ der Schule. Hier sitzen in gleicher Anzahl Lehrer, Eltern und die Schülervertreter. Gemeinsam werden Angelegenheiten der Schule beraten und Entscheidungen getroffen. Außerdem vermittelt die Schulkonferenz bei Konflikten innerhalb der Schule.

Fall 1: Die ausgelaufene Trinkflasche

Eine Trinkflasche ist im Unterricht umgefallen und Wasser über ein Schulbuch gelaufen. Daraufhin erklärt die Lehrerin Frau Szlagor genervt: „Es gibt jetzt eine neue Schulregel: Das Trinken ist während des Unterrichts verboten!"

Aufgaben

1. Prüfe, wer in der Schule für eine neue Schulregel (das bedeutet eine Änderung der Schulordnung) zuständig ist.
2. Erläutere, wie Frau Szlagor erreichen könnte, dass ihr Anliegen in die Schulordnung aufgenommen wird.
3. Notiere, in welchen Situationen diese Regel sinnvoll und in welchen Situationen diese Regel nicht sinnvoll ist (denke dabei auch an die Bedürfnisse und Interessen der Beteiligten).
4. Begründe, ob diese Regel für alle gelten soll.
5. Formuliere einen Vorschlag für einen vernünftigen Kompromiss, der im Klassenrat besprochen werden soll.

Fall 2: Qual der Wahl

In der 5a stehen Wahlen zum Klassensprecher an. Frau Tönnies, die Lehrerin der 5a, gibt vor der Wahl bekannt, dass nur die Stimmen der Schülerinnen und Schüler gezählt werden, die im Fach Politik mindestens die Zeugnisnote „gut" hätten. Die Stimmen mit der Note „sehr gut" zählen doppelt. Sie schlägt vor, dass die Wahl der Einfachheit halber durch Handzeichen entschieden werden soll. Mögliche Kandidatinnen und Kandidaten werden an der Tafel notiert. Die Wunschkandidaten von Frau Tönnies werden mit einem kleinen Sternchen markiert. Die Lehrerin zählt dann die per Handzeichen abgegebenen Stimmen. Diejenige oder derjenige, die/der die meisten Stimmen hat, gewinnt die Wahl. Der mit den zweithöchsten Stimmen wird zum Stellvertreter ernannt.

Aufgaben

1. Notiere und begründe in einer Tabelle, welche der fünf Wahlrechtsgrundsätze in diesem Fall beachtet und welche nicht beachtet wurden.

Wahlrechtsgrundsätze	beachtet ja/nein	Begründung

2. Erläutere, wie die Wahl eines Klassensprechers oder einer Klassensprecherin korrekt abläuft und was besonders zu beachten ist.

In diesem Kapitel hast du viel über deine Rechte, Pflichten und Mitwirkung in deiner Klasse und an deiner Schule gelernt. Mithilfe des Selbsteinschätzungsbogens kannst du überprüfen, was du kannst und weißt.

Ich kann ...	Das klappt schon ...	Hier kann ich noch üben ...
... gutes Verhalten und Merkmale einer guten Klasse benennen und begründen.		Kapitel 1.1: M1, M2-M3, Grundwissen
... Regeln erstellen und überprüfen, ob sie sinnvoll sind und für alle gültig sein sollen.		Kapitel 1.1: M4-M7, Grundwissen
... einen Konflikt mithilfe von Streitschlichtern lösen.		Kapitel 1.1: M8-M10, Grundwissen
... Konflikte zwischen Mehrheiten und Minderheiten im Klassenrat diskutieren und Kompromisse finden.		Kapitel 1.1: M11, M12
... Rechte und Mitwirkungsmöglichkeiten von Schülerinnen und Schülern erklären.		Kapitel 1.2: M1, M2, M7, M10, Grundwissen
... sinnvolle Klassensprecherkandidaten begründet wählen.		Kapitel 1.2: M1, M3, Grundwissen
... die Grundsätze von demokratischen Wahlen nennen und in einer Wahl anwenden.		Kapitel 1.2: M4, M5, Grundwissen
... die Aufgaben und Zusammensetzung des Schülerrats und der Schulkonferenz benennen.		Kapitel 1.2: M7-M12, Grundwissen

Seilbahn für Wuppertal? Bürger entscheiden mit

Millionengrab Seilbahn – Planungen sind rechtlich und technisch unsicher

Finanzsituation der Stadt: Muss bei Kitas und Schulen gespart werden, um die Seilbahn zu finanzieren?

Modell der geplanten Seilbahn in Wuppertal. Sie sollte das tief gelegene Zentrum und den Bahnhof mit anderen, höher gelegenen Stadtteilen, der Universität und dem Schulzentrum Süd verbinden. Im Mai 2019 stimmten knapp 62 % der Bürger in einer Befragung gegen den Bau.

Hohe Beteiligung bei der Bürgerbefragung: 50 % der Wuppertaler gaben ihre Stimme ab.

Vision „Wuppertal 2025": Bürgermeister sieht die Seilbahn als Vorzeigeprojekt.

Tägliches Verkehrschaos: Entlastung durch die Seilbahn erhofft – geringere Bustaktung befürchtet.

Was weißt du schon?

1. a) Beschreibe anhand der Schlagzeilen die Situation in Wuppertal. Benenne dazu die Betroffenen und deren Interessen.
   b) Nimm spontan Stellung zum Seilbahnvorhaben. Hättest du für die Seilbahn gestimmt oder dagegen?
2. a) Gibt es in deiner Stadt oder Gemeinde Projekte, die dich betreffen? Vervollständige die folgenden Sätze erst alleine. Tauscht euch dann darüber in der Klasse aus.
   - Wenn ich an meine Stadt/Gemeinde denke, ...
   - Kinder und Jugendliche in meiner Stadt/Gemeinde ...
   - Die Politik in meiner Stadt/Gemeinde sollte ...

   b) Sortiert eure Gedanken mithilfe einer Mindmap an der Tafel.

2

#Politik in unserer Gemeinde

Deine Gemeinde, das ist der Ort, in dem du lebst. Hier werden täglich politische Entscheidungen getroffen, die dich unmittelbar betreffen. Etwa, wie gut deine Schule ausgestattet ist, wie sicher dein Schulweg ist oder welche Freizeitangebote es gibt.
In der Gemeinde gibt es für Kinder und Jugendliche viele Möglichkeiten, selbst politisch aktiv zu werden. So könnt ihr über eure eigene Zukunft mitentscheiden.

Was lernst du in diesem Kapitel?

... Aufgaben und Aufbau einer Gemeinde zu erläutern.
... die Bedeutung politischer Beteiligung in der Gemeinde zu ermitteln.
... Möglichkeiten demokratischer Mitbestimmung auf kommunaler Ebene zu beschreiben.
... unterschiedliche Positionen in kommunalen Entscheidungsprozessen zu ermitteln.
... nachhaltige Entwicklung als Aufgabe kommunalen Handelns zu erläutern.

Einen Brief an einen Gemeindevertreter verfassen MK

Was bewegt Kinder und Jugendliche in deiner Gemeinde? Was könnt ihr tun, um euch in eurer Gemeinde zu beteiligen? Findet heraus, wer an Entscheidungsprozessen in der Gemeinde beteiligt ist und bringt euch ein.

Geht dabei so vor:

Befragt Kinder und Jugendliche eurer Gemeinde, was sie in der Gemeinde stört. Verfasst anschließend einen Brief an eure politischen Vertreter in der Gemeinde, in dem ihr Probleme ansprecht und Ideen für die Zukunft vorschlagt.

Start

1 Befragt Kinder und Jugendliche aus eurer Gemeinde: Welche Themen beschäftigen sie und was stört sie an der Gemeinde? Gibt es beispielsweise Probleme mit der Verkehrssituation zu Schulbeginn oder sind die Schultoiletten veraltet?

2 Arbeitet heraus, für welche Themen und Aufgaben eine Gemeinde zuständig ist. (→ Kap 2.2, M1-M3)

3 Wertet eure Befragung aus: Welche Punkte stören die Kinder und Jugendlichen in deiner Gemeinde am meisten? Tauscht euch aus und einigt euch auf Themen, die ihr ansprechen wollt.

4 Arbeitet heraus, wer in der Gemeinde wichtige Entscheidungen trifft (→ Kap. 2.1, M1-M4) und wer Ansprechpartner für Kinder und Jugendliche in eurer Gemeinde ist. (→ Kap. 2.1, M5-M8)

5

Diskutiert, welche Möglichkeiten der Mitbestimmung in der Gemeinde ihr als Kinder und Jugendliche habt. Begründet, welche ihr als besonders aussichtsreich einschätzt.
(→ Kap. 2.1, M6, M7)

6

Formuliert einen Brief an einen politischen Vertreter eurer Gemeinde MK (→ Kap. 2.2, Methode: Brief formulieren). Entscheidet, ob ihr euch an das Kinder- und Jugendparlament oder direkt an den Gemeinderat oder Bürgermeister wendet. Sprecht in jedem Fall folgende Punkte an:
- Themen, die Kindern und Jugendlichen in deiner Gemeinde wichtig sind,
- Vorschläge für eine Verbesserung und Ideen, wie man die Gemeinde fit für die Zukunft machen kann,
- konkrete Anregungen, wie die Finanzierung gelingen kann (z. B. indem auf Möglichkeiten zum Sparen im Haushalt der Gemeinde benannt werden).

(→ Kap 2.2, M6, M7)

7

Auswertung: Beantworte für dich folgende Fragen mit einer kurzen Begründung:
- Was hast du in den letzten Stunden über das Thema gelernt?
- Wie fandest du das Arbeiten in deiner Gruppe?
- Möchtest du dich in Zukunft wieder an politischen Entscheidungen in deiner Gemeinde beteiligen (und wenn ja, in welcher Form)?

2.1 Entscheidungswege und Mitbestimmungsmöglichkeiten in der Gemeinde

Wer entscheidet in der Gemeinde?

Viele politische Entscheidungen, die dich betreffen, werden vor Ort, also in deiner Gemeinde gefällt. Mit der Seilbahn zur Schule? Hört sich doch nicht schlecht an. Aber wer entscheidet darüber, ob solch ein Vorhaben umgesetzt wird?

M1 Bürgermeister ohne Macht? Seilbahnbau in Wuppertal

Oberbürgermeister Andreas Mucke (SPD) am 14.05.2019 in Wuppertal:

> Eine Seilbahn ist nicht nur ein leistungsfähiges und umweltschonendes Verkehrsmittel [...]. Mit ihr erhalten wir auch eine besondere Attraktion, die viele Menschen von außerhalb anzieht.

Mucke, Andreas: Pressemeldung. In: www.wuppertal.de, 14.05.2019

Stadt Wuppertal – Gesamtergebnis Bürgerabstimmung 26.05.2019

Wahlbeteiligung: 50,49 Prozent

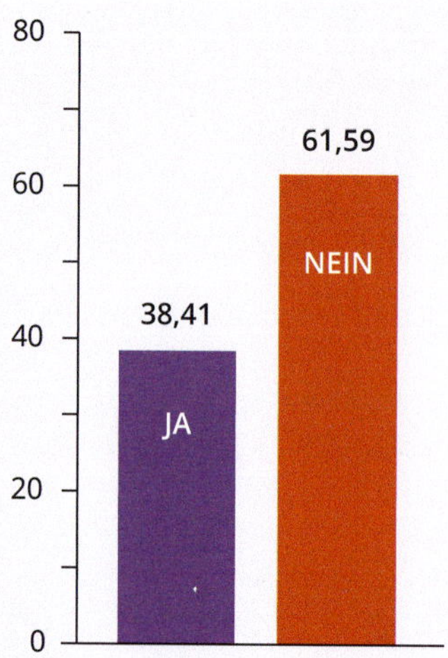

www.wahlen.wuppertal.de

> Das ist ein deutliches Ergebnis, das es zu akzeptieren gilt. Damit ist das Thema Seilbahn erledigt. Punkt.

Oberbürgermeister Andreas Mucke am 27.05.19, zitiert in: Rüth, Katharina/ Neukirchen, Daniel/ Leuschen, Lothar: Wuppertaler Seilbahn. Politik zieht Konsequenz. In: Westdeutsche Zeitung, 27.05.2019

M2 Wie wird in der Gemeinde entschieden?

i März 2016: Stadtrat beauftragt die Verwaltung mit einer Machbarkeitsstudie der Seilbahn und beschließt gleichzeitig ein Bürgerbeteiligungsverfahren.

k Der Stadtrat beschließt am 10.07.2017: Die Seilbahnplanung soll beginnen!

j Gründung der Bürgerinitiative „Pro Seilbahn e.V." am 23.07.2015

h Die Stadtverwaltung folgt dem Ergebnis der Befragung und lässt von nun an das Seilbahn-Projekt ruhen.

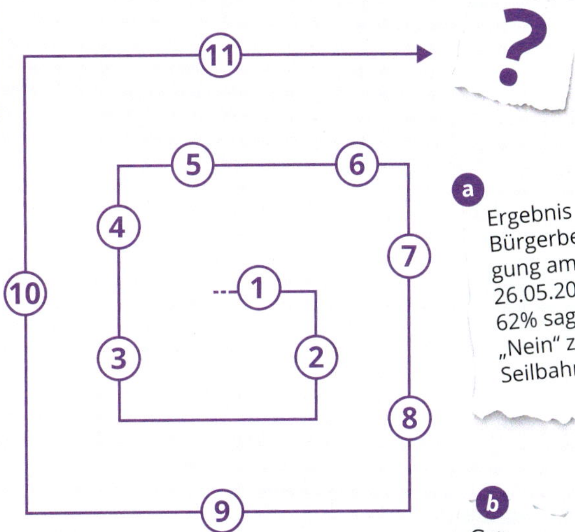

a Ergebnis der Bürgerbefragung am 26.05.2019: 62% sagen „Nein" zum Seilbahnbau

g 2014: Stadtrat beschließt „Vision Wuppertal 2025"

f Erste öffentliche Informationsveranstaltung zur Seilbahn am 19.05.2015

b Gründung der Bürgerinitiative „Seilbahnfreies Wuppertal e.V." am 29.06.2015

c Der Stadtrat beschließt im Februar 2019, dass die Bürgerinnen und Bürger zum Seilbahnbau befragt werden sollen.

e langwierige Grundstücksverhandlungen mit der Deutschen Bahn von Juli 2017 bis Anfang 2019

d November 2016: 46 Bürgerinnen und Bürger haben ein Bürgergutachten zur Seilbahn erstellt und übergeben es an den Bürgermeister.

Bürgerinitiative
Ein Zusammenschluss von Bürgerinnen und Bürgern, die sich zu einer Aktionsgruppe zusammenfinden. Sie verfolgen ein gemeinsames Ziel. Von Parteien und Verbänden sind sie meist unabhängig. Oft richtet sich eine Bürgerinitiative für oder gegen ein verkehrspolitisches Projekt (Bau einer Straße oder eines Flughafens) oder gegen die Bebauung von Naturschutzgebieten. Im Unterschied zu politischen Parteien versuchen sie nicht, über Wahlen politische Macht zu erlangen. Es gibt mehrere tausend Bürgerinitiativen in Deutschland.

M3 Wer macht was in der Gemeinde?

Fraktionen
Zusammenschluss von Gemeinderatsmitgliedern, die der gleichen Partei angehören (bzw. mindestens ähnliche Interessen vertreten)

Wo werden Entscheidungen getroffen?
Wenn in Gemeinden Entscheidungen getroffen werden, geschieht dies im **Gemeinderat**. Dieser wird alle fünf Jahre in geheimer Wahl von den Bürgerinnen und Bürgern gewählt. Ein Gemeinderat trifft sich in regelmäßigen Sitzungen und entscheidet darüber, ob zum Beispiel eine neue Umgehungsstraße gebaut wird oder neue Wohngebiete erschlossen werden. Ein Gemeinderat entscheidet auch über den Haushaltsplan, das heißt, er überwacht die Einnahmen und die Ausgaben der Gemeinde (= Etatrecht). Er berät und beschließt Vorlagen der Verwaltung und Anträge der **Fraktionen**. Darüber hinaus kontrolliert der Gemeinderat auch die Verwaltung.

Wer ist der „Chef" der Gemeinde?
Eine Gemeinde wird von einem **Bürgermeister** oder einer **Bürgermeisterin** geleitet. Er oder sie wird für fünf Jahre von den Bürgerinnen und Bürgern gewählt. Eine wichtige Aufgabe ist es, den Gemeinderat zu leiten. Er oder sie ist auch Chef(in) der Verwaltung (siehe unten) und Vorsitzende(r) der **Ausschüsse**. Der Bürgermeister berät und entscheidet mit, ob zum Beispiel ein neues Jugendzentrum gebaut oder Geld für eine Sportanlage ausgegeben wird. Er führt das Rathauspersonal und repräsentiert eine Gemeinde nach außen.

Wo werden Entscheidungen vorbereitet?
Nicht alle Angelegenheiten, die eine Gemeinde betreffen, können im Gemeinderat ausführlich beraten und diskutiert werden. Dies würde zu viel Zeit in Anspruch nehmen. Außerdem braucht man in vielen Angelegenheiten das Wissen von Experten, die sich in einer Angelegenheit richtig gut auskennen. Diese Experten treffen sich zur Vorarbeit in den **Ausschüssen**. Es gibt Ausschüsse zu verschiedenen Themenfeldern. Die Ausschüsse setzen sich zusammen aus den Vertretern des Gemeinderats und sachkundigen Bürgerinnen und Bürgern.

Wer setzt die getroffenen Entscheidungen um?
Bürgermeister/Bürgermeisterin und Gemeinderatsmitglieder sind gewählte Vertreter der Einwohnerinnen und Einwohner einer Gemeinde. In der **Verwaltung** arbeiten jedoch Angestellte der Stadt. Ihr Chef ist der Bürgermeister. Da sich die Verwaltungsangestellten hauptberuflich mit den Angelegenheiten einer Gemeinde befassen, sind sie Spezialisten. Deswegen kommen die meisten Vorschläge auch von ihnen und werden vom Bürgermeister in die Gemeinderatssitzungen eingebracht. Die Verwaltung setzt die Beschlüsse des Gemeinderates in die Tat um.

M4 Mit welchen Themen beschäftigt sich ein Bürgermeister?

Dimitrios Axourgos war neu gewählter Bürgermeister der Stadt Schwerte, als er das Interview gab.

Herr Axourgos, wie geht es Ihnen nach den ersten 100 Tagen [als Bürgermeister]?

Sehr gut. Das Amt ist eine Herausforderung und die Aufgaben sind sehr vielseitig. [...] Die Palette der vielen Termine ist weit gefächert: Personalgespräche, Bürgermeister-Sprechstunde, Geburtstagsgratulationen, Ehrungen, Jubiläen, Vereinsfeste und vieles mehr. Hauptsächlich natürlich auch die reine Verwaltungsarbeit. Sie sehen: mir ist ganz sicher nicht langweilig. [...]

Wie konnten Sie die [...] Themen aus Ihrem Wahlkampf bereits umsetzen oder auf den Weg bringen?

[...] Der Förderung des Sports habe ich dadurch einen höheren Stellenwert eingeräumt, dass dieses Sachgebiet jetzt direkt durch mein Büro bearbeitet wird. [...] Meine persönliche Referentin Frau Stange wird ihre langjährige berufliche Erfahrung einsetzen, um die Beteiligung von Kindern und Jugendlichen an

Bürgermeister Dimitrios Axourgos während einer Sitzung im Gemeinderat

kommunalpolitischen Entscheidungsprozessen zu fördern [...]. Die Bildung hat in der Verwaltung jetzt einen klaren Schwerpunkt! Ich bin derzeit auf Schul-Tour, um mir ein eigenes Bild zu verschaffen. Gleichzeitig werden Begehungen der Bildungseinrichtungen stattfinden, um gemeinsam festzulegen, wann welche Maßnahmen erforderlich sind.

Pressestelle der Stadt Schwerte: 100 Tage im Amt des Bürgermeisters: Der "Neue" zieht Bilanz. In: www.meinschwerte.de, Abruf am 11.12.2019

AUFGABEN

1. a) Beschreibe die Haltung des Wuppertaler Bürgermeisters zum Seilbahnbau (**M1**).
   b) Tausche dich mit einem Partner aus und tragt anschließend zusammen: Wer entscheidet in der Gemeinde?
2. a) Ordne den Zahlen in der Spirale den jeweiligen Schritt im Entscheidungsprozess zu (**M2**).
   b) Benenne die Akteure, die an dem Entscheidungsprozess beteiligt sind.
   c) Erläutere den Entscheidungsprozess zum Seilbahnbau in Wuppertal.
3. Stelle in einem Schaubild dar, wie eine Gemeinde funktioniert (**M3**).
4. Ordne die Tätigkeiten von Bürgermeister Axourgos den Bereichen Verwaltung, Gestaltung und Bürgervertretung/Repräsentation zu (**M4**).
5. Ist Bürgermeisterin oder Bürgermeister ein Amt „ohne Macht"? Diskutiert darüber in der Klasse (**M1-M4**).

H zu Aufgabe 2a
Die Daten helfen dir, die richtige Reihenfolge zu finden.

F zu Aufgabe 2
Begründe, wofür das Fragezeichen am Ende der Spirale stehen könnte.

H zu Aufgabe 3
Zeichne zunächst Kästchen für die Akteure (Wer?). Trage dort ihre wichtigsten Merkmale ein. Verbinde die Kästchen mit Pfeilen, die du dann beschriftest. Die Pfeile verdeutlichen, wie die Akteure zusammenwirken.

Sollen Kinder in der Gemeinde mitbestimmen?

Politik heißt mitbestimmen und mitgestalten. Wenn du unzufrieden bist, kannst du etwas dagegen unternehmen. Weißt du, welche Mitbestimmungsmöglichkeiten du hast?

M5 Mehr Mitbestimmung für Kinder und Jugendliche?

Meistens bestimmen doch die Erwachsenen über unsere Zukunft. Ich finde daher, dass Kinder stärker in der Gemeinde mitentscheiden sollten!

Es gibt genug Angebote für Kinder: Spielplätze, Vereine, Freizeitmöglichkeiten. Für die Themen der Politik interessiert sich kaum jemand in unserem Alter. Ich finde, alles kann so bleiben wie es ist.

M6 Wie kann man sich einbringen?

a) Was sagt das Kinder- und Jugendförderungsgesetz?

§6 Kinder und Jugendliche sollen an allen ihre Interessen berührenden Planungen, Entscheidungen und Maßnahmen, insbesondere bei der Wohnumfeld- und Verkehrsplanung, der bedarfsgerechten Anlage und Unterhaltung von Spielflächen sowie der baulichen Ausgestaltung öffentlicher Einrichtungen in angemessener Weise beteiligt werden.

Kinder- und Jugendförderungsgesetz für NRW (3. AG-KJHG – KJFöG), 12.01.2004

b) Was heißt Mitbestimmung konkret?

- Zeitung lesen
- Leserbrief an die Zeitung schreiben
- sich für einen Bürgerentscheid einsetzen
- eine Petition an den Gemeinderat schicken
- Unterschriften sammeln
- an einer Bürgerinitiative mitwirken
- an einer Demonstration teilnehmen
- wählen gehen

ein Flugblatt verfassen

sich für das Kinderparlament zur Wahl stellen

einen Infostand organisieren

einer Partei beitreten

einen Brief an den Bürgermeister oder die Gemeindevertretung schreiben

Bürgersprechstunden nutzen

ein Ehrenamt übernehmen

M7 Kinder mischen mit: das Kinderparlament Hilden

Viele Gemeinden wollen die Belange von Kindern und Jugendlichen ernst nehmen. Dazu gibt es in einigen Gemeinden einen eigenen Jugendbeauftragten. Er ist Ansprechpartner für Wünsche und Vorschläge. In einigen Gemeinden gibt es Kinderparlamente, oft auch Jugendparlament oder Jugendrat genannt, wie z.B. in Hilden.

Ein Kinderparlament stellt sich vor

Mediencode: 70061-04

Das Kinderparlament Hilden setzt sich aus gewählten Vertreterinnen und Vertretern aller Hildener Grund- und weiterführenden Schulen zusammen und vertritt die Interessen der Kinder in Hilden. Die gewählten Mitglieder treffen sich ungefähr einmal im Monat in den jeweiligen Arbeitskreisen. Zwei Mal im Jahr findet unter dem Vorsitz des Bürgermeisters eine große Sitzung im offiziellen Sitzungssaal des Hildener Rates im Bürgerhaus statt. Hieran können alle Hildener Kinder teilnehmen, um ihre Fragen zu stellen und Wünsche zu äußern. Anwesend sind die Vertreter der Verwaltung, die mit Kinderthemen in Berührung kommen (z.B. Straßenbau für Ampelregelungen, Grünflächenamt für Schulhof- und Spielplatzgestaltung, Sportbüro für Sportmöglichkeiten), die Polizei (zu schnelle Autos), die Rheinbahn AG (Schulbusse) und politische Vertreter. Wenn möglich, werden Anträge und Anfragen sofort beantwortet oder als Auftrag mitgenommen, alle übrigen Fragen werden im Protokoll festgehalten und in den nächsten Wochen von dem entsprechenden Arbeitskreis bearbeitet.

Zwiener, Susanne: Kinder mischen mit: das Kinderparlament Hilden. eNewsletter Wegweiser Bürgergesellschaft 04/2011. In: www.buergergesellschaft.de, Abruf am 23.01.2020

Hier tagt das Jugendparlament von Dänemark (2013).

M8 Weshalb ins Kinderparlament gehen? Kinder berichten

Ich bin im Kinderparlament, weil ich es ganz lustig fand, das mal auszuprobieren, dass man was mitentscheiden kann, was uns Kinder selbst angeht. Am besten fand ich immer die Einsätze mit dem Spielmobil und im Straßenverkehr, wenn wir mit der Polizei zu schnelle Autos angehalten haben.

Soukaina (12)

Ich gehe ins Kinderparlament, weil ich möchte, dass die Kinder sicher zur Schule kommen und die Autos auf den Schulwegen nicht so schnell fahren. Außerdem möchte ich, dass die Spielplätze immer sauber sind, deshalb fand ich die Aktionen gegen Hundekot auf Spielplätzen gut. Da haben wir Hundebesitzer angehalten und mit ihnen gesprochen.

Marvin (11)

Zwiener, Susanne: Kinder mischen mit: das Kinderparlament Hilden. eNewsletter Wegweiser Bürgergesellschaft 04/2011. In: www.buergergesellschaft.de, Abruf am 23.01.2020

AUFGABEN

1. Findest du, es sollte mehr Mitbestimmung für Kinder und Jugendliche geben? Führt in eurer Klasse eine Ampelabfrage durch (**M5, Methodenglossar**).
2. a) Arbeite aus dem Gesetz heraus, in welchen Themengebieten Kinder und Jugendliche politisch beteiligt werden sollen (**M6a**).
   b) Führt eine Vier-Ecken-Abfrage zum Thema „Die beste Art sich einzubringen" durch (**M6b**).
   - Entscheidet euch für die vier wichtigsten Mitmachmöglichkeiten.
   - Übertragt die vier Möglichkeiten auf vier Plakate und hängt diese in die vier Ecken eures Klassenzimmers.
   - Welche Mitmachmöglichkeit haltet ihr für besonders wirkungsvoll? Geht in die entsprechende Ecke und stellt euch dort auf.
   - Begründet eure Wahl.
3. a) Fasse zusammen, wie das Hildener Kinderparlament arbeitet (**M7**).
   b) Recherchiere, welche Möglichkeiten zur Mitbestimmung Kindern und Jugendlichen in eurer Gemeinde eröffnet werden.
   c) Nimm Stellung dazu, ob es in deiner Gemeinde genügend Mitspracherechte für Kinder und Jugendliche gibt (**M6**, **M7**).
4. Verfasse einen Brief an Soukaina oder Marvin und nimm zu folgenden Themen Stellung (**M8**): MK
   - Wie findest du, dass sich Soukaina und Marvin im Kinderparlament engagieren?
   - Wärst auch du bereit, dich in deiner Gemeinde politisch einzubringen? Warum oder warum nicht? (Wenn ja, in welcher Form? Wenn nein, machst du etwas anderes?)

Wer wählt, entscheidet mit – Kommunalwahlen in NRW

Schuld sind immer die anderen? Dieses Denken ist leider verbreitet. Aber in einer Demokratie können sich alle Bürgerinnern und Bürger einbringen – und über Wahlen entscheiden, wer künftig entscheidet. Wusstest du, dass du schon ab 16 Jahren an Kommunalwahlen teilnehmen kannst?

M9 Wählen – wie geht das?

Stimmzettel

Wahlbüro mit Wahlkabinen

M10 Wer ist in NRW wahlberechtigt?

Wahlberechtigt bei Kommunalwahlen in NRW sind alle Personen, die

- die deutsche oder die Staatsangehörigkeit eines der übrigen EU-Mitgliedstaaten haben,
- am Wahltag das 16. Lebensjahr vollendet haben,
- mindestens seit dem 16. Tag vor der Wahl in der Gemeinde wohnen.

Man muss mindestens 18 Jahre alt sein, um sich als Kandidat wählen zu lassen. Das nennt man das **passive Wahlrecht.**

In einigen deutschen Bundesländern gilt auch das **aktive Wahlrecht** erst mit der Volljährigkeit, also mit 18 Jahren.

Übersicht zu den Ergebnissen der Kommunalwahlen NRW

Mediencode: 70061-05

Impulsvideo: Ben zur Bedeutung von Wahlen

Mediencode: 70061-25

WAHLBETEILIGUNG

Die Wahlbeteiligung gibt an, welcher Anteil der Wahlberechtigten tatsächlich an einer Wahl teilgenommen hat. In NRW betrug die Wahlbeteiligung bei den Kommunalwahlen 2014 50,0%.

14,27 Mio. Bürger waren bei den Kommunalwahlen wahlberechtigt, aber nur die Hälfte davon gab ihre Stimme ab. Im Jahr 1975 lag die Wahlbeteiligung noch bei 85,7%. Gerade bei den jüngeren Wählern liegt sie besonders niedrig.

Bürgermeister- und Gemeinderatswahl im Schaubild erklärt

Mediencode: 70061-06

M11 Wie werden Gemeinderat und Bürgermeister gewählt?

Für die Wahlen des Stadt- bzw. Gemeinderates hat jede Wählerin und jeder Wähler eine Stimme. Die Stimme wird durch ein Kreuz auf dem Stimmzettel an eine Kandidatin oder einen Kandidaten aus dem eigenen Wahlbezirk vergeben. Wer in seinem Wahlbezirk die meisten Stimmen erhält, wird auf jeden Fall Mitglied im Gemeinderat.
Die Kandidaten gehören in der Regel auch einer Partei an. Die Anzahl der Stimmen, die eine Partei insgesamt bekommt, bestimmt darüber, wie viele weitere Mitglieder jede Partei in den Stadt-/Gemeinderat schicken darf.
Auch bei der Wahl des Bürgermeisters (in großen Städten der Oberbürgermeisterin) hat jeder Wähler eine Stimme. Auf dem extra Stimmzettel für diese Wahl wird das Kreuz direkt bei einer Kandidatin oder einem Kandidaten gemacht, der für dieses Amt kandidiert. Gewählt ist, wer mehr als die Hälfte der Stimmen erhalten hat, also die absolute Mehrheit.

M12 Die Zusammensetzung des Stadtrats von Minden

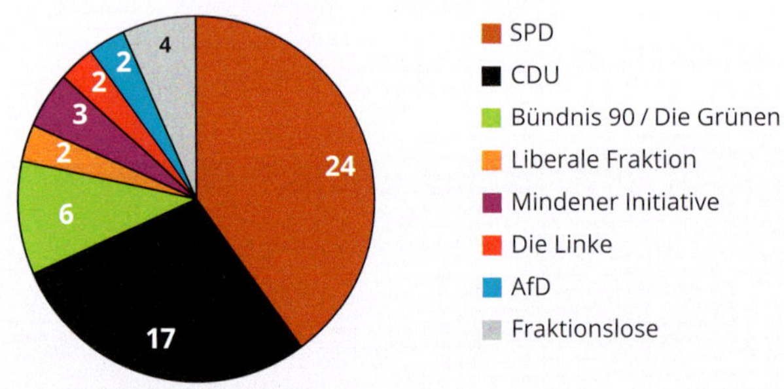

Bürgermeister: Michael Jäcke (SPD)
Erster stellvertretender Bürgermeister: Egon Stellbrink (CDU)
Wahlbezirke (2014): 25

H zu Aufgabe 1
Die Wahlrechtsgrundsätze aus der Klassensprecherwahl (Kapitel 1.2) gelten auch hier.

F zu Aufgabe 4
Vergleiche die Bürgermeisterwahl mit der Gemeinderatswahl (z. B. Stimmvergabe, Kandidaten, Stimmauszählung). Benenne Gemeinsamkeiten und Unterschiede (M11).

AUFGABEN

1. Was wisst ihr schon über das Wählen? Klärt im Plenum wichtige Begriffe (**M9**).
2. Formuliere richtige und falsche Aussagesätze zu den Begriffen Wahlberechtigung, Wahlalter, Wahlbeteiligung (**M10**, **#Wahlbeteiligung**). Tausche mit einem Partner und prüft euer Wissen.
3. a) Werte das Diagramm zur Zusammensetzung des Gemeinderats in Minden aus (**M12**, **Methode: Diagramme auswerten, Kap. 3**).
   b) Recherchiere die Wahlergebnisse der letzten Kommunalwahl in eurer Gemeinde und erstelle ein einfaches Diagramm (Stadt-/Gemeinderatswahl; Bürgermeisterwahl). MK
4. Sanja hat nicht verstanden, ob sie mit ihrer Stimme bei der Kommunalwahl eine Person oder eine Partei wählt. Erkläre an einem selbst gewählten Beispiel der Stadt Minden (**M11**, **M12**).

WIE WIRD IN DER GEMEINDE ENTSCHIEDEN?

BÜRGERMEISTER, STADT- UND GEMEINDERAT

← M2, M3

Gemeinden in Deutschland sind demokratisch verfasst. Das heißt, dass niemand alleine entscheiden darf. Die wichtigsten Entscheidungsträger sind der Bürgermeister/die Bürgermeisterin und der Gemeinde- oder auch Stadtrat. Der Bürgermeister leitet die Sitzungen des Rates. Die Ratsmitglieder stimmen über die dort diskutierten Themen ab.
Da nicht jeder Experte sein kann, bildet der Rat Fachausschüsse.
Die im Rat getroffenen Entscheidungen werden von der Gemeindeverwaltung umgesetzt.

MITBESTIMMUNG

← M6, M7

Ein wichtiger Grundsatz in einer Demokratie ist die Mitbestimmung von Bürgerinnen und Bürgern. Es gibt viele Möglichkeiten, wie sich Kinder und Jugendliche am politischen Prozess beteiligen können. Ihre Mitbestimmung ist sogar gesetzlich vorgeschrieben, in allen Gemeinden muss es deswegen auch diese Möglichkeiten geben.
Es kann z.B. ein regelmäßig tagendes Kinder- und Jugendparlament geben. Oft gibt es auch Jugendbeauftragte in der Gemeinde.

WAHLEN

← M10, M11

Bürgermeister und Gemeinderäte werden in NRW alle 5 Jahre bei den Kommunalwahlen gewählt. Hier können alle Bürgerinnen und Bürger ab 16 Jahren abstimmen. In der Wahlkabine macht man dazu Kreuze auf zwei verschiedenen Stimmzetteln.
Mit dem einen Stimmzettel wird direkt der Bürgermeister oder die Bürgermeisterin gewählt.
Mit dem anderen Stimmzettel kann man einen Kandidaten für den Rat wählen und entscheiden, welche Partei wie viele Mitglieder in den Rat entsenden darf.

2.2 Wie sollen Gemeinden ihre Zukunft gestalten?

Welche Aufgaben muss eine Gemeinde erfüllen?

Gemeinden übernehmen wichtige Aufgaben, die dir jeden Tag begegnen: die Ausstattung der Schulen, die Verkehrsführung, die Gestaltung von Spielplätzen.

M1 Welche Aufgaben hat eine Gemeinde?

a

b

c

d

e

M2 Aufgaben der Gemeinde: Immer eine freie Entscheidung?

In Deutschland sind politische Entscheidungen und Zuständigkeiten auf verschiedenen Ebenen angesiedelt. Es gibt die europäische (oder EU-Ebene), die Bundesebene, die Landesebene und die kommunale Ebene (= Gemeindeebene). In Nordrhein-Westfalen gibt es beispielsweise 396 Kommunen.

Die Kommunen in Deutschland haben ganz bestimmte Aufgaben, die sie erfüllen müssen. Es gibt aber auch Aufgaben, über die sie frei bestimmen können.

Ein wichtiger Grundsatz in unserem Staat hierbei ist das Recht auf Selbstverwaltung einer jeden Gemeinde. So steht es sogar in unserer Verfassung, in Artikel 28 des Grundgesetzes.

Kommunale Selbstverwaltung
Den Gemeinden muss das Recht gewährleistet sein, alle Angelegenheiten der örtlichen Gemeinschaft im Rahmen der Gesetze in eigener Verantwortung zu regeln.
Art. 28, Abs.2, Satz 1 GG

M3 Pflicht oder freiwillige Aufgaben?

Pflichtaufgaben nach Weisung	Pflichtaufgaben ohne Weisung	Freiwillige Aufgaben
Städte und Gemeinden müssen diese Aufgaben so ausführen, wie der Bund oder das Land es ihnen vorgibt.	Es ist die Pflicht der Städte und Gemeinden, diese Aufgaben zu erledigen. Aber wie sie das tun, ist allein ihnen überlassen.	Die Städte und Gemeinden entscheiden allein, ob und wie sie diese Aufgaben ausführen, ganz nach ihren Interessen und finanziellen Möglichkeiten.
zum Beispiel ...	zum Beispiel ...	zum Beispiel ...
Bauaufsicht	Straßen und Fußwege	Grünflächen und Parks
Pass- und Meldewesen	Schulen und Kindertagesstätten	Sportstätten und Bäder
Straßenverkehrsaufsicht	Wasser und Abwasser	Öffentlicher Nahverkehr
Sozialleistungen	Müllentsorgung	Museen und Kultur
Feuerwehr	Energieversorgung	Wirtschaftsförderung
Ausländerrecht		

AUFGABEN

1. Arbeitet zu zweit und beantwortet die folgenden Aufgaben.
   a) Notiert zu jedem Buchstaben des Wortes G-E-M-E-I-N-D-E einen Begriff, der euch zum Thema „Aufgaben der Gemeinde" einfällt.
   b) Wofür ist die Gemeinde noch zuständig? Ergänzt weitere Aufgaben mithilfe der Bilder (**M1**).
2. a) Erkläre die verschiedenen Arten von Aufgaben, die eine Gemeinde hat (**M2**, **M3**).
   b) Ordne die Bilder den Aufgabenarten zu (**M1**, **M3**).
3. „95 Prozent der Aufgaben einer Gemeinde sind durch Land, Bund, Europa und Pflichtaufgaben vorgegeben." Beurteile, was diese Aussage für die politischen und finanziellen Gestaltungsmöglichkeiten einer Gemeinde bedeutet (**M2**, **M3**).

H **zu Aufgabe 1**
z. B. **G** – Gewerbegebiete

Knapp bei Kasse – wofür soll die Gemeinde Geld ausgeben?

Bei vielen Gemeinden sind die Kassen leer. Andere haben genug Geld, um attraktive Orte zu gestalten. Woher bekommt eine Gemeinde eigentlich ihr Geld und wofür gibt sie es aus?

M4 Arme Gemeinde, reiche Gemeinde

Freibäder schließen in Duisburg

Attendorn:
Bücherei erweitert ihr Medienangebot und neuer Citybus kommt

Höchste Verschuldung in NRW: Oberhausen

Bearbeiterin

In Nordrhein-Westfalen und auch in anderen Bundesländern gibt es „arme" und „reiche" Gemeinden. Viele Gemeinden sind hoch verschuldet. Diese Gemeinden können immer weniger ihre freiwilligen Aufgaben erfüllen. Dann werden z. B. Jugendzentren und Theater geschlossen oder die Schulen und Straßen sind in schlechtem Zustand.

M5 Woher bekommt die Gemeinde Geld?

Hartz IV
umgangssprachlich für das Arbeitslosengeld II. Von dieser Grundsicherung sollen sich die Menschen Miete, Kleidung, Essen und das Nötigste zum Leben kaufen können.
Die Kosten übernimmt in Teilen der Bund, in Teilen die Kommunen.

Alles was in der Gemeinde gestaltet, gebaut und unterhalten werden soll, kostet Geld. Bezahlt werden müssen die Beschäftigten im Rathaus, in den Kindergärten, bei der Feuerwehr, in der Bibliothek usw. Dazu kommen die Zahlungen für Arbeitslose (Hartz IV-Anteil für Wohnen, Heizung, Bildung), die Kosten für die Gebäude, Fahrzeuge, Computer und vieles mehr.

Einen Großteil der Einnahmen erhält die Gemeinde durch Steuern. Steuern sind allgemeine Abgaben der Bürger und Unternehmen, die nicht an einen speziellen Zweck gebunden sind. Manche dieser Steuern erhebt die Gemeinde selbst, wie zum Beispiel die Gewerbesteuer für Unternehmen, die Grundsteuer für Hausbesitzer oder die Hundesteuer für Hundehalter. Von anderen Steuern, die das Land oder der Bund erheben, bekommt die Gemeinde einen Anteil. Außerdem bekommt die Gemeinde Zuschüsse von Bund und Land für konkrete Projekte. Wenn du ins Schwimmbad gehst und dort Eintritt bezahlst, zählt das auch zu den Einnahmen einer Gemeinde. Genauso wie die Gebühren für die Abwasserentsorgung und die Müllabfuhr.

Wenn die Gemeinde nicht genügend Geld hat, um alle Ausgaben zu finanzieren, kann sie auch einen Kredit aufnehmen, das heißt, dass sie sich zusätzlich Geld von einer Bank leiht.

Wenn zum Beispiel ein Unternehmen schließt oder den Ort verlässt, dann kommt weniger Gewerbesteuer in die Gemeindekasse. Wenn es dann in einer Gemeinde viele Arbeitslose gibt, muss auch viel Arbeitslosenunterstützung zum Wohnen gezahlt werden.

M6 Übersichtlich soll es sein – der Haushalt der Gemeinde

Vereinfacht könnte der Haushaltsplan einer Gemeinde so aussehen:

Einnahmen	€	Ausgaben	€
Steuern (Grund-, Gewerbe-, Vergnügungs-, Hundesteuer)		Rat, Ausschüsse, Verwaltung, Bürgerberatung etc.	
Anteil an der Einkommen- und Umsatzsteuer		Jugend, Soziales, Gesundheit	
Verwaltungs- und Benutzergebühren		Grundstücke, Gebäude, Abfallwirtschaft, Schulden	
Sonstige Einnahmen (z. B. Verkaufserlöse aus Ferienkalendern)		Ordnung, Recht, Umwelt	
Finanzhilfen von den Ländern und vom Bund		Kultur, Bildung, Sport	
		Stadtplanung, Wohnen	
Insgesamt	?	**Insgesamt**	?

M7 Die Ausgaben und Einnahmen der Stadt Baselberg

a) Beispiele für Ausgaben

- Aufklärung Grippeimpfung 150.000 €
- Einrichtung einer Drogenberatung 300.000 €
- Neuer Abenteuerspielplatz 40.000 €
- Erschließung Gewerbegebiet 1.700.000 €
- Umbau Bahnhofsvorplatz 3.000.000 €
- Personalkosten Ordnungsamt 1.900.000 €
- Maßnahmen zur Luftreinhaltung 280.000 €
- Erhalt einer Stadtteilbibliothek 50.000 €
- Renovierung Erlebnisbad 150.000 €
- Neubau Schulmensa 300.000 €
- Erhalt des Puppentheaters 150.000 €
- Förderung des Jugendzentrums 20.000 €

b) Beispiele für Einnahmen

- Einkommensteueranteil 1.800.000 €
- Steuern der Gewerbebetriebe 2.500.000
- Kindergartenbeiträge 800.000 €
- Gebühren für Müllentsorgung 800.000 €
- Zuschüsse des Landes für Schulkantinen 250.000 €
- Verkauf von Info-Broschüren des Tourismus-Büros 50.000 €
- Eintrittsgelder Hallenbad 250.000 €
- Steuern für Grundstücke 900.000 €

AUFGABEN

1. Benenne das Problem zahlreicher Gemeinden in NRW (**M4**).
2. Arbeite aus **M5** Beispiele für Einnahmen einer Gemeinde heraus.
3. Lege eine Tabelle an und ordne die Ausgaben und Einnahmen aus **M7** in den Haushaltsplan **M6** ein.
4. In der Gemeinde Baselberg brechen aufgrund einer Wirtschaftskrise die Einnahmen aus der Gewerbe- und der Einkommensteuer um 2 Mio. € ein. Die Gemeinde muss jetzt sparen (**M7**).
   a) Bildet Gruppen und versetzt euch in die Rolle von Gemeinderatsmitgliedern. Überlegt, welche Vorhaben ihr streichen oder kürzen wollt.
   b) Präsentiert und diskutiert eure Pläne in der Klasse.

F zu Aufgabe 1
Erläutere, wie sich die finanzielle Situation einer Gemeinde auf den Alltag der Bürgerinnen und Bürger auswirken kann.

H zu Aufgabe 4a
Berücksichtigt dabei die Aufgaben, die ihr unbedingt erfüllen müsst (**M2**).

F zu Aufgabe 4
Gibt es auch Möglichkeiten, die Einnahmen zu erhöhen? Welche Auswirkungen haben eure Maßnahmen auf den Alltag der Bürgerinnen?

Kontroverse Positionen im Gemeinderat

Zu den meisten politischen Themen gibt es unterschiedliche Meinungen. Vor einer Entscheidung im Gemeinderat werden Argumente ausgetauscht. Versucht es doch einmal selbst, euch in die Rollen zu versetzen.

M8 Soll die Straße vor der Schule in eine Fahrradstraße umgewandelt werden?

Verkehrsschild einer Fahrradstraße

Morgens und mittags geht es auf der Zufahrtstraße zum Schulzentrum äußerst turbulent zu. Oft stehen Autos in zwei Reihen oder auf den Gehwegen vor den Eingangsbereichen des Schulzentrums, um Kinder zu bringen oder abzuholen. Es wird oft so eng, dass Fußgänger und Fahrradfahrer ausweichen müssen.
Viele Eltern haben wegen des Verkehrs Sorge um die Sicherheit ihrer Kinder und lassen sie deshalb nur ungern zu Fuß oder mit dem Fahrrad zur Schule kommen. Dadurch hat der Autoverkehr vor dem Schulzentrum noch weiter zugenommen.
Die Schülervertretung hat eine Beschwerde an den Verkehrsausschuss des Stadtrates geschrieben. Heute will sich der Verkehrsausschuss damit beschäftigen, ob die Umwandlung der Straße in eine „Fahrradstraße" eine Lösung sein könnte. Denn dort dürfen auf der Fahrbahn nur Fahrräder fahren, außer sie ist auch für Autos frei gegeben.

M9 Simulation des Verkehrsausschusses

In der Sitzung des Verkehrsausschusses soll der Vorschlag diskutiert werden, die Straße vor dem Schulzentrum in eine Fahrradstraße umzuwandeln.

a **Ralph Steck** *(Kaufmann), Ausschussmitglied:*
Du bist selbst Vater von Schulkindern und kennst die Situation. Du bist gegen eine Fahrradstraße, weil du auch sie für zu gefährlich hältst. Anwohner und Lehrer müssten weiterhin durchfahren dürfen. Dann kann es zu gefährlichen Situationen kommen. Außerdem gibt es auch Fälle, in denen Eltern ihre Kinder bis vor die Tür bringen sollten (Verletzungen, Behinderung etc.). Du kannst dir aber vorstellen, dass die Straße nur in einer Richtung befahren werden darf. Das würde zudem kaum Kosten verursachen.

b **Lina Belkner** *(Software-Entwicklerin), Ausschussmitglied:*
Du bist für die Einrichtung einer Fahrradstraße, weil sie weniger gefährlich ist und dem Umwelt- und Klimaschutz nützt. Wenn durch die Fahrradstraße mehr Schülerinnen und Schüler dazu gebracht werden, Fahrrad zu fahren, dann hat das viele Vorteile. Wichtig ist dir auch, dass die Interessen der Schülerinnen und Schüler gehört und nach Möglichkeit umgesetzt werden.

c **Ilkay Bakar** *(Lehrerin), Ausschussmitglied:*
Du bist für die Einrichtung einer Fahrradstraße, weil sie weniger gefährlich ist und die Gesundheit fördert. Dir ist besonders wichtig, dass Kinder, die zu Fuß oder mit dem Fahrrad zur Schule kommen, schneller selbstständig werden und morgens viel wacher sind. Dafür ist die Fahrradstraße ein guter Anreiz. Eine Fahrradstraße wäre zudem deutlich günstiger als andere Maßnahmen, die der Gemeinderat wegen leerer Kassen schon aufgeben musste.

d **Patricia Czernik** *(Biologin), Ausschussmitglied:*
Du bist gegen die Einrichtung der Fahrradstraße vor dem Schulzentrum, weil sie das Problem für dich nicht richtig löst. Du stellst dir vor, dass Eltern ihre Kinder einfach vorher aussteigen lassen werden. Der Verkehr ballt sich dann in den angrenzenden Straßen und es können noch mehr gefährliche Stellen entstehen. Außerdem wird die Straße auch von vielen Kunden der kleinen Geschäfte in der Nachbarschaft genutzt. Die haben Angst, Kunden zu verlieren. Aus deiner Sicht sollte es mehr Radwege geben, so dass Schülerinnen und Schüler den gesamten Schulweg sicher mit dem Fahrrad zurücklegen können.

AUFGABEN

1. a) Teilt die Klasse in vier gleich große Gruppen auf.
b) Jede Gruppe wählt eine Rolle und bereitet diese vor. Arbeitet dazu Argumente heraus (**M8**, **M9**, **Methode: Rollenspiel, Kap 1.2**).
c) Baut eure Rollen und die darin beschriebenen Positionen noch weiter aus.
d) Gliedert eure Argumente nach Themen, z. B. Schule und Bildung, Kinder und Jugendliche, Umwelt, Verkehr, Finanzen etc.

2. a) Bestimmt in euren Gruppen jemanden, der die Rolle im Ausschuss übernimmt.
b) Die Gruppenvertreter kommen zusammen und simulieren die Ausschusssitzung (ca. 10-15 Minuten).

3. Stimmt im Ausschuss über eine Empfehlung ab, die ihr dem Gemeinderat (eure Klasse) zur Beschließung vorlegen wollt.

Wie können Gemeinden fit für die Zukunft werden?

Für die kommende Generation, also für euch, ist es wichtig, dass sich Gemeinden jetzt für die Zukunft aufstellen. Klimawandel, Verkehrswende, Digitalisierung – habt ihr Ideen für eure Gemeinde?

M10 Bad Sonnenberg: auf dem Weg zur nachhaltigen Gemeinde

In der Gemeinde Bad Sonnenberg tut sich gerade viel: Die jetzige Bürgermeisterin hatte stark für mehr Nachhaltigkeit geworben. Nun soll unter anderem ein Solarpark entstehen. Bauer Hofmann erhält für das dafür benötigte Land von der Gemeinde eine jährliche Pacht. Mit dem Solarpark kann sich Bad Sonnenberg bald selbst mit umweltfreundlicher Energie versorgen.

In den Gemeinderat gewählt wurden auch zwei Vertreter einer Gruppe, die sich für Änderungen in der Verkehrspolitik einsetzt: Sie möchten die Radwege deutlich ausbauen. Dann könnten alle ohne Auto sicher in die nahegelegene Stadt fahren. Auch soll ein Car-Sharing-Auto am Gemeindehaus aufgestellt werden, das sich alle Gemeindemitglieder zu günstigen Preisen leihen können.

Seit langem ein Thema ist die Verbesserung der Mobilfunkverbindung. Viele Bewohner, vor allem aber auch Unternehmen, beklagen, dass diese mangelhaft sei. Auf der anderen Seite möchten viel Bewohner verhindern, dass ein weiterer Funkmast aufgestellt wird. Die Bürgermeisterin hat hierzu einen Diskussionsabend organisiert. Hier sollen sich alle Beteiligten einbringen und ihre Anliegen austauschen können.

Solarpark auf einem ehemaligen Getreidefeld

Neue Fahrradspuren können helfen, das Fahrradfahren attraktiver und sicherer zu machen.

Mobilfunkmast bei Sonnenuntergang

M11 Was zeichnet eine nachhaltige Gemeinde aus?

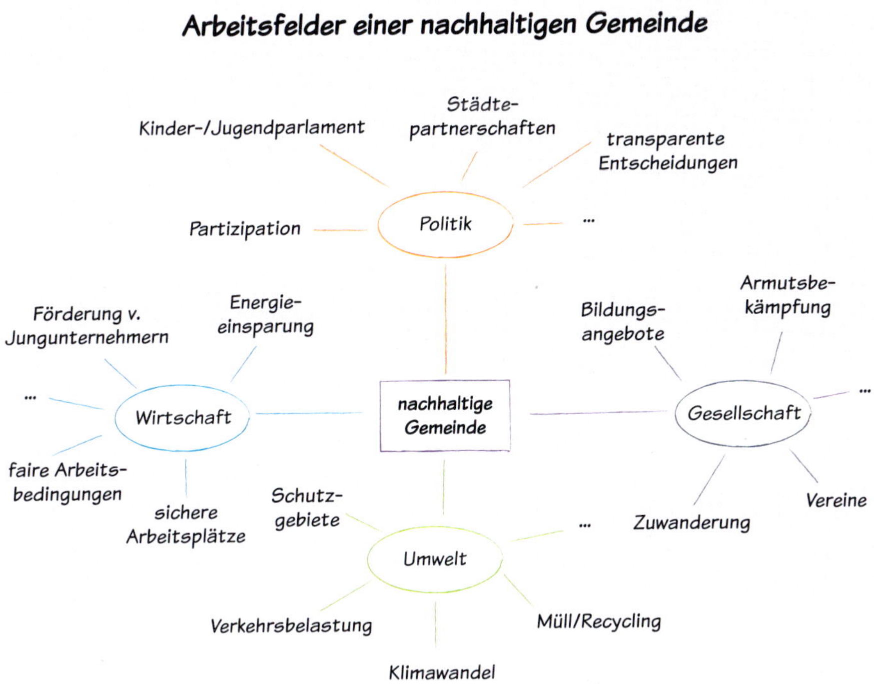

Politik, Wirtschaft, Gesellschaft und Umwelt: Eine „nachhaltige Gemeinde" behält bei allen Aufgaben und Projekten, die sie umsetzt, diese vier Bereiche im Blick. Sie achtet darauf, dass die Interessen aller Beteiligten und vor allem der nächsten Generationen berücksichtigt werden.
Eine wichtige Orientierung spielen hierbei für alle Gemeinden auf der Welt die 17 Ziele für nachhaltige Entwicklung der Vereinten Nationen.

17 Ziele für nachhaltige Entwicklung: interaktive Onlinebroschüre

Mediencode: 70061-17

AUFGABEN

1. Sammelt Ideen im Plenum, was Bad Sonnenberg noch tun könnte, um eine zukunftsfähige Gemeinde zu werden (**M10**).
2. Erkläre in eigenen Worten, was es bedeutet, wenn eine Gemeinde Projekte „nachhaltig" umsetzen möchte (**M10, M11**).
3. Arbeitet in Kleingruppen. Entwerft eine eigene Idee für eure Gemeinde, damit sie nachhaltiger wird. Schreibt hierfür einen Brief an das Kinder-/Jugendparlament, in dem ihr euer Anliegen darstellt (**Methode: Ein politisches Anliegen in einem Brief formulieren**).

H zu Aufgabe 1
Bezieht euch dabei auch auf Themenfelder, die ihr innerhalb des Kapitels schon kennengelernt habt, z. B. die Verkehrssituation.

F zu Aufgabe 3
Ihr könnt auch eine andere Form der Mitbestimmung wählen (vgl. Kap. 2.1)

Ein politisches Anliegen in einem Brief formulieren MK

Worum geht es?

Kinder und Jugendliche sollen an politischen Entscheidungen mitwirken. Eine Möglichkeit besteht darin, sich direkt an die politischen Vertreter, z. B. das Kinder- und Jugendparlament, die Jugendbeauftragte oder die Bürgermeisterin zu wenden. Ihr könnt z. B. einen Brief schreiben. Um eure Adressaten von eurem Anliegen zu überzeugen, müsst ihr jedoch auf ein paar Regeln achten.

Mitbestimmung online
openPetition ist eine Internet-Plattform, auf der jede/r Bürger/in ein politisches Anliegen (Petition) verfassen und um Unterstützung dafür werben kann.

Mediencode: 70061-08

Geht dabei so vor:

1. Schritt: Die geeignete Anrede finden und den Brief einleiten

- Erstellt einen Briefkopf. Hier gehören rein: Name und Adresse, Name und Dienstadresse des Empfängers, Ort und Datum, ein aussagekräftiger Betreff.
- Sprecht den Empfänger mit „Sehr geehrte Frau ...“ bzw. „Sehr geehrter Herr ...“ an. Wenn es sich um einen etwa Gleichaltrigen z. B. aus dem Kinder- und Jugendparlament handelt, könnt ihr auch mit „Hallo ...“ anfangen.
- Schreibt in der Einleitung, wer ihr seid, was ihr in diesem Brief schildert, warum ihr ihn schreibt, warum ihr euch an genau diese Person wendet.

2. Schritt: Im Hauptteil das Anliegen darstellen und überzeugend begründen

- Beachtet die folgenden vier Gliederungspunkte, um euer Anliegen klar zu formulieren:
  a) Schildert den IST-Zustand. → Schildert neutral, wie die Ausgangssituation ist.
  b) Beschreibt den SOLL-Zustand. → Beschreibt, wie die Situation eigentlich aussehen soll.
  c) Erklärt, WARUM euer Anliegen wichtig ist. → Führt die Gründe in der Reihenfolge ihrer Wichtigkeit auf.
  d) WAS ist zu tun? → Ruft den Adressaten dazu auf, was er oder sie tun soll.
- Besonders überzeugend wird euer Anliegen, wenn ihr aus euren persönlichen Erfahrungen berichtet.
- Ihr könnt auch selbstgemachte Bilder oder Videos mitschicken.

3. Schritt: Einen Abschluss finden

- Formuliert einen Abschlusssatz und drückt höflich eure Erwartung aus, wie z. B. „Wir würden uns freuen, wenn Sie sich mit unseren Anliegen befassen!“ oder „Wir freuen uns über Ihre baldige Rückmeldung!“
- Als Abschiedsgruß könnt ihr z.B. schreiben „Mit freundlichen Grüßen“ oder „Ihr (+dein Name)“, bei Gleichaltrigen reicht ein „Viele Grüße“.

WORÜBER WIRD IN DER GEMEINDE ENTSCHIEDEN?

AUFGABEN

← M2, M3

Viele alltägliche Dinge, wie z. B. die öffentlichen Verkehrsmittel oder die Energieversorgung, fallen in den Aufgabenbereich der Gemeinde. Eine Gemeinde muss per Gesetz bestimmte Aufgaben erfüllen (Pflichtaufgaben) oder sie muss es, weil eine andere politische Ebene sie ihr übertragen hat (Pflichtaufgaben nach Weisung). Nur wenige ihrer Aufgaben kann sie freiwillig erfüllen und damit selbst gestalten (freiwillige Aufgaben).

FINANZEN UND HAUSHALTSPLANUNG

← M5, M6

Gemeinden haben unterschiedliche Einnahmequellen: Steuern, Abgaben und Gebühren.

Gleichzeitig haben Gemeinden feste Ausgaben für ihre Pflichtaufgaben plus die Ausgaben für die freiwilligen Aufgaben. Eine der wichtigsten Aufgaben des Gemeinderates ist es, den Gemeindehaushalt zu beschließen. Das sind alle Einnahmen und Ausgaben für das folgende Kalenderjahr.

Neue Projekte, z. B. zur Zukunftsgestaltung der Gemeinde, sind immer von der finanziellen Situation der Gemeinde abhängig. Viele Gemeinden sind hochverschuldet. Das heißt, dass sie für ihre Aufgaben in der Vergangenheit deutlich mehr Geld ausgegeben haben, als ihnen zur Verfügung stand.

NACHHALTIGE GEMEINDE: FIT FÜR DIE ZUKUNFT

← M10, M11

In allem politischen Handeln und Tun sollen vier Bereiche Beachtung finden: Politik, Wirtschaft, Gesellschaft und Umwelt. Dann spricht man von Nachhaltigkeit. Die verschiedenen Interessen aus diesen vier Bereichen sollen möglichst gut miteinander vereinbart werden.

Eine nachhaltige Entwicklung hat zum Ziel, dass die kommende Generation, also ihr, gut in eurer Gemeinde leben könnt. Weltweit hat man sich auf 17 konkrete Ziele für nachhaltige Entwicklung geeinigt.

Fall: Der kaputte Spielplatz

Jelena und Jerome ärgern sich: Ihr Spielplatz, auf dem sie regelmäßig ihre Nachmittage verbringen, ist gesperrt. Auf einer Informationstafel heißt es, dass an einigen Spielgeräten Teile kaputt sind und, dass Spielen dort zu gefährlich sei. Unterschrieben wurde die Information mit „Der Bürgermeister".
Die Freunde würden gerne wissen, wann die Spielgeräte repariert werden und der Spielplatz wieder geöffnet wird. Als sich zwei Monate später immer noch nichts getan hat, beschließen die beiden, selbst aktiv zu werden.

Aufgaben

1. Erkläre Jelena und Jerome, wer in der Gemeinde wichtige Entscheidungen trifft.
2. Benenne, wo und bei wem in der Gemeinde sie sich am besten informieren können.
3. Stelle begründete Vermutungen an, warum sich bei dem Spielplatz so lange nichts tut.
4. a) Erörtere, welche Mitbestimmungsmöglichkeiten die Freunde haben.
   b) Begründe, welche Mitbestimmung du in dieser Situation am sinnvollsten einschätzt.

In diesem Kapitel hast du dich mit den Zuständigkeiten, Aufgaben und Entscheidungsstrukturen in Städten und Gemeinden beschäftigt. Insbesondere hast du auch gelernt, wie sich Kinder und Jugendliche einbringen können.
Die folgende Tabelle hilft dir herauszufinden, welche Fähigkeiten zu dabei erworben hast. Zugleich zeigt sie dir, wie du noch weiter üben kannst.

Ich kann ...	Das klappt schon ...	Hier kann ich noch üben ...
... an einer politischen Entscheidung in der Gemeinde beteiligte Akteure benennen.	👍 ✋ 👎	Kapitel 2.1: M3, M4, Grundwissen
... den politischen Entscheidungsprozess in der Gemeinde beschreiben.	👍 ✋ 👎	Kapitel 2.1: M2, Grundwissen
... Mitbestimmungsmöglichkeiten für Kinder und Jugendliche nennen und begründen.	👍 ✋ 👎	Kapitel 2.1: M6, M7, M8, Grundwissen
... Grundzüge der Kommunalwahl in NRW beschreiben.	👍 ✋ 👎	Kapitel 2.1: M10, M11, Grundwissen
... unterschiedliche Aufgaben der Gemeinde erklären und mit Beispielen veranschaulichen.	👍 ✋ 👎	Kapitel 2.2: M2, M3, Grundwissen
... den Gemeindehaushalt erläutern.	👍 ✋ 👎	Kapitel 2.2: M5, M6-M7, Grundwissen
... kontroverse Positionen und Argumente ermitteln.	👍 ✋ 👎	Kapitel 2.2, M8, M9, Grundwissen
... an einem Beispiel erklären, was eine nachhaltige Gemeinde ist.	👍 ✋ 👎	Kapitel 2.2: M10, M11, Grundwissen
... ein politisches Anliegen an einen Vertreter der Gemeinde adressieren.	👍 ✋ 👎	Kapitel 2.2: Methode

Friesslich, Wolfgang: Kinder haben Rechte, hg. vom Deutschen Komitee für UNICEF, 09/2017

#Projekt: Aktionstag Kinderrechte

Welche Rechte haben Kinder?

Wusstest du, dass deine Rechte weltweit geschützt sind? Die Einhaltung der Regeln zum Schutz von Kindern ist nicht selbstverständlich. Nicht überall auf der Welt werden sie eingehalten.

M1 Ein Gespräch im Pausenhof

Leonie: Das war echt ein Mist, als wir während der Corona-Krise von zu Hause aus Lernen mussten. Wir haben daheim keinen Drucker. Ich musste immer unsere Nachbarn bitten, mir die Arbeitsblätter auszudrucken. Und bei der Arbeit am Computer musste ich mich mit meinen beiden Geschwistern absprechen. Voll nervig.

Hamza: Aber echt. Und manchmal haben die Lehrer viel zu viele Aufgaben geschickt. Da hatte ich gar keine Freizeit. Haben wir denn gar keine Rechte?

Sahar: Das war keine schöne Zeit, das stimmt. Aber früher in Afghanistan durfte ich überhaupt nicht zur Schule gehen. Und im Krieg war jeder Gang auf die Straße gefährlich.

M2 Was sind Kinderrechte?

Erklärfilm Kinderrechte

Mediencode: 70061-09

Kinder und Jugendliche haben einen Anspruch auf besonderen Schutz. Denn anders als Erwachsene können sie nicht allein für sich sorgen. Deshalb gibt es für sie eigene Gesetze und Regeln. Diese haben zum Ziel, dass alle Menschen unter 18 Jahren glücklich groß werden können. Sie sollen geschützt und gefördert werden. Diese Rechte sind in der Kinderrechtskonvention der Vereinten Nationen festgelegt. Die Konvention gilt in fast allen Ländern der Welt, auch in Deutschland.

Bundesministerium für Familie, Senioren, Frauen und Jugend. In: www.kinder-ministerium.de, 9.2.2016

KINDERRECHTSKONVENTION

Die Kinderrechtskonvention ist ein Vertrag, in dem die weltweit gültigen Rechte für Kinder festgehalten sind. Fast alle Staaten der Welt haben den Vertrag unterschrieben.

Bei den Vereinten Nationen (UN) überprüfen Politiker, ob die Kinderrechte eingehalten werden. Sie sind ein Zusammenschluss fast aller Staaten der Welt.

M3 Die zehn wichtigsten Kinderrechte

Die Kinderrechte gelten für alle Kinder auf der ganzen Welt. Alle Kinder haben die gleichen Rechte. So steht es seit 1989 in der Kinderrechtskonvention der Vereinten Nationen. Hier deine wichtigsten Rechte:

UNICEF
UNICEF ist das Kinderhilfswerk der Vereinten Nationen (United Nations Children's Fund). Es hat den Auftrag, die Kinderrechte für jedes Kind zu verwirklichen, unabhängig von seiner Hautfarbe, Religion oder Herkunft.

1 Recht auf einen Namen
Du hast das Recht auf eine Geburtsurkunde, in der dein Name und dein Geburtsort stehen. Du hast außerdem das Recht auf eine eigene Kultur, Sprache und Religion.

2 Recht auf Gesundheit und eine saubere Umwelt
Die Erwachsenen müssen dabei helfen, dass Luft, Wasser und Nahrung sauber bleiben. Du hast das Recht auf Pflege und Medizin, wenn du krank bist.

3 Recht auf Bildung
Du hast das Recht auf eine gute Schulbildung. Der Staat muss dafür sorgen, dass alle Kinder zur Schule gehen und kein Kind dort schlecht behandelt wird.

4 Recht auf Spiel und Freizeit
Du hast das Recht, freie Zeit zu haben, zu spielen und dich auszuruhen.

5 Recht auf Information und Beteiligung
Du hast das Recht, dich über alles zu informieren, was in der Welt vor sich geht. Du hast das Recht angehört zu werden, mitzubestimmen und deine Ideen mit anderen zu teilen.

6 Recht auf Schutz vor Gewalt und Privatsphäre
Du hast das Recht, niemals von anderen Menschen verletzt zu werden. Du hast das Recht auf deine eigene Privatsphäre.

7 Recht auf Eltern
Du hast das Recht, zusammen mit deinen Eltern in einem sicheren Zuhause aufzuwachsen. Auch wenn du nicht mit ihnen zusammen leben kannst, hast du das Recht auf ein sicheres Zuhause.

8 Recht auf Schutz vor Ausbeutung
Kleine Kinder dürfen gar nicht arbeiten. Ältere Kinder müssen davor geschützt werden, dass sie eine Arbeit machen, die ihnen schadet.

9 Recht auf Schutz im Krieg und auf der Flucht
Im Krieg und auf der Flucht hast du das Recht auf besonderen Schutz.

10 Besondere Rechte bei Behinderung
Du hast das Recht auf besondere Hilfe, wenn du eine Behinderung hast.

Pahl, Andrea: Kinderrechte – Kinder der Welt, hg. vom Deutschen Komitee für UNICEF. Köln 2016, S. 34

Kinderrechte-Storys: Videos zu Kinderrechten

Mediencode: 70061-10

M4 Kind sein?

1

2

3

4
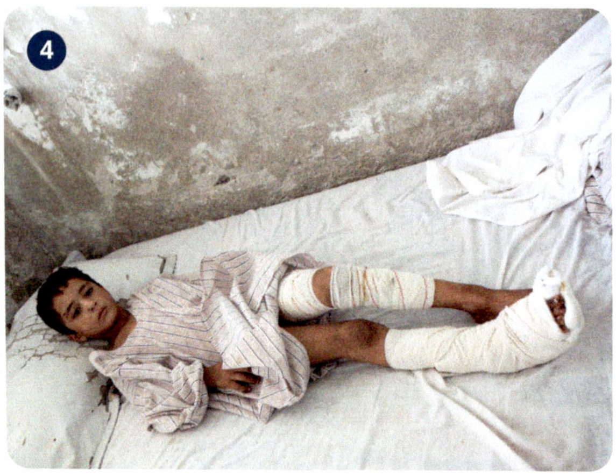

5

AUFGABEN

1. Erstellt in der Klasse eine Mindmap zum Thema „Kinderrechte": Was fällt euch zu dem Thema ein? Was wisst ihr darüber schon aus der Grundschule? Was möchtet ihr gern wissen (**Auftakt-Poster**, **M1**, **Methodenglossar**)?
2. In der Kinderrechtskonvention sind die Rechte der Kinder niedergeschrieben.
   a) Erkläre einem Partner, was du unter den einzelnen Kinderrechten verstehst (**M2**, **M3**).
   b) Wähle drei Rechte aus, die du für besonders wichtig erachtest (**M3**). Begründe deine Wahl einem Partner.
3. Erläutere, warum Kinder eigene Rechte brauchen (**M1-M4**).
4. Beschreibe die Bilder (**M4**) und erkläre jeweils, gegen welches Kinderrecht (**M3**) verstoßen wird und welche Folgen dies für das Leben der Kinder hat.
5. Beurteile mithilfe der Fotos (**M4**) den aktuellen Stand der Kinderrechte.
6. a) Bewerte, inwiefern die Kinderrechte in deiner Umgebung beachtet werden.
   b) Diskutiert eure Einschätzungen in der Klasse.

H **zu Aufgabe 2b**
Bedenke dabei, was Kinder unbedingt zum Leben brauchen.

F **zu Aufgabe 6a**
Führt dazu das Ampelspiel durch (**Methodenglossar**).

F Weitere Informationen zu den Themen findet ihr auch im Internet, hier einige Links:

MK

Mediencode: 70061-26

Was können wir für den Schutz der Kinderrechte tun?

Viele Menschen denken, sie können nichts machen, um die Welt zu verändern. Aber das stimmt nicht. Möchtet ihr euch für die Kinderrechte engagieren? Welche Aktion gefällt euch am besten?

M5 Was könnt ihr als Klasse/Schule tun?

Jeder kann im Rahmen seiner Möglichkeiten einen Beitrag dazu leisten, dass die Rechte von Kindern weltweit stärker beachtet werden.

a) Fahrrad waschen für einen guten Zweck

kinder not hilfe

actionkidz.de

ACTION!KIDZ- eine Aktion der Kindernothilfe: Fahrradwaschen in Münster

Die Schülerinnen und Schüler des Pascal-Gymnasiums in Münster engagierten sich für die Rechte der Kinder mit einer Fahrradwaschaktion. An drei Tagen putzten sie an verschiedenen Orten in Münster mit viel Einsatz jede Menge Fahrräder. Das Geld spendeten sie nach Guatemala, um dort ein Bildungszentrum für Kinder und Jugendliche zu unterstützen, die dort eine Chance auf Schulbildung und damit auf eine bessere Zukunft erhalten.

Nach: Actionkidz: Fahrräder waschen gegen Kinderarbeit. In: www.actionkidz.de, Abruf am 02.12.2019

b) Straßenkind für einen Tag

terre des hommes
Hilfe für Kinder in Not

Ein Junge putzt die Schuhe eines Passanten bei der Aktion Straßenkind für einen Tag.

Die Kinder der Klasse 7d der IGS Delmenhorst arbeiten im Rahmen der Aktion „Sichtwechsel" für einen Tag als Straßenkinder. Für ein paar Stunden verdienen sie Geld mit Schuhe putzen oder Autos waschen. Dabei erfahren sie selber, wie anstrengend das Leben der Straßenkinder ist. Mit ihrer Aktion will die Klasse auf die harten Lebensbedingungen von Straßenkindern aufmerksam machen. Ihren Lohn spenden sie an Terre des Hommes.

Groß, Dominik: Die Aktion „Sichtwechsel – Straßenkind für einen Tag". In: www.tdh.de, Abruf am 02.12.2019

c) Spendenlauf für Afrika

Fußball-Weltmeister und UNICEF-Botschafter Mats Hummels ist Schirmherr der Aktion "Wir laufen für UNICEF". Hier startet er mit Schülerinnen und Schülern zu einem Spendenlauf.

Laufen, Spenden sammeln und Bildungsprojekte in Afrika unterstützen – das ist die Aktion „Wir laufen für UNICEF". Und nebenher bleibt noch Geld übrig, um Projekte der eigenen Schule zu realisieren (50 Prozent für Afrika, 50 Prozent für die eigene Schule). Die Schülerinnen und Schüler sammeln für jeden gelaufenen Kilometer oder jede Runde Spenden von Eltern, Großeltern, Nachbarn, Freunden. Die Schule oder auch der Verein spenden den Erlös des Spendenlaufs zur Hälfte an UNICEF. Die andere Hälfte kann die Schule oder der Verein für eigene Zwecke verwenden.

UNICEF: Spendenlauf „Wir laufen für UNICEF". In: www.unicef.de, Abruf am 02.12.2019

d) Glücks-Kekse

Bild zur Aktion „Glücks-Kekse"

Ob Cookie, Kuchen oder Plätzchen – Selber backen macht Spaß und ist lecker. Wenn man dabei noch Gutes tun kann, eine rundum tolle Sache. Die Idee: Ihr gebt selbstgebackene Leckereien gegen Spende beim Schul- oder Klassenfest oder einem Aktionstag ab. Mit eurer Spendenaktion helft ihr Menschen, die dringend Beistand benötigen.

Misereor: Glücks-Kekse. Gerecht. Geteilt. Gutes tun. In: www.misereor.de, Abruf am 02.12.2019

M6 Du als Konsument: Dein Kauf macht den Unterschied

Auch du kannst beim Einkaufen mitentscheiden, ob Waren, mit denen skrupellose Hersteller auf Kosten von Kindern viel Geld verdienen, bei uns verkauft werden. […] Die Hilfsorganisation „Terre des hommes" empfiehlt, bei Produkten aus der Landwirtschaft auf das Fair-Trade-Siegel zu achten. Produkte, die mit diesem Siegel gekennzeichnet sind, wurden unter fairen Arbeitsbedingungen hergestellt. So können schon die Eltern ein Einkommen erzielen, das ihnen erlaubt, ihre Kinder in die Schule statt zur Arbeit zu schicken. In Dorfgemeinschaften können dann auch mehr Schulen und Gesundheitsstationen gebaut werden. Ebenso [das Logo] der Gepa zeichnet fair gehandelte Produkte aus. Das Hand-in-Hand-Siegel kennzeichnet Lebensmittel, die fair gehandelt und biologisch angebaut wurden. Teppiche, die ohne illegale Kinderarbeit hergestellt wurden, erhalten das Rugmark- oder das Care&Fair-Siegel. […] Für Kleidung gibt es leider kein verbindliches Siegel, das eine faire Herstellung kennzeichnet. Vor allem billige Klamotten, aber manchmal eben auch teure Marken-Sachen, können von Kindern unter sehr schlechten Bedingungen angefertigt worden sein.

Beck, Carola. In: www.helles-koepfchen.de, 12.10.2011

skrupellos
ohne Gewissen, ohne Bedenken

Produktsiegel gegen Kinderarbeit

GEPA
Dieses Logo findet man auf verschiedenen Lebensmitteln, wie zum Beispiel Kaffee, Kakao, Schokolade, Honig, Zucker und Getränken.

Good Weave
Mit dem Siegel sind Teppiche gekennzeichnet, die ohne ausbeuterische Kinderarbeit nach sozialen und ökologischen Kriterien hergestellt wurden.

Fairtrade
Dieses Siegel steht für öko-faire Partnerschaft. Es kennzeichnet fair gehandelte Produkte aus umweltverträglicher Produktion.

Clean Clothes Campaign
Die Organisation setzt sich für faire Arbeitsbedingungen in der Textil-, Bekleidungs- und Sportartikelindustrie in 16 europäischen Ländern ein.

AUFGABEN

1. a) Bildet Vierergruppen und teilt euch die vier Texte untereinander auf. Stellt euch die Projekte in eurer Kleingruppe gegenseitig vor (**M5**).
   b) Welche der Aktionen würdest du am liebsten selber durchführen? Begründe deine Entscheidung (**M5**).
2. Diskutiert in der Klasse, was ihr selbst als Einzelpersonen oder als Klasse für die Einhaltung der Kinderrechte tun könnt (**M6**).
3. Sammelt gemeinsam Argument für und gegen die Organisation eines „Aktionstags Kinderrechte" und stimmt darüber ab (**Methode: Pro-Kontra-Tabelle erstellen, Kap 3.1**).

H zu Aufgabe 2
Überlege, was du an deinem täglichen Ablauf ändern kannst, z. B. wenn du einkaufen gehst.

H zu Aufgabe 3
Recherchiert im Internet weitere Beispiele, wie man sich für den Schutz der Kinderrechte einsetzen kann. Hier findest du einige Links.

Mediencode: 70061-27

Einen Aktionstag planen

Worum geht es?

Seit über 30 Jahren ist am 20. November der internationale Tag der Kinderrechte. An diesem Tag soll besonders auf die Rechte von Kindern in Deutschland, aber auch in aller Welt geschaut werden. Denn am 20. November wurde die Kinderrechtskonvention der UN von fast allen Ländern der Welt unterzeichnet. Auch ihr könnt mit eurer Klasse einen Aktionstag organisieren.

Geht dabei so vor:

1. Schritt: Thema Kinderrechte und Aktion festlegen

- Arbeitet euch gemeinsam in das Thema „Kinderrechte" ein.
- Legt in der Klasse fest, welche Art von Aktion / des Projekttages ihr organisieren möchtet. Macht dazu ein Brainstorming in der Klasse und tauscht euch über eure Ideen aus.
- Welche Ideen habt ihr für Aktionen? Nutzt hierfür auch eure Ergebnisse zu den Aufgaben 1-3 (S. 75).
- Welche Aspekte sind euch besonders wichtig?
- Tauscht euch aus über:
  - den Zweck der Aktion,
  - die Zielgruppe,
  - evtl. das Spendenziel und
  - den Rahmen, also wo und wann soll der Projekttag durchgeführt werden.
- Trefft gemeinsam eine Entscheidung, welche Aktion ihr zusammen planen wollt.
- Formuliert eine Überschrift für euren Aktionstag: Was soll die Botschaft sein?

2. Schritt: Teilthemen definieren und Gruppen einteilen

- Bestimmt gemeinsam die Teilthemen eures Projektes: Was braucht ihr alles für eure Aktion?
- Bestimmt die Teilthemen für euer Projekt und erstellt eine Projektskizze / einen Aktionsplan.
  - Ein Team braucht ihr für die Organisation an der Schule.
  - Ein Team sollte daran arbeiten, wie die Schulgemeinde informiert werden kann und wie ihr in der Schule darauf aufmerksam machen könnt.
- Ordnet euch den verschiedenen Aspekten zu.

3. Schritt: Arbeit in Kleingruppen

- Was müsst ihr in eurem Team für den Aktionstag vorbereiten? (Aktionsstation, Infowand, Spiele / Quiz, Plakate, Projektvorstellung, „Werbung", Dokumentation, Organisatorisches ...) MK
- Wer ist in den Teams genau für was zuständig?
- Jede Gruppe erstellt ihren eigenen Arbeitsplan und dokumentiert ihren Arbeitsprozess.

4. Schritt: Teilthemen zusammenfügen und Schulgemeinde informieren

- Präsentiert eure Projektprodukte / Aktionsstationen und tauscht euch dazu aus.
- Reflektiert gemeinsam eure Zwischenergebnisse. Behaltet dabei euer Oberthema im Blick.
  - Wie gelungen sind die Produkte der einzelnen Teams?
  - Wo müssen wir nachbessern?
  - Was brauchen wir evtl. noch?
- Informiert die Schulgemeinde über euren geplanten Aktionstag (evtl. auch die Öffentlichkeit) und macht in der Schule dafür Werbung.

5. Schritt: Aktionstag durchführen

- Erstellt einen „Einsatzplan": Wer ist wann für was zuständig?
- Dokumentiert eure Aktion(en), z. B. durch Fotos.

6. Schritt: Aktionstag nachbereiten

- Reflektiert eure Ergebnisse, Erfahrungen – auch innerhalb der Gruppe(n):
  - Was ist gut gelaufen?
  - Was sollten wir beim nächsten Mal anders machen?
- Diskutiert, ob der Aktionstag Folgen für euren Schulalltag haben könnte.
- Schreibt einen Bericht für die Schulhomepage oder evtl. für die lokale Zeitung.

a

Nele und ihre Freunde

b

Nele, ihr Bruder Jonas und Stiefbruder Metin

d

Das bin ich:
Nele Kramer, 11 Jahre,
Klasse 5a, Realschülerin

c

Nele mit ihren Großeltern

e

Nele in der Schule

f

Nele im Schwimmverein

g

Neles leiblicher Vater mit neuer Partnerin und ihrem Baby

Was weißt du schon?

1. a) Beschreibe die Bilder von Nele.
b) Ordne die Bilder den Begriffen Familie, Freunde, Freizeit und Schule zu.

2. a) Mit welchen Gruppen lebst du zusammen? Stelle in einer Mindmap dar, mit welchen Menschen bzw. Gruppen du zusammenlebst.
b) Beende für dich folgende Satzanfänge:
- Ich finde Freunde wichtig/nicht wichtig, weil ...
- Die Familie ist mir wichtig/nicht wichtig, weil ...
- In meiner Freizeit ist für mich am wichtigsten, dass ich ...

3

#Ich und die anderen – Familie, Identität und Lebensgestaltung

Jeden Tag bist du mit anderen Menschen zusammen – in deiner Familie, in der Schule, in deiner Freizeit. Dabei haben die Menschen unterschiedliche Erwartungen an dich – und umgekehrt. Das Zusammenleben mit anderen prägt dich und die Art und Weise, wie du dein Leben gestaltest.

Was lernst du in diesem Kapitel?

... die Bedeutung von Familie für den Einzelnen und die Gesellschaft zu erklären.
... unterschiedliche Lebens- und Familienformen zu beschreiben.
... die Aufgabenverteilung im Haushalt zu vergleichen.
... Identität und soziale Rollen zu unterscheiden.
... die Folgen von Rollenerwartungen – in Familien, Gruppen oder in der Schule – zu bewerten.
... Chancen und Probleme von unterschiedlichen Lebensformen und von Vielfalt in der Gesellschaft zu beurteilen.

Familie und soziale Rollen im Trickfilm darstellen MK

In diesem Kapitel lernt ihr viel über das Leben in unterschiedlichen Gruppen und wie das euch selbst und euren Alltag beeinflusst. Material in Textform ist manchmal etwas trocken, dabei kennt ihr die Themen alle aus eurem Leben. Schreibt also eine eigene Geschichte, in der ihr die Themen und Begriffe dieses Kapitels verpackt und einen kurzen Trickfilm dazu dreht.

Geht dabei so vor:
Bildet Gruppen von 4-5 Schülerinnen und Schülern. Gemeinsam dreht ihr einen kleinen Trickfilm. In dem Film stellt ihr dar, wie eine soziale Gruppe eine Person beeinflussen kann, z.B. im Hinblick auf Entscheidungen, die man im Alltag oder für seine Zukunft trifft, auf das Verhalten usw. Arbeitet euch zunächst in die Begriffe und Themen ein. Beim Durchlaufen der einzelnen Schritte könnt ihr bereits Ideen für eure Trickfilme sammeln.

Start

1 Tauscht euch darüber aus, in welchen Gruppen ihr lebt und welche Bedeutung die Familie als eine dieser Gruppen für euch hat. Erschließt euch Zusammensetzung, Bedeutung und Aufgabenverteilung in Familien heute. (→ Kap. 3.1, M1-M3)

2 Erklärt, was die Begriffe „Identität“ und „soziale Rolle“ bedeuten und wie sie zusammenhängen. Stellt in einer Mindmap dar, welche Erwartungen unterschiedliche soziale Gruppen, in denen ihr lebt, an euch stellen. (→ Kap. 3.2, M1, M2, M5)

3 Das Leben in Gruppen kann manchmal auch schwierig sein. Sammelt Ideen, in welchen Situationen das Leben in sozialen Gruppen (Familie, Freundeskreis, Sportverein, Schulklasse etc.) zu Problemen führen kann und ergänzt eure Mindmaps. (→ Kap. 3.1, M5-M13, 3.2, M5, M9, M10, M13, M16)

4

Überlegt erst alleine und tragt dann Beispiele zusammen, was typisch für Jungen und was typisch für Mädchen ist. Klärt gemeinsam den Begriff „Geschlechterklischee“.
(→ Kap. 3.2, M10, M11)
Sammelt Ideen für das Drehbuch des Trickfilms, wie Geschlechterklischees eine Person im Alltag beeinflussen können.

5

Beschreibt Beispiele bzw. Situationen, in denen euch das Thema Vielfalt in der Schule oder in eurem Alltag begegnet ist. Überlegt gemeinsam, wie man im Alltag oder in der Schule am besten mit Vielfalt umgehen sollte. Auch hieraus kann eine Geschichte für euren Trickfilm entstehen.
(→ Kap. 3.2, M9-M16)

6

Entscheidet euch, zu welcher Geschichte ihr einen Trickfilm drehen wollt. Es sollen Möglichkeiten deutlich werden, wie eine Gruppe die Identität einer Person beeinflussen kann. Ihr könnt die Geschichte mit kleinen Spielfiguren oder selbst gezeichneten Bildern darstellen, die ihr zunächst selbstständig anfertigen müsst.
(→ Kap. 3.2, Methode: Einen Trickfilm drehen)

3.1 Zusammenleben in Familien

Ist die Familie wichtig?

Die Familie ist für viele Menschen sehr wichtig. Aber was bedeutet Familie für dich? Und welche Bedeutung haben Familien für die Gesellschaft?

M1 Familie bedeutet ...

a) Familie bedeutet mir ...

Ich verdanke meinen Eltern eigentlich alles, was ich jetzt habe. Ich kann gut leben und habe keine Probleme. So würde ich es später auch gerne einer eigenen Familie weitergeben.

Wenn meine Geschwister ein echtes Problem haben, bin ich natürlich für sie da. Wenn es Ernst wird, halten wir zusammen.

Ich freue mich, wenn wir uns in der Familie nicht streiten. Denn wir streiten uns schon oft. Aber meine Familie ist eigentlich das Wichtigste in meinem Leben.

Meine Eltern sind fast nie zuhause und wenn sie da sind, haben sie keine Zeit für mich. Aber wenn ich schlechte Noten mit nach Hause bringe, ist Ärger angesagt.
Mit meinen Freunden ist das anders, die sind immer für mich da und verstehen mich.

b) Was bedeutet den Deutschen die Familie?

„Was ist für Sie das Wichtigste, was steht an erster Stelle?"

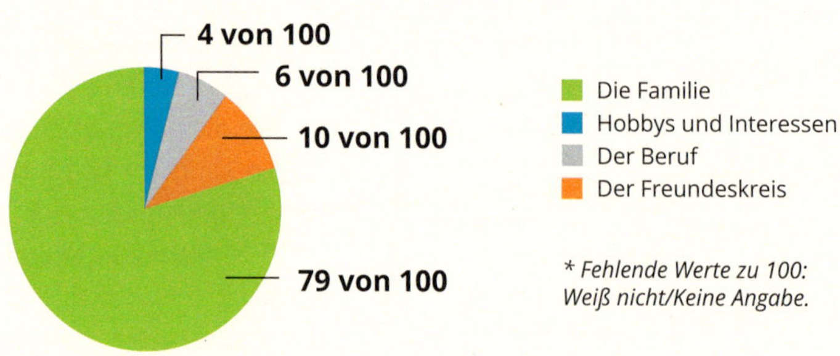

Datenbasis: Bundesrepublik Deutschland, Bevölkerung ab 16 Jahre
Zahlen: IfD Allensbach: Familie 2030. Allensbacher Archiv: ifD-Umfrage 11058, Juli 2016

M2 Was leistet die Familie für die Gesellschaft?

Erziehung

Die Familie bringt Kindern bei, wie sie sich in der Gesellschaft zurechtfinden und verhalten sollten. Somit bringt sie den Kindern die Normen und Werte näher, die für eine Gesellschaft von Bedeutung sind. Zum Beispiel sollte man Rücksicht auf Schwächere nehmen oder im Gespräch jemanden ausreden lassen.

Pflege

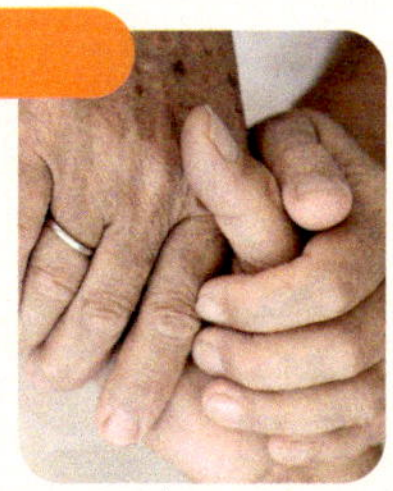

Kinder und sehr alte oder kranke Menschen brauchen Hilfe oder können nicht alleine wohnen. Wenn die Familie sich kümmert, muss das niemand anderes tun.

Reproduktion

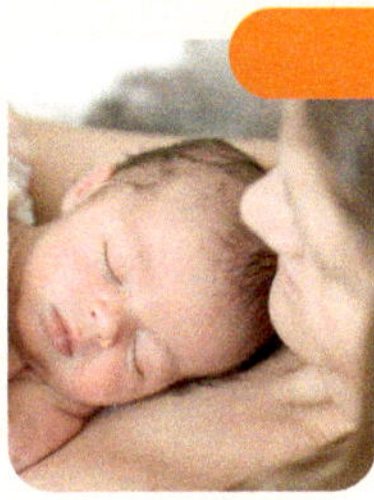

Nur wenn Kinder geboren werden, kann eine Gesellschaft als Ganzes weiter bestehen.

Normen und Werte
Regeln und Überzeugungen, die uns sagen, wie wir in einer Gesellschaft handeln bzw. uns verhalten sollen

FAMILIE IM GRUNDGESETZ

Das Grundgesetz ist das wichtigste deutsche Gesetz. In Artikel 6 heißt es, dass Ehe und Familie besonders geschützt werden.

(1) Ehe und Familie stehen unter dem besonderen Schutze der staatlichen Ordnung.

(2) Pflege und Erziehung der Kinder sind das natürliche Recht der Eltern und die zuvörderst ihnen obliegende Pflicht. Über ihre Betätigung wacht die staatliche Gemeinschaft.

Artikel 6, Absatz 1+2, Grundgesetz für die Bundesrepublik Deutschland

AUFGABEN

1. Welcher Aussage der Jugendlichen (**M1a**) stimmst du am ehesten zu? Begründe deine Meinung.
2. a) Schreibe Begriffe auf Karteikärtchen, die ausdrücken, was Familie für dich bedeutet.
   b) Ordnet die Begriffe mit eurem Tischnachbarn nach positiven und negativen Begriffen und nach ihrer Wichtigkeit.
3. Formuliere eine eigene Stellungnahme zur Bedeutung der Familie.
4. a) Familie, Hobbys und Interessen, Schule, Freundeskreis – was steht für dich an erster Stelle? Erstelle eine Rangordnung (1. ..., 2. ... etc.).
   b) Vergleiche deine Rangordnung mit der aus der Umfrage (**M1b**).
5. Erkläre mithilfe von **M2**, warum die Familie für die Gesellschaft wichtig ist.

H zu Aufgabe 3
So kannst du beginnen: „Familie bedeutet für mich ...“

H zu Aufgabe 4b)
Dabei kann dir die **Methode: Analyse von Diagrammen und Schaubildern** helfen.

F Formuliere die Kernaussage von Artikel 6, Absatz 2 Grundgesetz in eigenen Worten (**#Familie im Grundgesetz**).

Wie sehen Familien heute aus?

Nicht jedes Kind wächst heute mit einem Vater, einer Mutter und möglicherweise noch Geschwistern auf. Aber wie genau sehen unterschiedliche Formen der Familie aus und was hat sich verändert? Und in was für einer Familie lebst du?

M3 Welche unterschiedlichen Lebensformen gibt es?

a Doppelverdiener-Familie
b Alleinerziehende Mütter
c Singles
d Familie mit Hausmann
e Kinderlose Ehe oder Partnerschaft
f Gleichgeschlechtliche Partnerschaften / Ehen
g Stief- oder Fortsetzungsfamilien
h Alleinerziehende Väter
i Familie mit Tagesmutter
j Freie Wohn- und Lebensgemeinschaften
k Wochenendbeziehung
l Wochenendfamilie

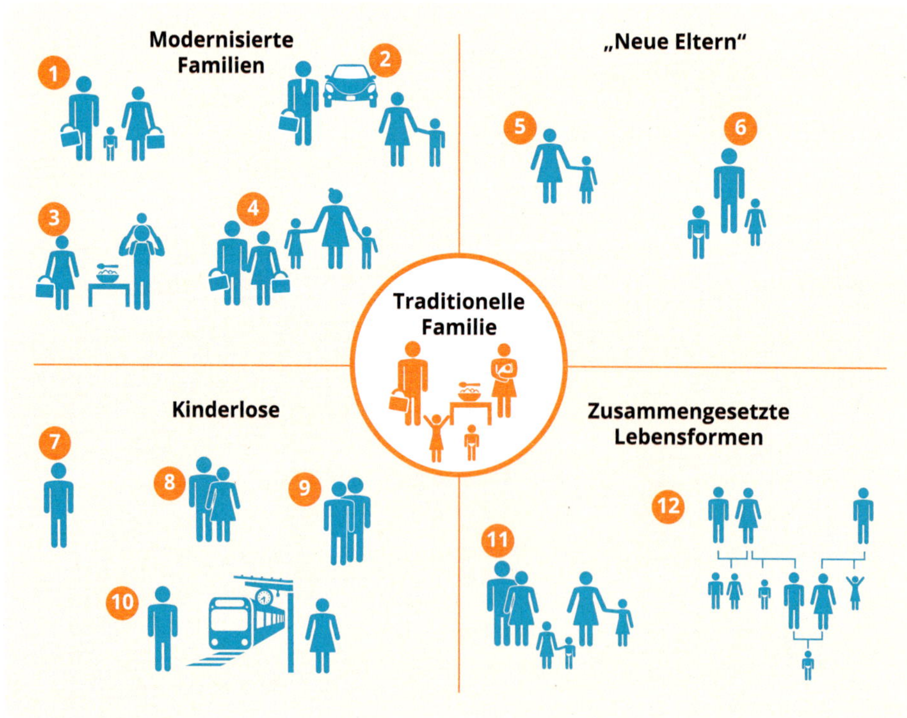

Grafik: Jutta Kleinert

FAMILIE

Eine Familie zeichnet sich dadurch aus, dass mindestens zwei Generationen (z. B. Eltern und Kind/-er) miteinander leben. Die Familienmitglieder fühlen sich besonders verbunden und erbringen Leistungen (z. B. Kindererziehung) füreinander.
Früher lebten meist mehrere Generationen einer Familie unter einem Dach. Heute leben in der Regel nur noch Mutter, Vater und die Kinder als Klein- oder Kernfamilie zusammen. In vielen Familien leben Eltern getrennt oder neue Partner übernehmen Verantwortung.

M4 Von der Groß- zur Kleinstfamilie

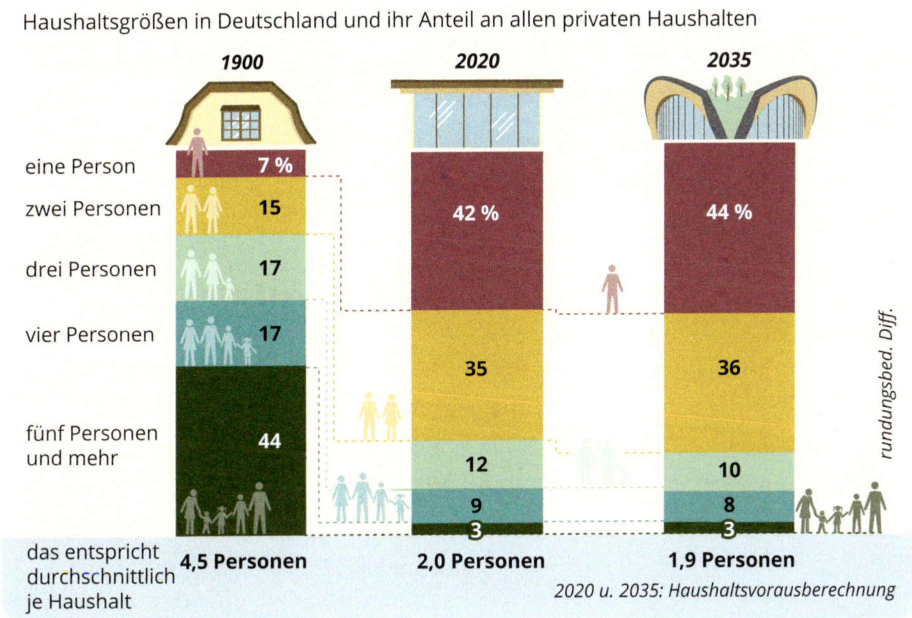

Quelle: Stat. Bundesamt; Globus-Grafik 13596

privater Haushalt
Personen, die gemeinsam wohnen und wirtschaften, meist eine Familie. D. h. sie kaufen von dem Geld, das verdient wird, Güter und müssen damit auskommen.

AUFGABEN

1. Ordne die Lebensformen a)-l) den Skizzen 1-12 zu (**M3**).
2. a) Beschreibe, was du unter einer Familie verstehst.
   b) Vergleiche deine Beschreibung von „Familie“ (Aufgabe 1a) mit dem Begriff **#Familie**. Gibt es Unterschiede oder Gemeinsamkeiten?
3. Werte das Schaubild (**M4**) im Hinblick auf folgende Fragen aus:
   I. Wie hat sich das Zusammenleben der Menschen in den vergangenen Jahren verändert?
   II. Wie wird es sich zukünftig verändern? (**Methode: Analyse von Schaubildern**)

H zu Aufgabe 3
Stelle deine Ergebnisse in Form von Aussagesätzen dar, z. B.: „Im Jahr 1900 lebten in 44 von 100 Haushalten fünf und mehr Personen. Hingegen lebten 2020 nur noch in drei von 100 Haushalten fünf Personen und mehr.“

F Nimm auf Grundlage deiner bisherigen Ergebnisse Stellung zur These: Der Begriff „Normalfamilie“ sollte heute nicht mehr nur für die traditionelle Familie (Vater, Mutter, Kind) verwendet werden.

Welche Vor- und Nachteile haben unterschiedliche Lebensformen?

Jede Lebensform hat unterschiedliche Vor- und Nachteile. Aber was genau sind die Vor- und Nachteile? Und welche Vor- und Nachteile hat die Lebensform, in der du lebst?

M5 Soll Oma bei der Patchwork-Familie einziehen?

M6 Patchwork-Familien – Ein buntes Zusammenleben

In Patchwork-Familien gibt es viele [Möglichkeiten der Zusammensetzung]: Stiefvaterfamilien, Stiefmutterfamilien, Familien mit gemeinsamen Kindern und Stiefkindern, solche, in denen die Kinder dauerhaft leben und solche, bei denen die Kinder nur zeitweise zu Besuch sind. Gemeinsam ist ihnen allen, dass zu dem leiblichen Elternteil ein neues hinzutritt – und mit ihm oft zahlreiche Konflikte. [...]

Frisch verliebte Eltern sind oft überschwänglich, wenn sie einen neuen festen Partner gefunden haben. Oft sind sie fest davon überzeugt, dass ihre Kinder das neue Familienmitglied mit offenen Armen empfangen werden. Kindern hingegen fällt es oft schwer, einen neuen Partner der Eltern zu akzeptieren. Dies gilt vor allem dann, wenn das neue Elternteil als „Ersatz" für das nicht länger im gleichen Haushalt lebende Elternteil präsentiert wird.

Die Sehnsucht, wieder eine „richtige" Familie zu sein, ist auch bei Kindern ausgeprägt, allerdings hoffen diese oft noch auf eine Wiederherstellung des ursprünglichen Zustandes. Der Einzug eines neuen Partners macht ihnen schmerzhaft bewusst, dass die erste Familie unwiederbringlich aufgelöst ist. [...]

Alternative Familienformen wie Stieffamilien, aber auch Ein-Eltern-Familien oder gleichgeschlechtliche Elternpaare, stellen große Herausforderungen an alle Mitglieder der Familie: Sie brauchen Mut, Geduld und viel Toleranz.

Gleichzeitig bieten sie jedoch auch eine große Chance: Familienforscher haben festgestellt, dass Kinder, die in alternativen Familienformen aufwachsen, oft eher in der Lage sind Verantwortung zu übernehmen, sensibler auf gesellschaftliche Diskriminierungen reagieren und über flexiblere Rollenauffassungen von Mann und Frau verfügen, als Kinder aus traditionellen Familien.

Buth, Christine: Patchwork-Familien. In: Planet Wissen, 10.09.2019

sensibel
einfühlsam, mit besonderem Feingefühl

Diskriminierung
Benachteiligung, Herabsetzung

flexibel
hier: anpassungsfähig, offen

M7 Vor- und Nachteile unterschiedlicher Lebensformen

1 Sicherheit
2 Geborgenheit
3 Flexibilität
4 Freiheit
5 Ruhe
6 Wohnungskosten
7 Unterhaltung/Abwechslung
8 Fürsorge und Hilfe
9 Kosten sparen
10 Gefühl des Gebrauchtwerdens
11 Soziale Kompetenz
12 Hohe Arbeitsbelastung
13 Zeit für sich und Freunde
14 Unruhe
15 Hohes Einkommen
16 Einsamkeit
17 Verwirklichung eigener Träume
18 Zeit für berufliche Karriere

AUFGABEN

1. a) Welche Vor- und Nachteile nennen Metins Vater und seine Oma für das Leben in einer Großfamilie und als Alleinstehende/-r (**M5**)? Fallen euch noch weitere Vor- und Nachteile ein?
b) Fällt ein spontanes Urteil, ob die Oma bei ihrem Sohn und seiner neuen Familie einziehen sollte.

2. Arbeite aus dem Text (**M6**) Vor- und Nachteile von Patchwork-Familien heraus. Stelle die Ergebnisse in Form einer Tabelle dar.

Lebensform	Vorteile	Nachteile
Patchwork-Familie		
...	...	...

3. a) Ergänze die Tabelle aus Aufgabe 3 um mindestens vier weitere Lebensformen. Ordne jeder Lebensform die Vor- und Nachteile aus **M7** zu.
b) Vergleicht eure Ergebnisse in der Klasse.

4. Welche Lebensform findest du für dein zukünftiges Leben gut bzw. nicht gut? Begründe deine Meinung.

5. Führt die Diskussion um Metins Oma in einem Rollenspiel fort (**Methode: Rollenspiele, Kap. 1.2**).

H **zu Aufgabe 3a**
Beachte, dass ein Vorteil für die eine Lebensform gleichzeitig ein Nachteil für die andere sein kann.

Wie sind die Aufgaben in der Familie verteilt?

Der Mann verdient das Geld und die Frau kümmert sich um Haushalt und Kinder. So war es früher üblich. Doch wie genau sieht die Aufgabenverteilung in einer heutigen Familie aus? Hat sich wirklich alles verändert?

M8 Familie Kramer am Frühstückstisch

M9 Wer macht was in deiner Familie?

	Mutter	Vater	Kinder weiblich	Kinder männlich
Kochen				
Staubsaugen				
Bad putzen				
Tisch decken / abräumen				
Müll heraustragen				
Bügeln				
Kleine Reparaturen				
Auto waschen				

M10 Wie waren und wie sind die Aufgaben in der Familie verteilt?

a) Veränderung der Aufgabenverteilung

Früher war es üblich, dass die Frau zuhause bleibt und sich um die Kinder und den Haushalt kümmert. Der Mann als Alleinverdiener verdient das Geld für die Familie.

In den vergangenen Jahrzehnten haben sich die Einstellung und das Verhalten verändert. Insgesamt haben mehr Frauen einen höheren Bildungsabschluss als Männer, also z. B. ein Abitur oder Studium. Sie gehen arbeiten, sind erfolgreich und sorgen ebenso für die finanzielle Absicherung ihrer Familien. Das heißt, die Aufgabenverteilung gleicht sich allmählich an.

Dennoch bleiben Frauen auch heute eher zuhause, sobald Kinder kommen. In Familien mit Kindern sind also deutlich weniger Frauen berufstätig als Männer.

b) Umfrage: Männer und Frauen im Haushalt – wer macht was?

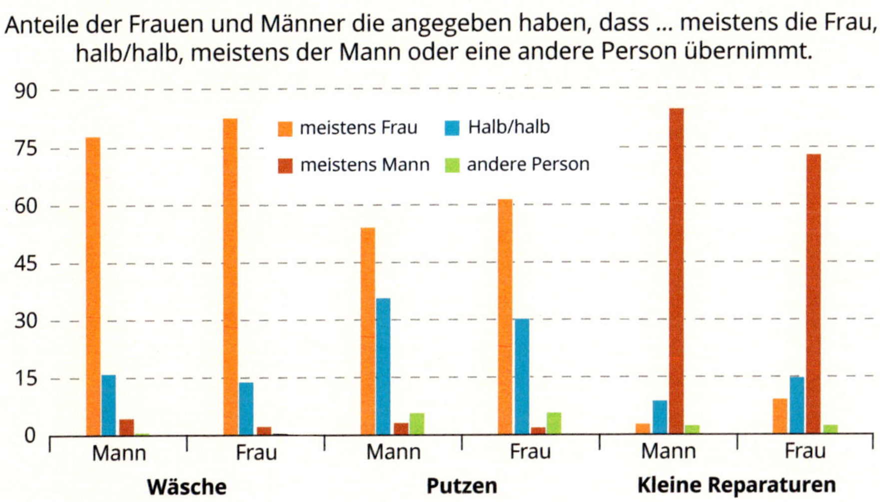

Eyerund, Theresa/Orth, Anja Katrin: Geschlechterrollen: in der Theorie modern, in der Praxis klassisch. In: IW-Kurzbericht 17/2019, S. 2

AUFGABEN

1. Welcher Aussage in **M8** stimmst du am ehesten zu? Begründe deine Haltung.
2. a) Stelle dar, wer welche Aufgaben in eurem Haushalt übernimmt (**M9**).
   b) Vergleicht eure Ergebnisse in der Klasse.
3. Erkläre, was sich an der Rollenverteilung verändert hat (**M10a**).
4. a) Analysiere das Schaubild **M10b**, indem du herausarbeitest, wie die Arbeit im Haushalt zwischen Männern und Frauen verteilt ist (**Methode: Analyse von Schaubildern**).
   b) Vergleiche die Angaben des Schaubilds (**M10**) mit deinen eigenen Ergebnissen (**M9**).

F „Haushalt und Kinder sind Frauensache!". Nimm Stellung.

Sollten Kinder im Haushalt mithelfen?

In einem Haushalt fällt immer Arbeit an und diese nimmt viel Zeit in Anspruch. Aber ist es sinnvoll, dass Eltern von ihren Kindern erwarten, im Haushalt Aufgaben zu übernehmen?

M11 Wer soll den Abwasch machen?

M12 Kinderarbeit im Haushalt – was sagt das Gesetz?

a) Bürgerliches Gesetzbuch
§ 1619 – Dienstleistungen in Haus und Geschäft
Das Kind ist, solange es dem elterlichen Hausstand angehört und von den Eltern erzogen oder unterhalten wird, verpflichtet, in einer seiner Lebensstellung entsprechenden Weise den Eltern in ihrem Hauswesen und Geschäft Dienste [Aufgaben] zu leisten.

Bürgerliches Gesetzbuch, in der Fassung der Bekanntmachung vom 02.01.2002

b) Jugendarbeitsschutzgesetz (JArbSchG)
§ 5 Verbot der Beschäftigung von Kindern
(1) Die Beschäftigung von Kindern [...] ist verboten.
(3) Das Verbot des Absatzes 1 gilt nicht für die Beschäftigung von Kindern über 13 Jahren [...] soweit die Beschäftigung leicht und für Kinder geeignet ist. [...] Die Kinder dürfen nicht mehr als zwei Stunden täglich, in landwirtschaftlichen Familienbetrieben nicht mehr als drei Stunden täglich, nicht zwischen 18 und 8 Uhr, nicht vor dem Schulunterricht und nicht während des Schulunterrichts beschäftigt werden.

Jugendarbeitsschutzgesetz (JArbSchG), Gesetz vom 12.04.1976

Eine Pro-Kontra-Tabelle erstellen

Worum geht es?

Die Frage, ob Kinder im Haushalt mithelfen sollen, kann zu Streit führen. Dabei sollte man – wie bei jeder strittigen Frage – die Argumente beider Seiten im Blick haben. Eine Möglichkeit, diese übersichtlich darzustellen, ist die Pro-Kontra-Tabelle.

Geht dabei so vor:

1. Schritt: Tabelle anlegen

Erstelle eine zweispaltige Tabelle.

Für den Vorschlag spricht	Gegen den Vorschlag spricht
Kinder haben im Vergleich zu ihren Eltern viel Freizeit.	Kinder sollen auch noch Zeit zum Spielen haben.
…	…

2. Schritt: Argumente ordnen

Schreibe alle Argumente in die entsprechende Spalte der Tabelle.

3. Schritt: Entscheidung treffen

Prüfe, welche Argumente dich mehr überzeugen. Triff deine Entscheidung.

M13 Kinder und Hausarbeit – Pro und Kontra

a Wenn Kinder und Jugendliche im Haushalt helfen, übernehmen sie früh Verantwortung.

b Man lernt etwas für die Zukunft, da man später seinen eigenen Haushalt führen muss.

c Es gibt ein gutes Gefühl, etwas für die Familie zu tun und gebraucht zu werden.

d Kinder sollten neben der Schule so viel Freizeit wie möglich haben.

e Erwachsene können die Aufgaben besser und schneller erledigen.

…

AUFGABEN

1. a) Beschreibe die Situation (**M11**).
b) Sollten Kinder im Haushalt mithelfen? Positioniert euch hierzu spontan auf einer Meinungslinie (**Methodenglossar**).

2. a) Erläutere, inwiefern Kinder zuhause mithelfen dürfen (**M12**).
b) Stellt in der Klasse mithilfe einer Mindmap dar, welche Aufgaben Kinder im Haushalt übernehmen können.

3. a) Erstelle eine Pro-Kontra-Tabelle (**M12**, **M13**, **Methode**).
b) Nenne das Argument, das dich am meisten überzeugt.
c) Formuliere dein Urteil mit einem passenden Beispiel in ganzen Sätzen.
d) Positioniere dich erneut auf der Meinungslinie.

F zu Aufgabe 3a
Ergänze eigene Argumente in der Tabelle.

H zu Aufgabe 3c
So kannst du beginnen: „Ich bin dafür/dagegen, dass Kinder im Haushalt mithelfen, weil …“

Diagramme und Schaubilder analysieren

Worum geht es?

Die Statistik ist eine Zusammenfassung vieler verschiedener Daten. Die Daten können zum Beispiel sein: Anzahl von Menschen, Deutschen, Kindern, Frauen, Männern oder Höhe von Einkommen, Schulden, Taschengeld und vieles mehr.
Die Zusammenfassung der Daten (Statistik) wird mithilfe von Diagrammen oder Schaubildern dargestellt. Sie sind oft unterschiedlich aufgebaut.

a)

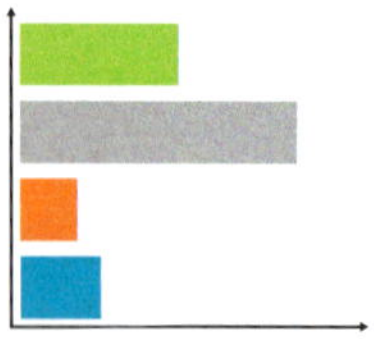

Balkendiagramm

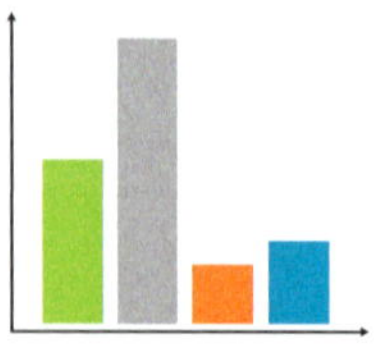

Säulendiagramm

b)

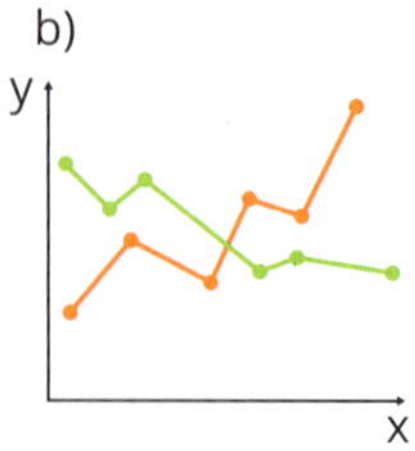

Liniendiagramm

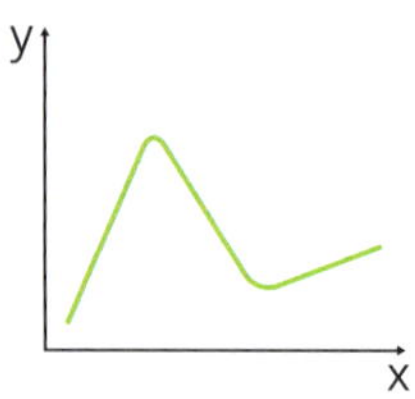

Kurvendiagramm

c)

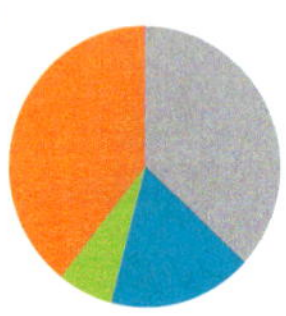

Kreis-/Kuchen-/
Tortendiagramm

Geht dabei so vor:

1. Thema und Darstellungsform bestimmen

- Bestimmung des Themas: Schaut zunächst auf die Überschrift des Diagramms/des Schaubilds. Hier finden sich meist die gesuchten Informationen.
- Bestimmung der Darstellungsform: Es gibt verschiedene Arten von Diagrammen:
  a) **Balken- und Säulendiagramme**: Diese Diagramme können verschiedene Zahlenwerte gut miteinander vergleichen,
  b) **Linien- und Kurvendiagramme:** Diese Diagramme können zeitliche Entwicklungen gut darstellen.
  c) **Kreis-, Kuchen- oder Tortendiagramme**: Diese Diagramme können unterschiedliche Anteile an der Gesamtmenge gut aufzeigen.

2. Beschreibung der Diagramme und Schaubilder

- In welcher Maßeinheit sind die Zahlenwerte angegeben? Handelt es sich um absolute Zahlen? Dann steht dort z. B. „in Tausend" oder „in Millionen".
- Welcher Zeitpunkt oder Zeitraum ist dargestellt?
- Woher kommen die Zahlen, was ist als Quelle der Darstellung angegeben?

3. Analyse und Beurteilung der Diagramme und Schaubilder

Was zeigen die Zahlen und Daten? Gibt es Besonderheiten oder Auffälligkeiten?
- Ist die Form der Darstellung korrekt?
- Wie ist die Aussage des Schaubilds/Diagramms in das Thema einzuordnen?

WIE LEBEN FAMILIEN HEUTE?

WAS DIE FAMILIE BEDEUTET

M2

Für die meisten Menschen ist Familie sehr wichtig, z. B. wenn sie Sicherheit und Geborgenheit gibt. Auch für die Gesellschaft ist die Familie wichtig, da sie wichtige Aufgaben übernimmt: In Familien werden Kinder geboren. Diese garantieren, dass eine Gesellschaft weiter besteht (Reproduktion). Familien ziehen Kinder groß und geben Werte weiter, dadurch wird eine Gesellschaft zusammengehalten (Erziehung). In Familien kümmert man sich um Kinder, ältere und schwache Familienangehörige. Diese Pflege muss die Gesellschaft nicht übernehmen.

UNTERSCHIEDLICHE LEBENSFORMEN

M3, M7

Heutzutage gibt es die unterschiedlichsten Lebensformen. Sie sind für uns neben der traditionellen Familie normal geworden. Zu einer traditionellen Familie bzw. Normalfamilie gehören Vater, Mutter und Kind(er). Familien mit einem Elternteil, Patchwork-Familien oder gleichgeschlechtliche Familien sind heute auch sehr verbreitet. Auf der einen Seite eröffnen sie neue Möglichkeiten und Freiheiten. Gleichzeitig treten auch neue Schwierigkeiten und Herausforderungen für die Betroffenen auf.

Familien zeichnen sich dadurch aus, dass mindestens zwei Generationen zusammenleben, die Familienmitglieder sich besonders verbunden fühlen und die Generationen untereinander Leistungen erbringen (z. B. Kindererziehung).

AUFGABEN- UND ROLLENVERTEILUNG IN DER FAMILIE

M10, M12, M13

Heute sind häufig beide Eltern berufstätig. Auch die Aufgaben im Haushalt werden zwischen den Familienmitgliedern aufgeteilt. Frauen übernehmen jedoch nach wie vor mehr Hausarbeit als Männer. Frauen bleiben auch eher zuhause, sobald sie ein Kind bekommen.

Kinder und Jugendliche können im Haushalt mithelfen, solange die Arbeit im Haushalt ihren schulischen Erfolg nicht negativ beeinflusst. Dadurch lernen sie z. B., früh Verantwortung zu übernehmen und ihnen fällt es später leichter, ihren eigenen Haushalt zu führen.

3.2 Ich und die anderen

Ich sein ... – wer bin ich eigentlich?

„Wer bin ich und was macht mich aus?" Hast du darüber schon mal nachgedacht?

M1 Wer bin ich?

Nele sitzt grübelnd an ihrem Schreibtisch. Sie hat im Unterrichtsfach Politik eine schwierige Aufgabe aufbekommen. Jeder in der Klasse soll einen Text über sich selbst schreiben: Wer man ist, was man kann usw.
„Vielleicht reicht ein Blick auf den Ausweis, um zu wissen, wer ich bin", überlegt Nele. Dort stehen schließlich Name, Alter, Körpergröße, Geburtstag- und -ort, Augenfarbe. Aber reicht das wirklich, um zu sagen, wer man ist? Nele bezweifelt das ...

M2 Was gehört zur Identität?

Jeder Mensch ist etwas Einzigartiges und hat ein eigenes Ich. Zu der eigenen Persönlichkeit bzw. Identität gehört unter anderem, was für eine Beziehung eine Person zu anderen Menschen hat, also zu Familie, Freundinnen und Freunden, Mitschülerinnen und Mitschülern usw.

Dem einen ist die Natur besonders wichtig, für die andere hat Technik oder Musik eine große Bedeutung. Auch diese Themen machen unterschiedliche Identitäten aus.

Wie stellt man sich sein Leben vor, welche Ziele und Wünsche hat man im Leben? Will man z. B. eine Familie gründen? Welchen Beruf möchte man ausüben? All das sind Fragen, die unseren Lebensweg und damit auch unsere Persönlichkeit beeinflussen.

Jedem Menschen ist es wichtig, dass andere ihn als eigenständige Persönlichkeit wahrnehmen. Die Gewissheit eines Menschen, er selbst und unverwechselbar zu sein und sich von anderen zu unterscheiden, versteht man als **Ich-Identität**.

M3 Welche Stärken und Schwächen habe ich?

Jeder Mensch hat Stärken und Schwächen. Aber was sind Stärken oder Schwächen? Sind manche Schwächen nicht auch Stärken und umgekehrt?

Ich kann mich gut konzentrieren.

Ich helfe gerne anderen Menschen.

Ich arbeite sehr schnell. Ich kann fleißig sein.

Ich bin oft genau. Ich bin sportlich.

Ich bin ordentlich. Ich bin zuverlässig.

Ich habe einen Dickkopf. Ich bin misstrauisch. Ich bin gerne freundlich zu anderen.

Eigenschaft	positiv	negativ
„Ich bin misstrauisch.“	Wenn ich nicht jedem sofort etwas anvertraue, kann ich auch nicht so schnell enttäuscht werden.	Zu viel Misstrauen kann stören, wenn man neue Freundschaften schließen möchte.
„Ich habe einen Dickkopf.“	...	...

M4 Spiel: Rückenstärken

Besorgt weiße Pappschilder und klebt sie euch gegenseitig auf den Rücken. Jetzt gehen alle durch das Klassenzimmer und ihr schreibt euch, wenn ihr euch begegnet, gegenseitig auf das Rückenschild, was ihr an euch gut findet und mögt. Achtet darauf, dass bei jedem etwas auf dem Rücken steht! Zum Abschluss darf jeder sein Schild lesen und nach Schulende mit „gestärktem Rücken“ nach Hause gehen.

AUFGABEN

1. Versetzt euch in Neles Situation (**M1**). Sammelt in der Klasse Ideen, was wichtig ist, wenn man eine Person beschreiben soll.
2. a) Überprüfe mithilfe von **M2** eure Ansätze aus Aufgabe 1.
   b) Benenne, was eine Persönlichkeit ausmacht (**M2**).
3. a) Wähle drei Eigenschaften aus, die deiner Meinung nach zu dir passen (**M3**).
   b) Erläutere, wie man Eigenschaften positiv aber auch negativ wahrnehmen kann. Stelle deine Ergebnisse in Form einer Tabelle dar (**M3**).
4. Führt in eurer Klasse das Spiel „Rückenstärken“ durch (**M4**).
5. Vergleiche, welche Eigenschaften du dir selber zugeordnet hast, und welche dir deine Mitschüler gegeben haben.

F **zu Aufgabe 5**
Finde Beispiele, wo die eigene und eine fremde Einschätzung nicht genau gleich sind.

Können wir allen Erwartungen gerecht werden?

Je nachdem, ob du gerade Freund/Freundin, Sohn/Tochter, Schüler/Schülerin bist, können sich dein Verhalten und die Erwartungen an dich unterscheiden. Wir nehmen im Alltag verschiedene soziale Rollen ein. Aber was heißt das genau?

M5 Was wollen denn nur alle von mir?

Seitdem Nele die 5. Klasse der Realschule besucht, klingelt der Wecker jeden Morgen um 6.00 Uhr. Neles Mutter muss sie auch heute dreimal wecken, bevor sie endlich aufsteht. Schnell fertig machen, frühstücken und dann – den Bus verpasst. Während sie auf den nächsten Bus wartet, überlegt sie sich schon einmal eine Entschuldigung. Wecker kaputt, Mutter verschlafen, Hund weggelaufen.

Als Nele mit einer Verspätung von zehn Minuten in den Englischunterricht stürmt, ist ihr Lehrer, Herr Ulrich, überhaupt nicht begeistert. Ihre Verspätung wird im Klassenbuch vermerkt. „Schlimmer kann es nicht mehr kommen", denkt sich Nele.

Neles Freundin Anne möchte ihr von dem tollen Film berichten, den sie gestern im Kino gesehen hat. Eigentlich will Nele aber lieber im Unterricht aufpassen, bevor sie wieder Ärger von Herrn Ulrich bekommt.

Nach sechs anstrengenden Unterrichtsstunden geht es wieder nach Hause. Aber weil Nele auf Anne wartet, verpasst sie erneut ihren Bus. Zuhause sitzen schon ihre Mutter und Geschwister am Mittagstisch und warten. Als Nele sich hinsetzen will, brummt ihr Handy. Gernot möchte sich am Nachmittag mit Nele treffen. Neles Mutter wird sauer, denn Handys am Esstisch sind tabu. Ihre Mutter erinnert sie außerdem daran, dass ihr Onkel heute zum Geburtstag eingeladen hat. Aber gerade heute hat Neles Schwimmverein ein Sondertraining für den Wettkampf am kommenden Sonntag angesetzt. „Was wollen denn alle von mir?", grummelt Nele.

M6 Erwartungen an Nele

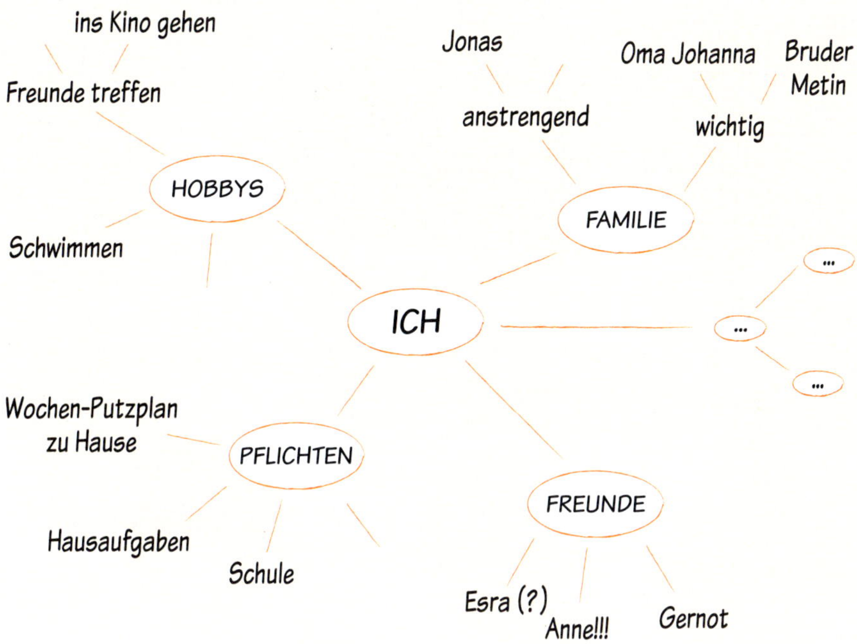

SOZIALE ROLLE

Täglich sind wir mit unterschiedlichen Menschen zusammen. Alle haben bestimmte Erwartungen an uns. Die soziale Rolle beschreibt unser eigenes Verhältnis zur Gesellschaft.
In unterschiedlichen Gruppen nehmen wir unterschiedliche Rollen ein. Das kann z. B. die Rolle Sohn oder Tochter sein, Freund oder Freundin, Sängerin im Chor, freiwilliger Feuerwehrmann, Pfadfinderin usw. Nicht immer passen alle Erwartungen zusammen, die an uns formuliert werden. So kann es zu einem Rollenkonflikt kommen.

AUFGABEN

1. a) Beschreibe die Situation von Nele (**M5**).
   b) Diskutiert in der Klasse, wie sich Nele verhalten sollte.
2. a) Erkläre, warum die verschiedenen Erwartungen Nele in eine schwierige Situation bringen (**M5**, **M6**).
   b) Stelle in Form einer Mindmap dar, welche Erwartungen Familie, Schule, Hobbys, Freunde etc. an dich haben (**M6**, **Methodenglossar**).

H zu Aufgabe 1a
Was könnten die einzelnen Menschen auf den Bildern zu Nele sagen? Was könnte Nele durch den Kopf gehen?

F Hast du schon einmal eine Situation erlebt, in der es schwierig war, allen Erwartungen gerecht zu werden? Beschreibe einen möglichen Rollenkonflikt (**#soziale Rolle**).

Was macht Freundschaften aus?

Freundinnen und Freunde prägen auf unterschiedliche Weise unsere Persönlichkeit und unser Leben. Doch welche Bedeutung haben Freundschaften darüber hinaus? Und sind sie immer positiv?

M7 Was bedeutet Freundschaft?

In einer Freundschaft ist mir Vertrauen am wichtigsten.

Für mich darf Freundschaft nicht so weit gehen, dass man nur etwas macht oder sagt, damit die Freunde einen gut finden.

An meinen Freunden schätze ich besonders, dass wir zusammen Spaß haben können.

M8 Warum Freunde wichtig sind

Je mehr sich Jungen und Mädchen von der eigenen Familie lösen, desto wichtiger werden Freundinnen und Freunde. Diese suchen sie sich selbst aus – anders als Familienmitglieder oder Mitschüler. Mit ihnen verbringen Jugendliche immer mehr Zeit.

Freundinnen und Freunde verbinden gleiche Interessen und Vorlieben (z. B. Sport, Musik, Freizeit etc.). Das Gemeinschaftsgefühl macht sie so wichtig: Man ist nicht allein und kann mit seinen Freundinnen und Freunden durch dick und dünn gehen.

Rami und seine Freunde sind unzertrennlich.

M9 Was passiert da?

1 Ein paar Mitspieler verstecken nach dem Handballtraining in der Umkleide Leons Brille. Leon ist sehr kurzsichtig. Ohne Brille ist er aufgeschmissen. Felix ist selbst Brillenträger und will Leon helfen, als dieser verzweifelt die Kabine absucht.
„Sollen wir nächstes Mal *deine* Brille verstecken?", fragt Stefan provozierend. Die anderen Mannschaftskollegen lachen zustimmend. Da hält sich Felix lieber zurück.

2 Arne wird am Knie operiert. Er macht sich Sorgen, dass er zu viel Unterrichtsstoff verpasst. Anton hat eine Idee: Er könnte Arne Übungsblätter und Aufgaben vorbeibringen. Die Klasse vereinbart, dass jeweils ein Schüler für ein Fach zuständig ist und alle Aufgaben für Arne aufschreibt. Als Arne wieder zur Schule kommt, muss er noch mit Krücken gehen. „Komm, wir tragen deine Schultasche, würdest du doch auch so für uns machen.", schlägt Burak vor.

3 Esra ist neu in Neles Klasse und war bisher nie bei den Treffen der anderen Mädchen eingeladen. Esra hat Sorge, dass die anderen nichts mit ihr zu tun haben wollen. Lena möchte eigentlich nicht, dass die Mädchen Esra ansprechen. Sie findet Esra seltsam. „Lernen wir sie doch erst einmal kennen", sagt Nele und lädt Esra zu ihrem nächsten Treffen ein. Mit einem Strahlen im Gesicht sagt Esra direkt zu.

4 „Du traust dich ja doch nicht!", ruft Lennart. Ein paar Kinder stehen um ihn herum und kichern. Laura sieht verunsichert nach oben. Vor ihr und den anderen Kindern steht eine Leiter, die steil zum Dach führt.
Laura ist neu in ihrem Viertel und würde gerne etwas mit den anderen Kindern aus der Nachbarschaft unternehmen. „Aber nur, wenn du eine Mutprobe bestehst", hatte Lennart zu ihr gesagt. Laura hat Angst, sie ist nicht schwindelfrei.

Gruppendruck

Ausgrenzung

Unterstützung

Zugehörigkeit

AUFGABEN

1. Welcher Aussage (**M7**) stimmst du am ehesten zu? Begründe.
2. Erläutere, welche Bedeutung Freundschaften für Jugendliche haben (**M8**).
3. Bearbeitet arbeitsteilig die vier Fälle (**M9**).
   a) Untersucht, ob die jeweilige Gruppe eine Hilfe oder eine Belastung darstellt.
   b) Stellt euch die Fälle gegenseitig in der Klasse vor.
   c) Ordnet gemeinsam zu und begründet, welche Begriffe zu welchem Fall passen.
   d) Überprüft eure Klassenregeln (Kap. 1.1), ob sie den Umgang miteinander gut regeln. Ergänzt, falls nötig.

Junge oder Mädchen sein – auch nur eine soziale Rolle?

Mädchen mögen Rosa, lesen gerne und ihr Traumberuf ist Erzieherin. Die Lieblingsfarbe von Jungs ist Blau, sie können gut rechnen und wollen Feuerwehrmann werden. Typisch Mädchen, typisch Junge – ist das so?

M10 Nele will zum Fußball ...

M11 Typisch Junge, typisch Mädchen?

Viele Eltern sagen: Ich habe Puppen und Eisenbahnen und Kuscheltiere und Autos und Lippenstifte und Bagger zuhause. Aber mein Sohn spielt fast nur mit den Eisenbahnen, Autos und Baggern; und meine Tochter liebt die Puppen, die Kuscheltiere und die Lippenstifte. Ob das angeboren ist? [...]

Niemand kann das wissen [...]. Schließlich leben wir Menschen ja nicht allein auf der Welt. Wir werden geboren – und schon haben wir Gesellschaft. Wir sehen, was andere Menschen machen. Das meiste machen wir dann genauso, denn so lernen wir.

Wenn wir etwas größer geworden sind, merken wir, dass wir Jungs sind oder Mädchen; dann machen wir gerne das nach, was andere Jungs oder Mädchen machen. Denn es ist schön, zu einer Gruppe dazuzugehören. So findet man Freunde und fühlt sich wohl. Und das geht am einfachsten, wenn man sich so verhält wie alle anderen, genauso aussieht und die gleichen Spiele spielt.

Man muss sich allerdings auch nicht zu sehr anpassen, denn wir sind ja alle etwas ganz Besonderes. Und so gibt es auch Mädchen, die gerne laut sind und Fußball spielen, und Jungs, die Mamas Make-up auflegen und Puppen im Kinderwagen schieben. [...]

Bestimmt gibt es Jungen, die gerne etwas in Rosa anziehen würden. Aber wenn sie das tun, dann werden sie ziemlich sicher ausgelacht. Rosa ist doch eine Farbe für Mädchen, heißt es dann. Und für Jungs? Ja, für die gibt es Blau. Aber warum mögen viele Mädchen eigentlich so gerne Rosa? Das weiß niemand so genau. Angeboren ist es bestimmt nicht. Und auch nicht unumstößlich. Schließlich war vor hundert Jahren Rosa die Farbe der Jungs. Echt wahr. [...]

[Jungen] sind häufiger im Sportverein – wahrscheinlich auch, weil ihre Eltern es toll finden, wenn ihr Sohn sportlich ist. Die Eltern mögen es auch, wenn Jungs im Spiel gegeneinander kämpfen, wenn sie sich auf dem Bolzplatz dreckig machen oder wenn sie schwere Sachen heben. [...] [V]ielen [Eltern] gefällt es auch besser, wenn ihre Töchter etwas Nettes zuhause in der Wohnung spielen und wenn sie zum Tanzen gehen statt zum Judo.

Berndt, Christina: Typisch Mädchen, typisch Junge. In: www.sueddeutsche.de, 26.04.2012

AUFGABEN

1. a) Erkläre, über was sich Nele in der Situation **M10** ärgert.
   b) Wie findest du die Reaktion von Neles Familienmitgliedern? Begründe deine Meinung.
2. Was bedeutet für dich „typisch Junge“ und „typisch Mädchen“? Stelle deine Ergebnisse in Stichpunkten in einer Tabelle dar.
3. Arbeite heraus, warum Jungen und Mädchen Vorlieben für bestimmte Dinge entwickeln (**M11**).
4. Als Geschlechterklischees bezeichnet man Vorstellungen, was typisch für Jungen und Mädchen bzw. Männer und Frauen ist. Haben diese Vorstellungen nichts mit der Wirklichkeit zu tun? Diskutiert in der Klasse.

Rosa und hellblau – Typisch Mädchen, typisch Jungs? Kurze Reportage des WDR

Mediencode: 70061-11

H zu Aufgabe 3
In jedem Textabschnitt findest du einen Grund.

F Erläutere mithilfe des Videos, wie Produkte Geschlechterrollen nutzen und welche Folgen das hat. MK

Vielfalt – wie gehen wir damit um?

Jeder Mensch ist anders. Auch in deiner Klasse sind alle Kinder verschieden. Diese Vielfalt ist interessant und bereichernd, kann aber auch zu Konflikten führen. Wie geht man also mit dieser Vielfalt um?

M12 Jeder Mensch ist anders

1. Gewohnheiten
2. Alter
3. Geschlecht
4. ?
5. Eigenschaften
6. ?
7. Herkunft
8. körperliche Voraussetzungen
9. ?
10. Religion / Weltanschauung
11. ?
12. Fähigkeiten

M13 Esra kommt zu Besuch ...

Nele und Anne gehen in eine Klasse und sind Freundinnen. Beide kommen auch gut mit ihrer neuen Mitschülerin Esra aus. Sie möchten sie zum Schwimmen einladen. Aber weil Esra Muslimin ist, hat Anne ein paar Fragen.

Nele, kannst du mal bei dir zuhause fragen, was Muslimas wie Esra gerne essen? Meine Mutter möchte das wissen, nach dem Schwimmen hat man doch immer so viel Hunger. Und: Darf Esra überhaupt einen normalen Badeanzug anziehen?

Na klar darf sie das, Muslimas ziehen aber manchmal auch Burkinis an. Sag mal, so richtig viel über Muslime weißt du aber nicht ... Komm, wir fragen, ob wir uns morgen bei Esra treffen können, dann wirst du alles sehen.

M14 Menschen mit anderer Herkunft

In Deutschland hat im Jahr 2019 jede vierte Person einen Migrationshintergrund (25,5 %). Sie ist also entweder selbst oder ihre Eltern sind nach Deutschland eingewandert. Etwas mehr als die Hälfte der Personen mit Migrationshintergrund haben die deutsche Staatsangehörigkeit. Auch viele Schülerinnen und Schüler haben nicht-deutsche Staatsangehörigkeiten.

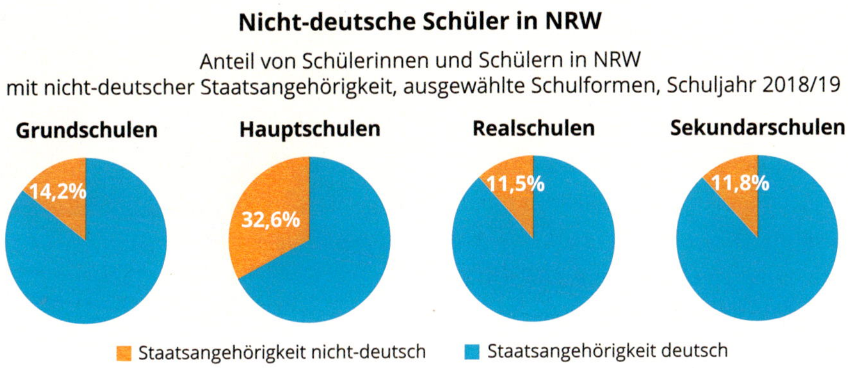

Zahlen: Ministerium für Schule und Bildung des Landes Nordrhein-Westfalen: Das Schulwesen in Nordrhein-Westfalen aus quantitativer Sicht, Statistische Übersicht Nr. 404. Düsseldorf 2019

MIGRATION

Der Begriff „Migration“ stammt von „wandern, sich bewegen“. Menschen, die ihre Heimat verlassen, um dauerhaft woanders zu leben, werden „Migranten“ genannt.

Migrationshintergrund haben z. B. solche Menschen, die entweder selbst oder deren Eltern ihre ursprüngliche Heimat verlassen haben.

M15 Leben mit Behinderung

Menschen mit Behinderung benötigen manchmal besondere Hilfe, z. B. beim Lernen oder beim Laufen.

M16 Inklusion in der Schule

Laura und Susanna sind 13 Jahre alt und gehen zur Gesamtschule in Kassel. In eine integrative Klasse. Laura ist von Geburt an körperbehindert und auf den Rollstuhl angewiesen. Die beiden sind dicke Freundinnen. Das war aber nicht immer so. „Als Laura in unsere Klasse kam, war das komisch. Eine Behinderte in unserer Klasse. Ich hab gedacht: ‚Na toll, jetzt sollen wir also ständig auf die Rücksicht nehmen'", erzählt Susanna. Nun, nach eineinhalb Jahren sind die beiden unzertrennlich. Laura ist wütend, wenn ihre Behinderung im Mittelpunkt steht. „Oft bemerke ich, wie ich angestarrt werde, und ich habe die Nase voll davon. Für mich ist es normal, nicht in die Stadt zu gehen, sondern zu rollen. Ich interessiere mich für all das, was meine Freunde auch interessiert. Das, was nervt, das sind die anderen. Manchmal ist es ihr Mitleid. Ich leide ja nicht. Ich kann halt nicht alles machen, aber fast alles. Manchmal sind es auch blöde Sprüche." „Dabei sind eigentlich alle Menschen in manchen Situationen behindert oder werden behindert", sagt Susanna. „Als ich neulich im Konzert war, hab ich nichts sehen können, weil vor mir nur Große standen." Laura denkt laut nach: „Ich bin schon froh, dass ich hier an der Schule nichts Besonderes mehr bin. Für meine Klasse bin ich Laura und fertig. Manche mögen mich, andere nicht. Ganz normal." – „Eigentlich ist es auch gut, wenn man nicht so ist wie alle. Ich möchte manchmal auch etwas auffallen", widerspricht Susanna. „Du findest es doch auch gut, wenn dich die anderen bemerken, weil du gut aussiehst oder etwas gut kannst." – „Das stimmt", gibt Laura zu, „so aufzufallen ist o.k., aber ich falle immer auf. Und das nervt oft."

Deutsche Behindertenhilfe – Aktion Mensch e.V. (Hg.): Ich, du und die anderen. Schülerheft. Bonn 2007, S. 5

Auch Hannes, 11 Jahre, braucht einen Rollstuhl. Er geht mit anderen Kindern ohne Behinderung auf eine Realschule in Düsseldorf.

INKLUSION

Inklusion bedeutet, dass keine Menschen ausgeschlossen werden. Kinder mit Behinderungen besuchen mit nicht-behinderten Kindern die gleiche Schule.

Inklusion heißt übersetzt Zugehörigkeit und steht für den Anspruch, dass im Schulsystem, am Arbeitsplatz oder in Freizeiteinrichtungen keine Menschen aufgrund ihrer Behinderung oder aufgrund ihrer Herkunft ausgeschlossen werden. Inklusion ist ein Menschenrecht, das der Staat gewährleisten muss.

Erklärfilm zu Inklusion

Mediencode: 70061-12

BEHINDERUNG

Von einer Behinderung spricht man, wenn körperliche Funktionen, geistige Fähigkeiten oder die seelische Gesundheit beeinträchtigt sind.
Das heißt z. B., dass der Körper von Menschen nicht richtig funktioniert, Menschen Sachen nicht so gut und schnell lernen sowie verstehen können oder die Psyche des Menschen krank ist. Eine Behinderung dauert länger an und die Menschen können nicht wie andere an der Gesellschaft teilhaben.
Es spielt dabei keine Rolle, ob die Behinderung angeboren, durch einen Unfall oder eine Krankheit entstanden ist. Die meisten Behinderungen (ca. 86 %) gehen auf Krankheiten zurück. In Deutschland leben ca. 7,6 Millionen Menschen mit einer Schwerbehinderung. Dabei treten Behinderungen insbesondere bei alten Menschen auf.

AUFGABEN

1. „Vielfalt" bezieht sich auf viele verschiedene Aspekte.
   a) Finde für jeden Aspekt in **M12** Beispiele in deiner Klasse oder deinem eigenen Umfeld.
   b) Sammelt weitere mögliche Aspekte, die für Vielfalt stehen.
2. Tauscht euch aus: Was wisst ihr über die Bräuche von Muslima und Muslimen (**M13**)? Oder seid ihr selbst Muslimin oder Muslim? Dann könnt ihr eurer Klasse sicherlich Einiges erklären.
3. a) Analysiere den Text und die Grafiken (**Methode: Analyse von Diagrammen und Schaubildern**, **M14**).
   b) Trage Chancen und Herausforderungen zusammen, die sich daraus ergeben (**M14**).
4. a) Beschreibe die Bilder in **M15**.
   b) Kennst du selbst Menschen mit Behinderung aus deinem Umfeld (z. B. Schule, Familie, Freundeskreis)? Berichte den anderen aus deiner Klasse von deinen Erfahrungen.
5. „Das, was nervt, sind die anderen", beschreibt Laura ihre Situation (**M16**).
   a) Erläutere, was Laura nervt.
   b) Versuche zu erklären, warum die Menschen so reagieren.
6. a) Diskutiert, wie ihr mit Unterschieden in eurer Klasse in Zukunft umgehen möchtet. Welche Sorgen habt ihr? Wo könnte es zu Schwierigkeiten kommen? Welche Verhaltenstipps könnten den Umgang untereinander erleichtern?
   b) Überprüft eure Klassenregeln, ob es schon eine Regel zum Umgang mit Unterschieden gibt. Ergänzt gegebenenfalls eure Regeln (Kap. 1).

Einen Trickfilm drehen MK

Worum geht es?

Habt ihr schon mal einen eigenen Film gedreht? Mit einfachen Computerprogrammen, z. B. „Stop Motion Studio“, kannst du einfach kleine Geschichten in einem Film darstellen. Ihr benötigt Smartphone oder Tablet, die App „Stop Motion Studio“, kleine Figuren (z. B. Puppen, Actionfiguren etc.) oder Material zum Zeichnen/Malen, Stativ, grüner Hintergrund (z. B. Tuch).

Geht dabei so vor:

1. Recherche

Bearbeitet euer Thema in Arbeitsgruppen von drei bis vier Schülerinnen und Schülern. Überlegt euch, worum es in eurer Geschichte gehen soll.

2. Ein Drehbuch erstellen

Mithilfe des Drehbuchs plant ihr die einzelnen Szenen eures Trickfilms. Überlegt euch zu jeder Szene Folgendes: 1. Was passiert in der Szene bzw. was ist zu sehen? 2. Was sagen die Figuren oder was sagt ihr als Sprecher?
Zeichnet in die einzelnen Rahmen die Elemente, so wie sie im Video nach und nach auftauchen sollen. Haltet euch an die Vorlage.

Vorlage für ein Drehbuch

Mediencode: 70061-13

3. Den Film vorbereiten und aufnehmen

Testet die Videotechnik des Smartphones oder Tablets und probt die Aufnahme mindestens zweimal. Wenn ihr den Trickfilm mit gezeichneten Figuren drehen wollt, müsst ihr diese zunächst anfertigen.
Macht die Aufnahme am besten mit einem Stativ (Anleitungen zum Selberbasteln findet ihr im Internet). Öffnet die App und legt ein neues Projekt an. Um Bewegungen der Figuren darzustellen, müsst ihr diese Schritt für Schritt bewegen und jedes Mal ein neues Foto aufnehmen. Aus den Einzelbildern wird automatisch in der App ein Video erstellt. Sind die Figuren in 2D erstellt, müsst ihr von oben filmen, bei 3D-Figuren wird von der Seite gefilmt. Der Text wird im Nachhinein eingesprochen.

4. „Film ab!“

Präsentiert euren Film in der Klasse. Gebt euch gegenseitig ein Feedback, was gut gelungen ist und worauf ihr beim Planen und Drehen eures nächsten Trickfilms noch achten solltet.

ZUSAMMENLEBEN MIT ANDEREN

ICH-IDENTITÄT UND SOZIALE ROLLE

← M1, M2, M5

Menschen beschäftigen sich damit, wer sie eigentlich sind und welche Stärken und Schwächen sie haben. Ich-Identität bedeutet, dass man weiß, dass man unterschiedliche Eigenschaften hat und einzigartig ist.
Im Zusammenleben mit unterschiedlichen Gruppen, z. B. Familie, Freundeskreis, Schulklasse, Sportteam etc., nimmt der Mensch unterschiedliche soziale Rollen ein. Je nachdem, welche Rolle ein Mensch einnimmt, verhält er sich unterschiedlich. Auch die Erwartungen der Gruppen an das Verhalten der Person unterscheiden sich.

FREUNDSCHAFTEN

← M8

Der Freundeskreis ist eine wichtige Gruppe für Kinder und Jugendliche. Freunde können sich gegenseitig stärken und füreinander da sein. Mit Freunden kann man Probleme teilen und sich Ratschläge von Gleichaltrigen einholen.
Zum Problem können Freundschaften werden, wenn sich eine Person in ihrem Verhalten oder Aussehen sehr verstellen muss, um mit der anderen Person befreundet zu sein, obwohl sie das eigentlich gar nicht möchte. In Gruppen kommt es auch zu Druck und Ausgrenzung.

TYPISCH JUNGE, TYPISCH MÄDCHEN

← M11

Auch das Geschlecht ist eine soziale Rolle. Die Unterschiede zwischen Mädchen und Jungen sind zum Teil angeboren und zum Teil durch Eltern oder bestimmte Vorstellungen in der Gesellschaft anerzogen. Es ist wichtig, dass Kinder und Jugendliche unterschiedliche Dinge ausprobieren können, egal ob etwas als typisch für Jungen oder für Mädchen gilt.

UMGANG MIT VIELFALT

← M12, M14, M16

Unsere Gesellschaft ist sehr vielfältig. Menschen haben also Unterschiede, z. B. was ihr Geschlecht, Alter, Aussehen, Religion, Herkunft oder Fähigkeiten betrifft. Jeder einzelne ist mit seinen Ideen und Fähigkeiten wichtig für die Gesellschaft und sollte akzeptiert werden und sich frei entfalten dürfen, d. h. so leben, wie er oder sie möchte. Auch körperliche und geistige Voraussetzungen sind ein Merkmal von Vielfalt. In inklusiven Schulen lernen Kinder mit und ohne Behinderung zusammen. Sie lernen, Stärken und Schwächen des anderen zu akzeptieren.

Fall 1: Familie – überall anders

Nele regt sich in der Pause vor ihren Freunden Gernot und Anne furchtbar auf: Sie muss zuhause viel mehr Aufgaben übernehmen als ihr Bruder und ihr Stiefbruder. Nele findet das ungerecht, denn sie hat den Eindruck, viele Jungen müssten weniger im Haushalt helfen. Sie ist meistens früher und öfter zuhause als ihre Brüder. Dann soll sie den Tisch decken und die Getränke aus dem Keller holen.
Gernot berichtet, dass er seit dem Tod seiner Mutter wochentags und samstags immer mindestens drei Stunden auf seine kleine Schwester aufpassen muss. Auch um das Abendessen und das Zu-Bett-bringen kümmert er sich, häufig sogar um die Einkäufe. Sein Vater musste einen zweiten Job annehmen, um mehr Geld zu verdienen. Für die Schule hat Gernot manchmal kaum noch Zeit ...
Anne wird ganz kleinlaut: Sie hat keine Geschwister. Das findet sie zwar oft doof. Aber ihre Mutter geht nachmittags nicht arbeiten und nimmt sich viel Zeit für sie. Und richtige Pflichten hat sie zuhause eigentlich nicht.

Aufgaben

1. Beschreibe die unterschiedlichen Lebensformen von Gernot, Nele und Anne.

2. a) Ist Hausarbeit typisch Mädchen bzw. Frau? Erläutere, was mit dem Begriff „typisch" gemeint ist.
b) Nimm Stellung zu der Frage.

3. Begründe, ob es sinnvoll und rechtlich möglich ist, dass Kinder im Haushalt mithelfen. Beziehe dich dabei auf die Jugendlichen aus Fall 1.

Fall 2: Ich und die anderen ...

KURO

Aufgaben

4. Beschreibe genau, was auf der Karikatur abgebildet ist.

5. Erkläre, was die abgebildeten Personen mit den Begriffen soziale Gruppen, soziale Rollen und Identität zu tun haben.

6. Erkläre, warum der Junge sich von den Strippen befreien möchte. Berücksichtige dabei die Fachbegriffe aus Aufgabe 5.

In diesem Kapitel hast du dich damit auseinandergesetzt, welchen Einfluss das Zusammenleben mit verschiedenen Gruppen (Familie, Freundeskreis etc.) auf deine Persönlichkeit und Lebensgestaltung haben kann, welche sozialen Rollen du einnimmst und welche Herausforderungen damit verbunden sind.
Die folgende Tabelle hilft dir, herauszufinden, welche Fähigkeiten (=Kompetenzen) du dabei erworben hast. Zugleich zeigt sie dir, wie du noch weiter üben kannst.

Ich kann ...	Das klappt schon ...	Hier kann ich noch üben ...
... verschiedene Familienformen beschreiben.	👍 ✋ 👎	Kapitel 3.1, M3, M4, Grundwissen
... die Bedeutung von Familie für das Individuum und die Gesellschaft erklären.	👍 ✋ 👎	Kapitel 3.1, M1, M2, Grundwissen
... die Vor- und Nachteile verschiedener Lebensformen beurteilen.	👍 ✋ 👎	Kapitel 3.1, M5-M7
... die Veränderung der Aufgabenverteilung zwischen Männern und Frauen erläutern.	👍 ✋ 👎	Kapitel 3.1, M8-M10, Grundwissen
... Stellung dazu nehmen, ob Kinder im Haushalt mithelfen sollen.	👍 ✋ 👎	Kapitel 3.1, M11-M13, Grundwissen
... eigene Stärken und Schwächen benennen.	👍 ✋ 👎	Kapitel 3.2, M2, M3, Grundwissen
... die Folgen von Rollenerwartungen bewerten.	👍 ✋ 👎	Kapitel 3.2, M5, M6, Grundwissen
... den Einfluss von Freundschaften auf das Individuum erklären.	👍 ✋ 👎	Kapitel 3.2, M7-M9, Grundwissen
... „Vielfalt" als Merkmal unserer Gesellschaft erläutern.	👍 ✋ 👎	Kapitel 3.2, M11-M16, Grundwissen

Max und die Medien

Im Internet surfe ich ca. 5 Stunden am Tag. Den Laptop nutze ich nachmittags zur Informationsbeschaffung oder zum Spielen.

In den Schulpausen nutze ich mein Smartphone, um über Messenger-Dienste zu schreiben und Fotos zu machen. W-LAN gibt es in der Schule, aber selbst wenn dieses nicht funktioniert, habe ich ausreichend Datenvolumen.

Bücher lese ich selten. Ich schätze nur eine Stunde pro Tag. In der Schule arbeiten wir mit Schulbüchern. Manchmal lese ich auch abends zum Einschlafen.

Ich höre kaum Radio. Meistens nebenbei oder über das Internet. Dabei komme ich pro Tag auf 40 Minuten.

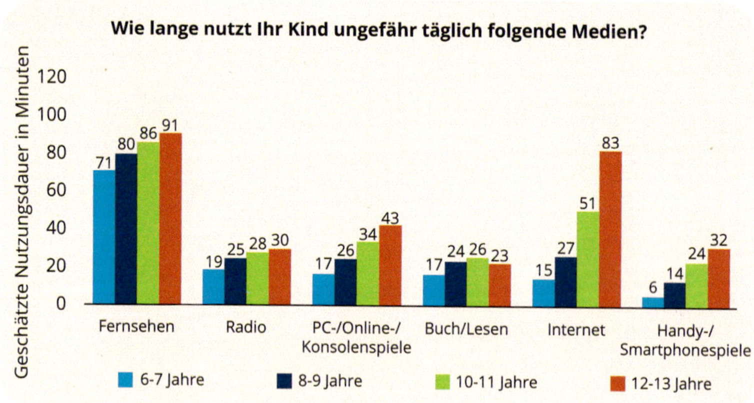

Quelle: mpfs, © Statista 2020

Vorlage für ein Medientagebuch

Mediencode: 70061-14

Was weißt du schon?

1. Führe für eine Woche ein Medientagebuch. Halte darin fest, wie lange du an jedem Wochentag welche Medien nutzt.
2. a) Beschreibe die Mediennutzung von Max.
   b) Tauscht euch über die Mediennutzung von Max aus.
   c) Analysiere die Grafik zum Medienverhalten von Kindern.
3. Vergleicht die Ergebnisse aus euren Medientagebüchern mit der Mediennutzung von Max und den Ergebnissen der abgebildeten Studie.

4

#Leben in der Medienwelt

Medien sind aus unserem Alltag nicht mehr wegzudenken. Egal ob du morgens das Radio einschaltest, die Zeitung liest, nachmittags vor dem Fernseher chillst, ein Buch liest, am Computer recherchierst oder mit deinen Freunden chattest: Medien begleiten uns meistens von morgens bis abends.

Die Nutzung von digitalen Medien ist dabei immer wieder Streitthema in Schulen und zuhause. Hast du dir schon einmal die Frage gestellt, welche Auswirkungen dein Umgang mit Medien hat?

Was lernst du in diesem Kapitel?

... das eigene Medienverhalten zu beschreiben und zu bewerten.

... den Einfluss digitaler Medienangebote auf den eigenen Alltag, die eigene Identität und die Meinungsbildung zu beurteilen und Folgen zu bewerten.

... rechtliche Grundlagen für die Kommunikation im Netz zu beschreiben.

... die Veränderung von Kommunikation durch Medienwandel und Medienvielfalt zu erläutern.

... Möglichkeiten zur Informationsgewinnung mit digitalen und analogen Medien zu beschreiben.

... interessengeleitete Nachrichtenbeiträge zu analysieren.

Einen Nachrichtenbeitrag für das Schulfernsehen erstellen MK

Durch Soziale Medien seid ihr es gewohnt, selbst in den Medien aktiv zu sein. Aber wenn ihr vertrauenswürdige Informationen sucht, seid ihr auf die Arbeit von Journalistinnen und Journalisten und Redaktionen angewiesen. Arbeitet doch mal selbst wie eine Redaktion und erstellt einen Nachrichtenbeitrag für das Schulfernsehen oder die Internetseite der Schule. Dafür müsst ihr euch mit Medien richtig gut auskennen.

Geht dabei so vor:

Start

1. Stellt Redaktionsteams zusammen, indem ihr Kleingruppen bildet. Tauscht euch aus, welches Thema dieses Medien-Kapitels euch besonders interessiert (Inhaltsverzeichnis) und über das ihr einen Beitrag erstellen wollt.

2. Erschließt euch die Arbeit in einer Nachrichtenredaktion und begründet, warum ihr Kinder und Jugendliche besonders über digitale Medien erreicht. (→ Kap. 4.1, M1, M3)

3. Informiert euch zum Thema eurer Wahl (z. B. Kap. 4.1 + 4.2: Computerspielsucht, Cybermobbing, Influencer...) im Schulbuch. Recherchiert in verschiedenen Medien weitere vertrauensvolle Informationen. (→ Kap. 4.3, M1-M20)

4. Schreibt ein Drehbuch für euren Nachrichtenbeitrag. Berücksichtigt dabei: Was interessiert die Zuschauer und was sind Aufgaben der Medien. (→ Kap. 4.3, M12, M13, Kap. 4.3 Methode: Eine Redaktionskonferenz durchführen)

   Hilfe zum Drehbuch

   Mediencode: 70061-15

5

Führt nach Möglichkeit ein Interview mit einer Expertin oder einem Experten. (→ Kap. 4.1 + 4.2, Methode: Ein Interview führen)

6

Schreibt euren Wortbeitrag zur Nachrichtensendung. Beachtet, dass in eurer Nachricht alle W-Fragen beantwortet sind: WAS – WANN – WO – WARUM – WER (→ Kap. 4.3, M6)

7

Bevor ihr die Aufnahme startet, übt das gute und deutliche Sprechen. Testet eure Smartphones oder Tablets und probt die Aufnahme. Zeichnet euren Beitrag auf. Nutzt dabei Bildmaterial und Ausschnitte des Interviews. Schneidet mögliche verschiedene Teile eures Beitrags zusammen.

Hilfe zum Schnitt

Mediencode: 70061-16

8

Präsentiert eure Beiträge und reflektiert, welche euch besonders überzeugt haben. Begründet eure Meinung.

Ziel

9

Prüft die Beiträge der anderen Redaktionsteams aus eurer Klasse:

- Handelt es sich um Fake News? (→ Kap. 4.3, M18-M20, Methode: Nachrichten auf Seriosität prüfen)
- Werden eure Redaktionskolleginnen und Redaktionskollegen den Aufgaben der Medien gerecht? (→ Kap. 4.3, M12, M13)
- Verfolgen sie eigene Interessen mit ihrem Beitrag, wenn ja, welche? (→ Kap. 4.3, M12-M20)

4.1 Kommunikation verändert sich MK

Kommunikation im Alltag – war früher alles besser?

Impulsvideo: Ben zu Neuen Medien

Mediencode: 70061-28

Erwachsene sagen manchmal „Früher war alles besser!". Aber erst seit ungefähr 2007 haben die meisten Menschen ein Smartphone. Seit Ende der 1990er Jahre verbreiteten sich Computer und alle können das Internet nutzen. Was könnte früher besser gewesen sein?

M1 Kommunizieren – früher und heute

Melek Deniz im Jahr 1991

Ich heiße Melek und bin 10 Jahre alt. In dem Haus meiner Familie gibt es ein Festnetztelefon. Dies steht im Flur auf einem kleinen Tisch, hat eine Wählscheibe und der Telefonhörer ist mit einer festen Schnur verbunden. In der Schublade des Tisches liegt ein Adressbuch mit vielen Telefonnummern, denn das Telefon kann keine Nummern speichern. Telefonieren ist teuer. Deshalb muss ich mich immer beeilen, wenn ich mit meinen Freunden etwas besprechen möchte. Auch können meine Geschwister die Telefonate mithören. Die Schnur des Telefons reicht nicht bis in mein Zimmer. Meine Oma und mein Opa wohnen in der Türkei. Beide rufe ich nur zu besonderen Anlässen an. Denn Telefonate in ein anderes Land kosten besonders viel Geld. Zur Schule nehme ich immer ein bisschen Geld oder meine Telefonkarte mit, um in dringenden Fällen von der Telefonzelle aus zuhause anrufen zu können.

Max im Jahr 2021

Mein Name ist Max und ich bin 10 Jahre alt. Letztes Jahr haben mir meine Eltern ein Smartphone geschenkt. Jetzt haben wir alle ein eigenes Smartphone in der Familie. Morgens lasse ich mich mit dem Smartphone wecken. Dann schaue ich direkt, ob mir jemand eine Nachricht geschrieben hat. Meistens antworte ich auch sofort. Am Frühstückstisch prüfe ich, ob eine Stunde ausfällt. Auf dem Weg zur Schule höre ich Musik, schaue neue Videos auf Youtube oder spiele ein neues Onlinespiel. In der Schule haben wir in den Pausen ein Smartphone-Verbot. Im Unterricht dürfen wir das Smartphone z. B. zum Recherchieren neuer Fachbegriffe nutzen. Per Messenger-Dienst verabrede ich mich nachmittags mit meinen Freunden. Da machen wir Fotos für ein Profilbild bei SnapChat oder Instagram und bearbeiten diese. Meine Mama kann mich immer erreichen.

 # KOMMUNIKATION

Kommunikation bedeutet, dass ein Austausch zwischen Menschen stattfindet. Die Mitteilung wird sprachlich (verbal) oder durch Zeichen (non-verbal) gesendet.

Kommunikation kann persönlich zwischen zwei oder mehreren Menschen stattfinden. Menschen können aber auch über technische Geräte kommunizieren. So nutzen wir Smartphones oder Tablets, um Mitteilungen und Nachrichten zu verbreiten und zu empfangen.

M2 Lisas Leben auf WhatsApp

Lisa ist eine Jugendliche, wie viele andere auch. Sie hat viele Freunde und Bekannte und steht mit ihnen im regen Kontakt, auch auf dem Messenger-Dienst WhatsApp. Welche Folgen das für sie hat, zeigt der hinterlegte Video-Clip.

Landesanstalt für Medien NRW: Handysektor erklärt: WhatsApp-Stress. In: www.handysektor.de, Abruf am 04.04.2019

Messenger-Dienst
Programm auf dem Smartphone, das sofort Nachrichten übermittelt, z. B. Texte, Bilder oder Sprachnachrichten

Lisas Leben auf WhatsApp im Video-Clip

Mediencode: 70061-17

M3 Wir sind ständig erreichbar – das hat Vor- und Nachteile

Mit dem Mobiltelefon bin ich an fast jedem Ort erreichbar.	Ich fühle mich unter Druck, eine Nachricht zu verpassen.	Ich fühle mich nie einsam, weil ich ständig in Verbindung mit Freunden bin.	In dringenden Fällen oder im Notfall kann ich mit dem Smartphone sofort und schnell kommunizieren.
Ich kann mich spontan verabreden und kurzfristig Termine absprechen.	Ich erwarte, dass meine Freunde auf einen Anruf oder eine Nachricht direkt reagieren.	Ich fühle mich häufig abgelenkt und bin unkonzentriert.	Wenn ich nicht schnell antworte, muss ich das meinen Freunden erklären oder Ausreden erfinden.

AUFGABEN

1. Benenne zentrale Merkmale der Kommunikation früher und heute (**M1**).
2. a) Vervollständige den Satz „Erreichbarkeit ist für mich wichtig, weil…“.
   b) Tragt eure Argumente in der Klasse zusammen und einigt euch auf die drei wichtigsten.
3. Beschreibe Lisas Probleme mit dem Nutzen des Messenger-Dienstes (**M2**).
4. a) Erstelle eine Tabelle „Vor- und Nachteile der ständigen Erreichbarkeit durch Mobiltelefone“ (**M3**, **Methode: Pro-Kontra-Tabelle, Kap 3.1**).
   b) Ergänzt in Partnerarbeit eure Tabelle um die Spalte „Tipps“ zu den Nachteilen (**M2**, **M3**).
5. Formuliert in Kleingruppen einen Dialog zwischen Melek und Max (**M1**).

F zu Aufgabe 3
Notiere eigene Ideen, was Lisa verändern könnte (M2).

H zu Aufgabe 5
Geht auf die Vor- und Nachteile der Kommunikationsmöglichkeiten von früher und heute ein.

Worauf sollten wir im Klassenchat achten?

Habt ihr auch eine Klassengruppe bei einem Messenger-Dienst? Diese Chatgruppen bieten viele Vorteile. Aber in vielen Klassen kommt es auch immer wieder zu Problemen. Wie könnt ihr als Klasse einen guten Klassenchat führen?

M4 Was ist da los im Klassenchat von Max?

In Max' Klasse gibt es seit Kurzem einen Klassenchat. Max hat von vielen älteren Schülern gehört, dass Klassenchats praktisch sein sollen. Wenn es was zu regeln gibt, kann man sich schnell absprechen. Fällt z. B. eine Schulstunde aus, können alle schnell informiert werden. Doch eines Schultages liest Max die Nachrichten mit einem komischen Gefühl...

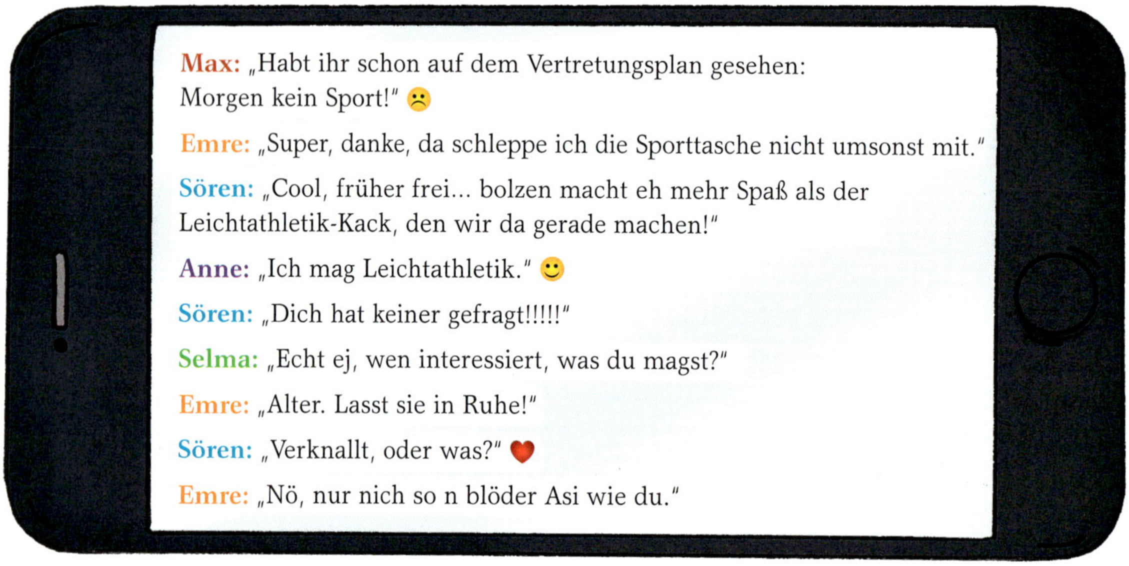

M5 Der Klassenchat: organisieren, informieren – aber nicht blamieren

Administrator
hier: Verwalter einer Messenger-Gruppe, kann Mitglieder aufnehmen und ablehnen und sollte darauf achten, dass Regeln eingehalten werden

Ein Klassenchat sollte dafür da sein, wichtige Informationen schnell austauschen zu können. Dazu gehören zum Beispiel die Informationen über Hausaufgaben, Elternbriefe oder kurzfristige Änderungen bei Unwetter. Ihr könnt euch auch über schwierige Aufgaben und Arbeitsblätter austauschen und gegenseitig helfen. Auch kleinere Chat-Gruppen können hilfreich sein, zum Beispiel für eine Gruppenarbeit.
Dennoch solltet ihr Chatregeln festlegen, damit die Klassengruppen nicht missbraucht werden. Ihr könnt in der Klasse auch Administratoren wählen, die sich darum kümmern, dass alle Regeln eingehalten werden. Wichtig ist natürlich, alle Schülerinnen und Schüler zu informieren, die keinen Messenger haben. Auch im Klassenchat gilt: Keine Beleidigungen oder Lästereien – über niemanden!

Altersbegrenzung:
Übrigens: Die Nutzungsbedingungen von WhatsApp schreiben vor, dass du WhatsApp nur nutzen darfst, wenn du mindestens 16 Jahre alt bist.

M6 Zehn goldene Regeln zur Kommunikation im Netz

Nicht spammen: Schreibe nur, wenn du wirklich einen sinnvollen Beitrag zum Gespräch leisten kannst oder eine wichtige Frage hast. Unnötige Inhalte nerven und sind oft der Auslöser für Streit.

Keine Beleidigungen und Lästereien: Wie im echten Leben gilt auch im Gruppenchat, dass niemand beleidigt werden sollte! Auch Lästereien über Leute, die nicht im Chat sind, sollten tabu sein!

Bedeckt halten: Teile den anderen Gruppenmitgliedern nicht zu viel von dir mit. [...] Je mehr Informationen du über dich preisgibst, desto angreifbarer machst du dich, zum Beispiel für Mobbing.

Achte auf deine Ausdrucksweise: Schreibe nicht in GROẞBUCHSTABEN und achte auf deine Rechtschreibung. Wer Texte mit vielen Rechtschreibfehlern lesen muss, ist schnell genervt.

Kein Mobbing: Niemand sollte fertig gemacht werden!

Antworte der Gruppe, wenn du direkt angesprochen wirst oder wenn du eine Frage beantworten kannst.

Vermeide Doppeldeutigkeiten: Drücke dich so aus, dass jeder verstehen kann, was gemeint ist, um Missverständnisse zu vermeiden.

Vermeide Wiederholungen und sende keine Kettenbriefe.

Privatsphäre beachten: Gib keine privaten Nummern von anderen Personen weiter.

Recht am eigenen Bild beachten: Verschicke keine Bilder ohne die Einwilligung der abgebildeten Personen, da du sonst das Recht am eigenen Bild verletzt.

Merkle, Markus: 10 goldene Regeln für den Gruppenchat in WhatsApp. In: Landesanstalt für Medien NRW, www.handysektor.de, Abruf am 29.04.2020

AUFGABEN

1. Werte den Chat von Max' Klasse aus. Was läuft im Klassenchat gut, was nicht (**M4**)?
2. Wenn ihr einen eigenen Klassenchat habt: Lest die Beiträge der letzten Woche und prüft, ob die goldenen Regeln (**M6**) eingehalten wurden. Notiert, wo es Verbesserungsbedarf gibt (**M5**).
3. Schreibt der Klasse von Max eine E-Mail mit den für euch fünf wichtigsten Regeln aus **M6** für einen besseren Umgang miteinander.

H **zu Aufgabe 1**
Erstelle hierzu eine Tabelle.

F Legt gemeinsam eine Liste mit verschiedenen Messenger-Diensten an, die ihr für euren Klassenchat nutzen könnt.

Cybermobbing – das bisschen „Ärger im Netz" macht doch nichts! Oder etwa doch?

Wie im realen Leben kann es vorkommen, dass es auch im Internet Ärger gibt. In Klassenchats werden manchmal fiese Bilder verschickt oder Hassbotschaften geschrieben. Für die Betroffenen ist das schlimm. Alle sollten wissen: Das ist kein Spaß. Und es kann auch rechtliche Folgen haben.

M7 Ein Fall von Cybermobbing?

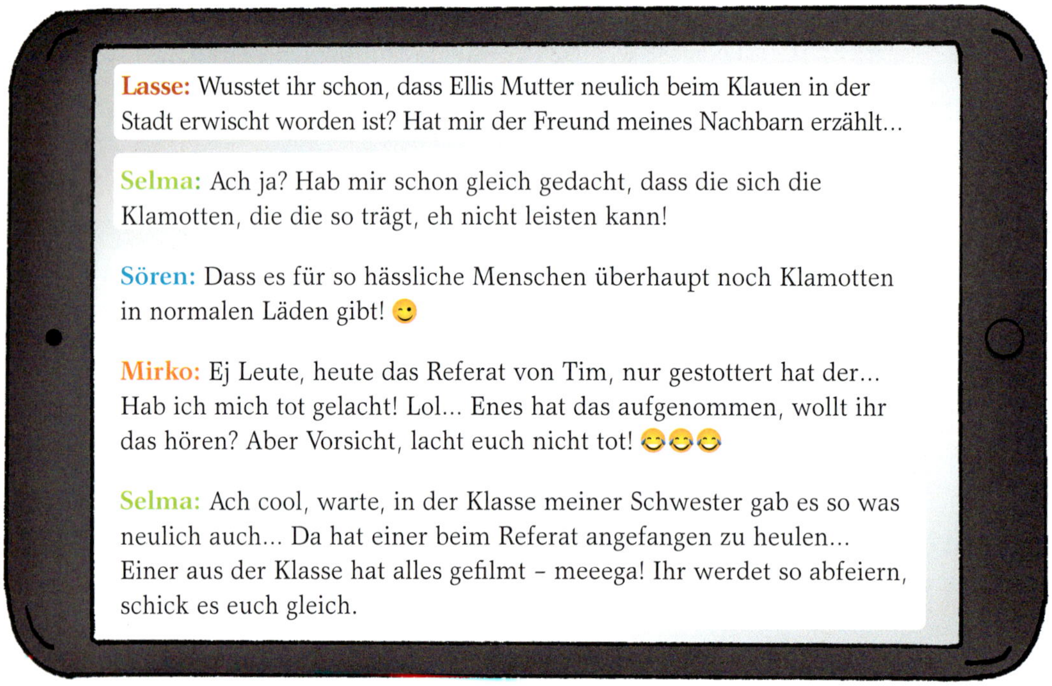

M8 Was ist Cybermobbing genau?

Unter Cybermobbing […] versteht man das absichtliche Beleidigen, Bedrohen, Bloßstellen oder Belästigen anderer mithilfe von Internet- und Mobiltelefondiensten über einen längeren Zeitraum hinweg. Der Täter sucht sich ein Opfer, das sich nicht oder nur schwer gegen die Übergriffe zur Wehr setzen kann. […] Cybermobbing findet beispielsweise in Sozialen Netzwerken, in Video-Portalen oder über Messengerdienste statt. Aber auch lästige Anrufe gehören dazu. Oft handelt der Täter anonym, sodass das Opfer nicht weiß, von wem genau die Angriffe stammen. Gerade bei Cybermobbing unter Kindern und Jugendlichen kennen Opfer und Täter sich aus […] dem „realen" persönlichen Umfeld, z. B. der Schule, dem Wohnviertel, dem Dorf […]. Die Opfer haben deshalb fast immer einen Verdacht, wer hinter den Attacken stecken könnte. […]

Teils wird das Mobbing online weitergeführt, teils beginnt Mobbing online und setzt sich dann im Schulalltag fort.

Fileccia, Marco/Rack, Stefanie: Cyber-Mobbing – was ist das? In: Landesanstalt für Medien und Kommunikation Rheinland-Pfalz, www.klicksafe.de, Abruf am 29.04.2020

M9 Ein Rechtsanwalt gibt Antworten zu rechtlichen Folgen von Cybermobbing

Max erfährt in dem Gruppenchat seiner Klasse immer öfter Ärger. Deshalb sucht er Rat bei seinem Vater, der ist Rechtsanwalt.

Max: Papa, seit ein paar Monaten gibt es im Klassenchat immer wieder Ärger. Es kommt auch zu Beleidigungen. Gibt es kein Gesetz, wodurch die Täter bestraft werden können?

Vater: Es gibt noch kein eigenes Gesetz, welches Cybermobbing regelt. Dennoch gibt es die Möglichkeit, Dinge unter Strafe zu stellen, die beim Cybermobbing gemacht werden.

Wichtig zu wissen ist, dass Jugendliche erst ab dem 14. Lebensjahr strafmündig sind. Vor Gericht können sie ab diesem Alter für Straftaten angeklagt und bestraft werden. Kinder in deinem Alter gelten vor Gericht als strafunmündig. Kommt es dennoch zu unerlaubten Handlungen bei Kindern, werden diese polizeilich geprüft.

Max: Ab 14 kann ich für Beleidigungen im Internet bestraft werden?

Vater: Ja, §185 des Strafgesetzbuches sieht vor, dass eine Beleidigung mit einer Freiheitsstrafe von bis zu einem Jahr oder mit einer Geldstrafe bestraft werden kann. §§240, 241 des Strafgesetzbuches sehen zum Beispiel weiter vor: Wenn jemand einer anderen Person mit Gewalt oder anderweitigem Schaden droht, macht dieser sich strafbar. Jugendliche müssen als Strafe zum Beispiel Sozialstunden leisten.

Max: Und welche Taten können per Gesetz noch bestraft werden?

Vater: Es ist zum Beispiel strafbar, von einer anderen Person unerlaubt Tonaufnahmen aufzuzeichnen, die nur für einen kleinen Personenkreis gedacht waren (§201 Strafgesetzbuch). Deine Mitschüler dürften von dir also kein Video oder keine Tonaufzeichnung bei einem Referat machen. Ebenso droht jemandem eine Strafe, wenn er absichtlich Lügen und Unwahrheiten über eine Person verbreitet und dabei das Ziel verfolgt, diese Person vor anderen schlecht dastehen zu lassen.

Max: Und wie sieht es bei Fotos aus? Es werden so oft Fotos von Mitschülern gemacht, ohne dass diese es mitbekommen.

Vater: Auch das wäre strafbar, denn das Recht am eigenen Bild besagt, dass jeder Mensch grundsätzlich selbst darüber bestimmen darf, ob überhaupt und in welchem Zusammenhang Bilder von ihm veröffentlicht werden dürfen (§22 KUG/KunstUrhG: Recht am eigenen Bild).

Max: Wenn ich so darüber nachdenke, könnte man also so einige Aktionen von Mitschülern anzeigen.

Einige Paragrafen aus dem Strafgesetzbuch lassen sich auch auf Cybermobbing anwenden.

AUFGABEN

1. Erkläre in eigenen Worten, was der Begriff Cybermobbing bedeutet (**M8**).
2. Diskutiert, ob eurer Meinung nach in dem Klassenchat (**M7**) Cybermobbing vorliegt (**M8**).
3. Arbeite heraus, welche Taten im Internet strafrechtliche Folgen haben können (**M9**).
4. Überprüfe in dem Chat (**M7**), ob hier gegen Gesetze verstoßen wird (**M9**).

F Diskutiere mit einem Partner, welche Unterschiede es zwischen Cybermobbing und einem realen Konflikt gibt, vgl. Kap. 1.1.

F Bereitet ein Interview mit einem Experten zu Cybermobbing vor.

H **zu Aufgabe 4**
Überprüft eure eigenen Chats: Was läuft gut, was läuft schlecht? Notiere Verbesserungsvorschläge.

Ein Interview führen: Die Vorbereitung MK

Worum geht es?

Mit einem Interview könnt ihr von Experten oder Betroffenen Informationen über ein Thema aus erster Hand bekommen. Sie können über ihr Wissen, ihre Erfahrungen und Einschätzungen berichten. Ein Interview sollte geplant sein, damit ihr möglichst viele Informationen erhaltet, mit denen ihr nach dem Interview weiterarbeiten könnt.

Geht dabei so vor:

1. Schritt: Das Thema festlegen

Arbeitsschritt: Formuliert eine Überschrift auf eurem Interviewbogen.
Beispiele: a) „Zocken – zwischen Spaß und Sucht"; b) „Cybermobbing – ein Problem an unserer Schule?"
Hinweis/Tipps: Versucht, das Thema so genau wie möglich zu formulieren: Worum geht es, und was möchtest du herausfinden?

2. Schritt: Interviewpartner suchen

Arbeitsschritt: Sucht Personen, die viel über das Thema berichten können.
Beispiele: a) Vertrauenslehrer, Mitarbeiterin einer Beratungsstelle, Betroffene....; b) Jahrgangsstufenleiter, SV, Medienscouts, Streitschlichter...
Hinweis/Tipps: Überlegt, wer von euch jemanden kennt oder Kontakte zu Interviewpartnern herstellen könnte. Fragt die Person höflich nach einem Termin (Ort, Uhrzeit). Erkundigt euch, ob die Gesprächspartner Informationsmaterialien mitbringen können.

3. Schritt: Fragen formulieren

Arbeitsschritt: Sammelt im Brainstorming Fragen, stellt sie euch gegenseitig vor und einigt euch auf die besten. Haltet die Fragen in eurem Interviewbogen fest, indem ihr sie schriftlich notiert.
Beispiele: a) Spielen Sie selbst Computerspiele? Was macht Ihnen Sorgen an Computerspielen?; b) Welcher Fall von Cybermobbing ist Ihnen am meisten in Erinnerung, und warum? Was sollten insbesondere jüngere Schülerinnen und Schüler in Sozialen Netzwerken beachten?
Hinweis/Tipps: Lest euch zunächst in das Thema ein. Welche Informationen möchtet ihr nun von der Interviewpartnerin erhalten? Formuliert möglichst kurze und eindeutige Fragen. Kontrolliert eure Fragen: Sind sie verständlich?

4. Schritt: Medien festlegen

Arbeitsschritt: Entscheidet, wie ihr die Antworten festhalten möchtet.
Beispiele: Aufzeichnung mit dem Smartphone, Diktiergerät oder Notizen per Handschrift
Hinweis/Tipps: Prüft und testet die digitalen Geräte: Funktioniert alles und steht genügend Speicherplatz zur Verfügung?

WIE HAT SICH KOMMUNIKATION VERÄNDERT UND WELCHE KONFLIKTE TRETEN AUF?

KOMMUNIKATION IM ALLTAG

←·· M1, M3

Unter Kommunikation verstehen wir den Austausch mit anderen. Mit der Entwicklung der Technik und den neuen Medien kommunizieren wir heute anders als früher. Heute können wir überall mit unserem Smartphone telefonieren, häufig auch im Internet surfen. Wir sind jederzeit erreichbar. Diese ständige Erreichbarkeit hat Vor- und Nachteile. Beispielsweise können wir uns spontan verabreden und kurzfristig Termine absprechen und für dringende Fragen sind wir erreichbar. Andererseits können wir uns unter Druck gesetzt fühlen, wenn wir nicht direkt antworten können oder wollen. So kann ständige Erreichbarkeit zu Stress führen.

KOMMUNIKATION IM KLASSENCHAT

←·· M5, M6

Der Klassenchat dient zum Austausch über wichtige schulische Informationen. Schülerinnen und Schüler können sich organisieren und wichtige Angelegenheiten schnell kommunizieren. Dennoch können Kinder und Jugendliche diesen Chat falsch verstehen und schreiben Spamnachrichten. Auch Beleidigungen kommen vor. Es ist daher wichtig, dass ihr euch als Klasse darüber Gedanken macht, wie ihr im Chat kommunizieren möchtet und Regeln einhaltet.

CYBERMOBBING

←·· M8, M9

Unter Cybermobbing versteht man das absichtliche Beleidigen, Bedrohen, Bloßstellen oder Belästigen anderer mithilfe von Internet- und Mobiltelefondiensten über einen längeren Zeitraum. Cybermobbing findet in Sozialen Netzwerken, in Video-Portalen oder über Messenger-Dienste statt.
Beleidigungen, das Verbreiten von falschen Mitteilungen, unerlaubt aufgenommenen Videos oder Sprachnachrichten können vor Gericht als Straftat gezählt werden. Solltest du von Cybermobbing betroffen sein oder bekommst du derartiges mit, holt euch sofort Hilfe bei Eltern, Lehrern oder Freunden.

4.2 Medien und ihr Einfluss auf unsere Persönlichkeit MK

Mein digitales Ich – Spiegel meiner Persönlichkeit?

Kennst du Mitschülerinnen und Mitschüler, die ein eigenes Internetprofil in Sozialen Netzwerken haben? Oder hast du selbst ein Profil bei Instagram, TikTok, Snapchat oder Facebook? Zeigst du auf Fotos dein wahres Ich?

M1 Nicht ohne einen Filter?

Erklärfilm zu Sozialen Medien

Mediencode: 70061-18

Jugendliche fotografieren sich selbst – vielleicht für ein Profil in Sozialen Netzwerken.

M2 Ein Interview über Likes und Anerkennung

Post
schriftlicher Beitrag in einem Internetform oder Sozialen Netzwerk

Filter
werden in der Fotografie und Bildbearbeitung genutzt, um bestimmte Effekte zu erzeugen

Like
online abgegebene, positive Bewertung (z. B. in einem Sozialen Netzwerk)

Schülerreporterin: Hallo Lena! Du postest jeden Tag etwas von dir, warum hast du damit angefangen?

Lena: Ich finde es toll, dass ich auch nach der Schule mit meinen Freunden in Kontakt bleiben kann. Ich teile über die Sozialen Netzwerke alles über meine Hobbys und Interessen. Das mache ich als eine Art Fotoalbum für mich, aber auch für andere, die mich als Person interessant finden.

Schülerreporterin: Ist es dir wichtig, dass du bei anderen gut ankommst?

Lena: Das ist mir schon wichtig, weil andere ein gutes Bild von mir haben sollen. Deshalb achte ich genau darauf, welche Posts ich teile und welche Fotos ich auswähle. Besonders freue ich mich, wenn Leute mir folgen, die selbst cool und angesagt sind.

Schülerreporterin: Wir sehen, dass du viele deiner Fotos bearbeitest – warum?

Lena (lacht): Das macht doch jeder. Die Fotos sollen gut ankommen. Mit Filtern sieht vieles besser aus. Bilder zu bearbeiten macht mir auch Spaß. Und ich kann mir die Welt machen, wie ich will. Ich finde, das hat viel mit Kreativität zu tun.

Schülerreporterin: Macht es dir Sorgen, wenn du mal nur wenige Likes bekommst?

Lena: Ich frage mich dann, woran das liegen könnte. Ich weiß, dass ich mehr Likes erhalte, wenn Fotos stylisch sind. Dann gebe ich mir beim nächsten Post noch mehr Mühe beim Bearbeiten der Fotos oder bei der Auswahl des Motivs. Das kostet manchmal ganz schön viel Zeit.
Nicht so schön finde ich es, dass wir uns manchmal mehr Gedanken darüber machen, was anderen gefallen könnte. Anstatt zu machen, was wir wirklich gut finden, machen wir Sachen, nur um Likes zu bekommen. Ich weiß aber, dass ich mich nicht für mein digitales Profil verbiege.

SOZIALE NETZWERKE

Unter einem Sozialen Netzwerk versteht man eine Plattform im Internet, auf der sich die Mitglieder miteinander vernetzen und kommunizieren. Nutzerinnen und Nutzer können in ihren Profilen andere über ihre Person, ihre Hobbys, ihre Interessen und Freizeitaktivitäten informieren. Dazu können Fotos gepostet und mit kurzen Begriffen (Hashtags, #) verknüpft werden.

M3 Der Druck ist hoch

Soziale Netzwerke sind bei Kindern und Jugendlichen beliebt. In kurzer Zeit erhalten Nutzer Rückmeldungen durch Likes und Kommentare und sehen, wie ihre Fotos ankommen.

Die Jagd nach Likes kann süchtig machen. Nutzerinnen und Nutzer posten dann ausschließlich etwas, um anderen zu gefallen. Forscher fanden heraus, dass die Likes sich wie Belohnungen anfühlen. Je mehr Belohnungen eine Person erhält, desto besser fühlt sie sich.

Der Druck ist hoch. Kinder und Jugendliche vergleichen sich oft mit anderen. Fällt die Anzahl der Likes mal geringer aus, zweifeln Kinder an ihrer eigenen Person und fühlen sich schlecht.

Instagram hat im Jahr 2019 die Möglichkeit gelöscht, dass andere Nutzer die Anzahl der Likes sehen können.

M4 Du kannst dich fragen ...

Was denken deine Eltern und besten Freunde, wenn sie dein Internetprofil mit deiner Person im echten Leben vergleichen?

Möchtest du mit Fotos und Posts andere beeindrucken?

Bist du enttäuscht, wenn du weniger Likes für ein Foto bekommst als deine Freunde?

Ist es dir wichtig, dass du (im Internet) cool und angesagt wirkst?

Machst du einige Aktivitäten nur, um interessante Fotos posten oder zeigen zu können?

AUFGABEN

1. a) Tauscht euch über Erfahrungen mit (eigenen) Internetprofilen aus.
   b) Tragt zusammen, warum die Personen einen Filter über ihre Fotos gelegt haben könnten (**M1**).
2. Erkläre, warum für viele junge Menschen die eigene Darstellung in Sozialen Medien wichtig ist (**M2**).
3. Beschreibe Gefahren für die eigene Persönlichkeit, die durch das Teilen von Fotos in Sozialen Netzwerken entstehen können (**M3**).
4. a) Beantworte für dich selbst die Fragen aus **M4**.
   b) „Gestalte ich mein Internetprofil, um anderen zu gefallen?" Schätze dich selbst ein.

F **zu Aufgabe 1**
Bearbeitet eigene Bilder mit Filtern. Erstellt eine Collage und überlegt, welche Wirkung bearbeitete Bilder haben.

F Führe Interviews und frage nach Erfahrungen im Umgang mit Sozialen Netzwerken.

Influencer – Vorbild oder Werbefigur?

Influencer
Menschen, deren Profile in Sozialen Netzwerken und auf Video-Plattformen von vielen wahrgenommen werden

Du kennst bestimmt auch viele Influencer aus Sozialen Netzwerken. Für viele sind Influencer große Vorbilder. Sie wünschen sich, so zu sein wie sie. Aber warum wirkt deren Leben so perfekt und gibt es auch eine Kehrseite?

M5 Ein eigenes Video mit „Bibi"

Youtuberin Bianca „Bibi" Heinicke posiert in Berlin im Madame Tussauds (eigentlich ein Wachsfigurenkabinett) neben ihrem dreidimensionalen Abbild (Mai 2017). Es ist möglich, sich mit ihr fotografieren zu lassen und mit ihr in Kontakt zu treten. Über eine App können die Fans mit ihr ein personalisiertes Video erstellen.

M6 „Es ist nicht alles Gold was glänzt" – eine Influencerin berichtet ...

Katharina Weber macht ein Selfie mit Fans.

Follower
(in Sozialen Netzwerken) regelmäßiger Empfänger/Empfängerin von Nachrichten einer bestimmten Person, Institution o. Ä.

Knapp fünf Jahre lang war Katharina Weber auf der Plattform Instagram rund um die Uhr aktiv. Rund 40.000 Menschen folgten ihr in dem Sozialen Netzwerk und verfolgten das Leben der damaligen Influencerin am Handybildschirm. Katharina Weber zeigt, was sie isst, was sie trägt und wohin sie reist. Sie postet jeden Tag mindestens ein Bild, perfekt in Szene gesetzt, retuschiert und mit Filter unterlegt. Likes, Kommentare, Reichweite und Klicks sind ihr ständiger Begleiter. [...]
Für Unternehmen – überwiegend aus der Mode- und Ernährungsbranche, aber auch aus der Gamer-Szene und dem Technik-Bereich – wirken [Influencer] attraktiv, glaubwürdig und vertrauenserweckend, besonders bei einer jüngeren Zielgruppe. „Wenn die Zielgruppe eines Influencers zu der eines Unternehmens passt, dann findet eine Zusammenarbeit statt", erklärt die Studentin. Tatsächlich sind Soziale Medien seit etwa zehn Jahren immer wichtiger für Unternehmen geworden, um ihre Produkte zu bewerben und ihre Reichweite zu vergrößern. [...] [Es] fühlt sich ungefähr jeder Fünfte durch Influencer in Sozialen Medien dazu [angeregt], eine bestimmte Marke auszuwählen oder ein Produkt zu kaufen. [...]
Die Zahl ihrer Follower wuchs [...] bei Katharina Weber schneller als erwartet. Nach 9 Monaten waren es rund 8.000 Abonnenten. „Als es mehr wurden, setzte ich mir das Ziel, die 10.000 zu knacken und als ich das erreichte, war mein Ehrgeiz gepackt", erinnert sich die 26-Jährige. Kurz darauf kamen die ersten Anfragen von Unternehmen. [...] Ich sollte auf die Sprache, die Anzahl der Wörter, die Kennzeichnung des Produkts achten, bestimmte Keywords und Hashtags, also Schlüsselbegriffe, verwenden, die Profile der Un-

ternehmen verlinken [...]". Eine ganz schön lange Liste, die vieles von der jungen Studentin abverlangte. Ein immenser Druck baut sich auf, berichtet sie. [...] Eines Tages hatte sie genug davon: Im Urlaub in Mexiko saß sie mit ihrem Freund am Strand, sah dem Sonnenuntergang nach. Doch statt diesen zu zweit zu genießen, dachte sie ständig daran, ein Bild davon zu machen und hochzuladen – ihre hungrigen Follower mit Inhalten zu füttern. Da dämmerte es ihr: Im Frühjahr 2019 löscht sie ihren Account und nimmt sich eine Auszeit.

Interview: Günzler, Tabea. In: www.krzbb.de, 06.12.2019 (Reihenfolge geändert)

Account
Benutzerkonto für Soziale Netzwerke

M7 Was verbirgt sich hinter den Vorbildern aus dem Internet?

[Influencer sind] oft Vorbilder, beste Kumpel, großer Bruder, große Schwester und Ersatzelternteil in einer Person. Jugendliche fühlen sich ihnen näher [...], weil sie direkt zu ihren Fans sprechen, mit ihnen in Sozialen Netzwerken kommunizieren und manchmal auch bei Kummer [in Chats] beraten. Youtube-Stars nutzen auch andere Plattformen wie Snapchat und Instagram, um Ausschnitte ihres Lebens online zu teilen und die [Gemeinschaft] mit einzubeziehen. Der Wunsch, selbst Influencerin zu werden und das vermeintlich perfekte Leben der Online-Stars zu teilen, ist bei vielen Heranwachsenden groß. Das kann gerade junge Nutzerinnen [und Nutzer] dazu animieren, selbst Bilder und Clips von sich online zu veröffentlichen und dabei tiefe Einblicke in ihre Privatsphäre zu geben. Das birgt Risiken für Datenschutz, Mobbing oder Belästigung. [...]

Einige [...] YouTuber betreiben gezieltes „Product Placement", indem sie ihre Einkäufe in die Kamera halten. [...] Diese Videos können Kinder und Jugendliche beeinflussen. Der Wunsch wächst, die Produkte selbst zu haben. Werbung ist in Sozialen Netzwerken schlechter zu erkennen als in den klassischen Medien. Mittlerweile muss Werbung in Sozialen Netzwerken gekennzeichnet sein.

Langer, Kristin. In: www.schau-hin.info, Abruf am 04.05.2020

AUFGABEN

1. a) Tauscht euch darüber aus, welche Influencer ihr kennt und warum ihr Influencern folgt (**M5**).
b) Sind (bestimmte) Influencer für dich ein Vorbild? Positioniere dich auf einer Skala von 1 (Vorbild) bis 5 (kein Vorbild).

2. Arbeite heraus, warum Unternehmen mit Influencern zusammenarbeiten möchten (**M6**).

3. Erkläre, warum Katharina sich eine Auszeit als Influencerin nimmt (**M6**).

4. Beschreibe, warum Influencer für viele Kinder und Jugendliche Vorbilder sind (**M7**).

5. a) Sind (bestimmte) Influencer für dich ein Vorbild? Überprüfe deine Position auf der Skala 1-5 aus Aufgabe 1.
b) Diskutiert in der Klasse, ob Influencer „das perfekte Leben" führen (**M5-M7**).

Gaming – was ist so faszinierend am Computerspielen?

Verbringst du auch viel Zeit mit Computerspielen? Warum schwärmen so viele von diesem Hobby und was lernen Computerspieler durch ihr Hobby?

M8 Zwei Spieler über ihre Leidenschaft

Teamplay
Zusammenarbeit (hier: das Zusammenspielen)

Schiffsflotten
größere Anzahl von Schiffen

Die Schule fand ich totlangweilig und die Leute dort gingen mir alle auf die Nerven. Ich habe mich da nur hingeschleppt, weil ich musste. Was ich dachte, hat eh keinen interessiert... In der [Gemeinschaft der Computerspieler] war das komplett anders. Das Teamplay war extrem berauschend. Es lief ja alles in Echtzeit ab. Man musste zu jeder Zeit verfügbar sein, auch nachts. Jemand musste zum Beispiel nach feindlichen Schiffsflotten Ausschau halten und gegebenenfalls alle aus dem Bett jagen per Handy. Das war sehr faszinierend neben dem Schulalltag und den Problemen, die man so hatte.

Daniel

Plaikner, Daniel: Wie ein Computerspiel mein Leben verändert hat. In: www.ins-netz-gehen.de, Abruf am 06.05.2020

'Die Siedler' ist so ein Aufbauspiel, Strategiespiel. Du baust Burgen aus, Ländereien aus und versuchst den Gegner zu besiegen. Da habe ich mich mal einen Sonntag hingesetzt und ein Riesenspiel angefangen, das heißt, eines, das dann schon mal acht Stunden dauert, und habe es dann an einem Tag durchgespielt.

Jakob

Hannebohn, Yannic: Wenn Computerspielen zur Krankheit wird. In: www.deutschlandfunk.de, 25.10.2018

M9 Warum spielst du?

Erfolg
Du bist sehr motiviert durch den Wunsch, erfolgreich zu sein.

Gruppe
Du spielst in der Gruppe und fühlst dich dem Team zugehörig.

Avatar
künstliche Figur, die eine Computerspielerin in der virtuellen Welt wählen oder selbst gestalten kann

Kreativität
Du kannst dir verschiedene Avatare erstellen und lernst neue Welten kennen.

Interaktion
Du siehst nicht einfach zu, sondern bist Teil der Welt und spielst aktiv mit. Du erlebst alles mit.

Flow
Du kommst durch deine Spielzüge in einen Rausch, wenn du die Anforderungen schaffst.

M10 Arten und Spielweisen von Computerspielen

Actionspiele	Du musst schnell reagieren und geschickt vorgehen.	Beispiele: Jump 'n' Run (z. B. Super Mario) und Ego-Shooter (z. B. Call of Duty).
Puzzle- und Denkspiele	Du musst schnell kombinieren, dich konzentrieren können und Ausdauer haben. Auch mit Frust musst du gut umgehen können.	Beispiele: Portal, World of Goo
Adventures	Du erkundest eine neue Umgebung, sprichst mit unterschiedlichen Charakteren und löst Rätsel.	Beispiel: Monkey Island
Sport- und Rennspiele	Hier steht der Wettbewerb im Zentrum. Man kann fast alle Sportarten spielen. Einige sind nah an der Wirklichkeit, andere weniger.	Beispiele: FIFA, Need for Speed
Strategiespiele und Simulationen	Du musst komplizierte Aufgaben lösen und Herausforderungen meistern. Viele Spiele sind so gemacht, als wäre alles echt.	Beispiele: Civilization, The Sims
Rollenspiele	Du musst Schwierigkeiten überwinden, Abenteuer bestehen und deinen Spielcharakter weiterentwickeln. Viele Rollenspiele werden gemeinsam mit tausenden Anderen online gespielt. Diese nennt man MMORPGs.	Beispiel: World of Warcraft

Auswahl nach Miller, Tobias/Sauer, Anne: Computerspiele, Basisinformationen und praktische Tipps zum pädagogischen Umgang, Bonn: Bundeszentrale für politische Bildung, 3. Ausgabe 2018, S. 6f.

AUFGABEN

1. Lest die Äußerungen von Daniel und Jakob und tauscht euch über eure Erfahrungen mit Computerspielen aus (**M8**).
2. Benenne Gründe, warum für viele Kinder und Jugendliche Computerspielen ein großes Hobby ist (**M8-M10**).
3. Stell dir vor, ein Elternteil möchte dir das Computerspielen ausreden. Formuliere eine überzeugende Begründung, welche wertvollen Fähigkeiten du beim Computerspielen lernen kannst.
4. Vergleiche Computerspielen mit anderen Spielen, wie z. B. Fußball oder Schwimmen. Benenne für verschiedene Spielweisen Gemeinsamkeiten und Unterschiede (**M8-M10**).
5. Gestalte ein Plakat über dein Lieblingscomputerspiel. Stelle das Spiel vor und benenne Fähigkeiten, die du erlernen kannst (**Methodenglossar**).

Kostenlose Online-Spiele – wo ist das Problem?

Auf dem Smartphone ein Online-Game spielen, wer macht das nicht? Und viele Spiele gibt es sogar zum kostenlosen Herunterladen. Ist doch toll! Oder hast auch du schon mal zahlen müssen?

M11 Max und sein neues Online-Spiel

Beim „Daddeln" kann ich mal so richtig runterkommen und die Zeit vergessen. Bei dem Stress in der Schule ist das schon gut. Außerdem ist das Spielen auf dem Smartphone eh umsonst, es kostet ja nichts! Und ich kann das Online-Game, das mir mein Klassenkamerad empfohlen hat, schon richtig gut…

Du hast absolut Recht. Wenn du aber diese billigen Gratis-Spiele spielst, wird es teuer… Gamer verdienen doch genau damit ihr Geld, dass sie dich erst umsonst spielen lassen, und dann aber echtes Geld wollen, wenn du nicht mehr aufhören willst…Also, pass auf!

M12 „Eigentlich wollte ich gar nichts kaufen…"

Basis: Nutzer von Online-Spielen, n = 948
Zahlen: Medienpädagogischer Forschungsverbund Südwest, JIM 2018, Angaben in Prozent,

APP

Apps sind Applikationen (Programme), die du auf dein Smartphone oder Tablet herunterladen kannst. Viele Apps sind kostenlos. Dann greifen die Programme aber häufig auf die Daten deines Handys zu und verdienen damit Geld.

Das können Spiele sein, aber auch alle anderen Programme, z. B. zur Bild- oder Textbearbeitung, Kalender, Einkaufshilfen o. Ä.

Innerhalb einer App werden manchmal Zusatzmöglichkeiten oder Aktualisierungen angeboten, die käuflich zu erwerben sind. Das nennt man In-App-Käufe.

M13 Was ist das Problem mit den In-App-Käufen?

In der Welt der Computerspiele werden mit Talern, Herzen oder Münzen Siedlungen gebaut, Landschaften angelegt und Gegner besiegt. Diese Spiele-Apps werden häufig kostenlos angeboten.

Für die Hersteller ist das ein gutes Geschäft, sie verdienen viel Geld.

Denn die Taler, Herzen und Münzen sind nur zu Beginn umsonst. Wenn es so richtig anfängt Spaß zu machen, müssen die Spieler häufig lange warten – oder sie zahlen für das schnellere Weiterkommen. Sogenannte Spielebeschleuniger (Booster) kosten zwischen 99 Cent und vielen Euro. Die Hersteller programmieren ihre Spiele geschickt so, dass der Zukauf von kostenpflichtigen Elementen sehr verlockend ist. Für einige wird das zunächst kostenlose Spiel dann zur Kostenfalle.

M14 Was kann ich tun?

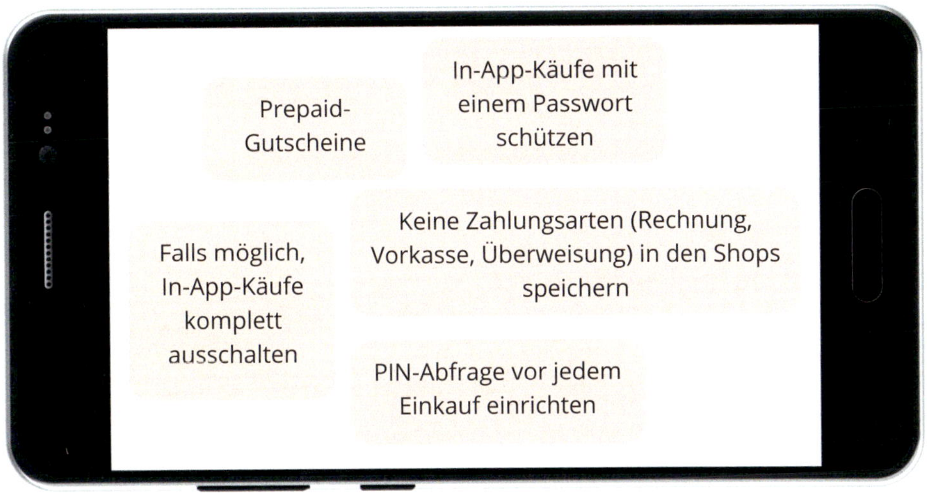

Prepaid
Handytarif, bei dem die Kosten im Vorfeld gezahlt werden

AUFGABEN

1. Beschreibt die Situation von Max und berichtet, ob ihr ähnliche Situationen kennt (**M11**).
2. Stelle dar, warum ein kostenloses Spiel teuer werden kann (**M11-M13**).
3. Schreibe eine Nachricht an einen Freund. Erkläre darin kurz und verständlich, was In-App-Käufe sind und warum diese zu Problemen führen können (**M11-M13**, **#App**).
4. Es gibt Möglichkeiten, In-App-Käufe einzuschränken (**M14**). Diskutiert in der Klasse, ob die Vorschläge ausreichend sind.

Computerspielsucht – bist du in virtuellen Welten gefangen?

Du kannst mit Computerspielen deine Zeit vertreiben, Spaß haben und Glücksgefühle bekommen, wenn du einen Sieg schaffst. Doch wenn die Spiele das Wichtigste in deinem Leben sind, könntest du suchtgefährdet sein.

M15 Wie oft spielst du digitale Spiele?

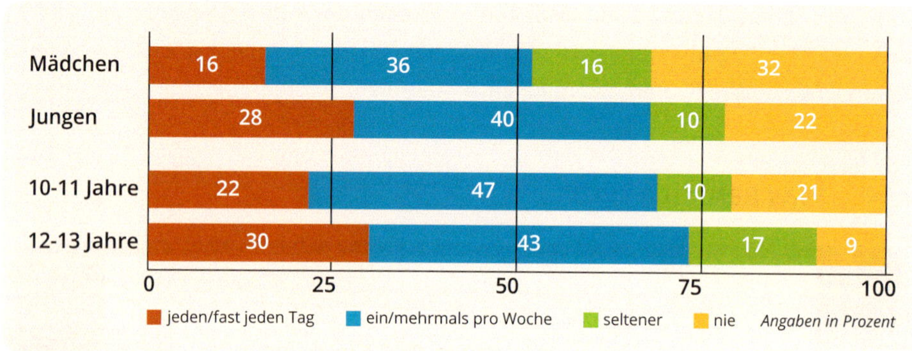

Nutzung Computer-/Konsolen-/Online-/Tablet-/Smartphonespiele 2018
Medienpädagogischer Forschungsverbund Südwest, KIM 2018, S. 52

M16 Bist du suchtgefährdet?

Ausführlicher Test zu Computerspielsucht

Mediencode: 70061-19

Fühlst du dich ohne das Spiel unwohl und wirst schnell nervös?

Ja   Nein

Zockst du nachts und vergisst die Zeit?

Ja   Nein, ich habe die Spielzeit stets im Auge.

Hast du kaum noch Kontakt zu deinen Freunden und sind dir stattdessen deine Mitspieler wichtiger?

Ja   Nein, ich unternehme regelmäßig etwas mit meinen Freunden im realen Leben.

M17 Ab wann spricht man von Computerspielsucht?

Die Weltgesundheitsorganisation (WHO) erkennt Computerspielsucht seit 2018 als eine Krankheit an. Sie nennt drei Kriterien. Wenn diese zutreffen, kann man von einem krankhaften Verhalten sprechen.

1. Wenn Personen nicht mehr kontrollieren können, wie häufig und wie lange sie spielen.
2. Das Spielen wird in ihrem Leben immer wichtiger. Sie vernachlässigen ihre Hobbys und Freunde.
3. Sie können mit dem Spielen nicht aufhören, obwohl bereits schlechte Folgen auftreten (Schlaflosigkeit, Vernachlässigung der Freunde und der Schule).

M18 So wurde mir geholfen

Hallo Christian, du hast uns erzählt, dass du fast drei Jahre lang computersüchtig warst. [...]

Ja, das stimmt. Das war am Ende meiner Schulzeit, so zwischen 15 und 18 etwa. Ich war, das kann ich jetzt offen sagen, süchtig nach Online-Rollenspielen. Natürlich nicht von Anfang an, aber mit der Zeit dann schon. Mein PC stand bei mir immer Zimmer, sodass ich eigentlich permanent davor war. Wenn ich nach Hause gekommen bin, hab ich meine Schulsachen in die Ecke geworfen und sofort angefangen zu spielen. Am Ende war ich eigentlich nur noch mit dieser Onlinewelt beschäftigt, bin kaum noch rausgegangen und Hausaufgaben haben mich auch nicht mehr interessiert. [...]

[Zusammen mit einer Freundin hatte Christian Kontakt zu einer Beratungsstelle aufgenommen.]

Wie lief das denn in der Beratungsstelle so ab?

Ich war erst mal positiv geschockt, da es da gar nicht so schlimm war. [...] Die Leute dort haben mich so angenommen wie ich bin. Das war echt angenehm. Wir haben einfach nur viel gesprochen, über mein Zuhause, meine Eltern, meine Freundin, die Schule, was mich so bedrückt oder nervt, aber auch ganz viel über die Computerspiele, die ich so faszinierend fand.

Und wie? Offensichtlich hat es ja funktioniert, oder?

Auf jeden Fall! Der härteste Schritt war, alle Spiele von meinem Computer zu löschen und mich vorher von meinen Mitspielerinnen und Mitspielern zu verabschieden. Die waren auch alle sehr traurig, aber hatten volles Verständnis für meine Entscheidung. Nachdem das geschafft war, hatte ich auf einmal so viel Zeit übrig. Die hab ich dann versucht, wieder sinnvoller zu nutzen. Freunde treffen, ins Kino gehen, mehr Zeit mit meiner Freundin verbringen usw. Immer wenn ich trotzdem was am Computer erledigen wollte, hab ich einfach drauf geachtet, bestimmte Zeiten einzuhalten. Das hat ziemlich gut funktioniert.

Interview mit Christian. In: www.ins-netz-gehen.de, Abruf am 06.05.2020

AUFGABEN

1. Führt in eurer Klasse eine Umfrage durch: Welche Kinder spielen Computerspiele? Wie lang ist die tägliche Spielzeit?
2. a) Analysiere die Grafik (**M15**, **Methode: Analyse von Schaubildern, Kap 3.1**).
   b) Vergleiche die Ergebnisse mit denen aus der Klassenumfrage (Aufgabe 1).
3. Schätze ein, ob du suchtgefährdet bist. Führe einen Selbsttest durch (**M16**, **M17**).
4. Tauscht euch in der Klasse aus: Gibt es in euren Familien festgelegte Spielzeiten? Haltet ihr Spielzeiten für sinnvoll?
5. Erstellt in Kleingruppen eine Liste mit Tipps, um Computerspielsucht vorzubeugen. Recherchiert dazu nach Einrichtungen, bei denen ihr euch im Falle einer Computerspielsucht Hilfe holen könnt (**M18**).

Ein Interview führen: Durchführung und Auswertung MK

Worum geht es?

Nach einer gründlichen Vorbereitung müsst ihr auch bei der Durchführung und Auswertung eines Interviews auf einige Punkte achten.

Geht dabei so vor:

1. Schritt: Begrüßung

Arbeitsschritt: Stellt die Fragen klar und deutlich.
Beispiele: Nennt eure Namen, eure Schule, euer Thema und das Ziel, welches ihr mit dem Interview verfolgt.
Hinweis/Tipps: Fragt euren Gesprächspartner, ob er bereit ist, die Fragen zu beantworten und ggf., ob ihr das Gespräch aufzeichnen dürft.

2. Schritt: Fragen stellen

Arbeitsschritt: Begrüßt euren Gesprächspartner, stellt euch freundlich vor und benennt das Thema des Interviews.
Hinweis/Tipps: Verteilt im Vorfeld Rollen:
- wer spricht
- wer notiert die Antworten
- wer behält die Zeit im Blick...

3. Schritt: Verabschiedung

Arbeitsschritt: Kontrolliert, ob ihr alle Fragen gestellt habt und bedankt euch für das Interview.
Beispiele: „Vielen Dank für die Antworten und dass Sie Zeit für uns hatten."
Hinweis/Tipps: Bedankt euch und verabschiedet euch vom Gesprächspartner.

4. Schritt: Auswertung

Arbeitsschritt: Fasst die Antworten zusammen und stellt die Ergebnisse dar.
Beispiele: Gestaltet zum Beispiel eine Mindmap oder eine Wandzeitung.
Hinweis/Tipps: Lasst auch dem Gesprächspartner euer Ergebnis zukommen.

Arbeitsschritt: Präsentiert eure Ergebnisse.
Beispiele: Haltet z. B. einen Vortrag mithilfe eurer visualisierten Ergebnisse.
Hinweis/Tipps: Reflektiert die Erfahrungen und notiert, was ihr verbessern könnt.

WELCHEN EINFLUSS HAT DAS MEDIENVERHALTEN AUF DIE PERSÖNLICHKEIT?

INTERNETPROFILE

M2, M3

Soziale Netzwerke werden von Kindern und Jugendlichen genutzt, um sich mit Freunden zu vernetzen, miteinander zu kommunizieren und über den eigenen Alltag zu berichten. Dazu werden Bilder oder Texte hochgeladen. Über Bewertungen und Kommentare bekommen die Nutzer Rückmeldungen ihrer Follower.
Das Gefühl der Bestätigung durch positive Rückmeldungen kann abhängig machen. Viele empfinden einen hohen Druck.

INFLUENCER

M6, M7

Influencer sind Menschen, die eine große Anzahl an Follower in Sozialen Netzwerken haben. Viele Kinder und Jugendliche sehen Influencer als Vorbild. In Sozialen Netzwerken können sie über Chats in Kontakt treten.
Influencer sind gleichzeitig auch Werbefiguren und empfehlen ihren Fans Produkte zum Kauf. Sie arbeiten mit Unternehmen zusammen und müssen sich an Vorgaben halten. Dafür erhalten sie Geld von den Unternehmen.

FASZINATION COMPUTERSPIELE

M9, M10

Viele Kinder und Jugendliche spielen gerne Computerspiele. Dort haben sie Erfolg, können ihre Kreativität ausleben, stehen mit anderen Spielern in Kontakt und lernen neue Welten kennen.
Es gibt viele Arten von Computerspielen. Die Spielerinnen und Spieler lernen dabei unterschiedliche Fertigkeiten.

KOSTENLOSE ONLINE-SPIELE

M13, M14

Bei einigen (kostenfreien) Online-Spielen werden innerhalb des Spiels sogenannte In-App-Käufe angeboten. Dadurch haben Spieler mehr Möglichkeiten oder Aussichten auf Erfolg.
Das kann zu einer Kostenfalle werden, wenn man nicht aufpasst. Vorsichtshalber kann man z. B. Prepaid-Gutscheine nutzen, keine Zahlungsarten in den Shops speichern oder In-App Käufe komplett ausstellen.

COMPUTERSPIELSUCHT

M17, M18

Wenn Kinder immer mehr Zeit mit Computerspielen verbringen und vereinbarte Spielzeiten kaum einhalten können, kann eine Computerspielsucht vorliegen. Um diese im Vorfeld zu vermeiden, ist es wichtig, seine Spielzeit zu kontrollieren und andere Hobbys nicht zu vernachlässigen. Hilfe gibt es beispielsweise bei Beratungsstellen.

4.3 Medien und Informationen in unserem Alltag MK

Wie kann ich mich informieren?

Informationen sind wichtig, um mitreden zu können. In einer Demokratie sind Informationen wichtig, um Entscheidungen fällen oder prüfen zu können. Wie informierst du dich?

M1 Welches Medium darf an den Tisch?

Frau Schmidt liest am Frühstückstisch die Zeitung. Das führt zu einer Diskussion über Medien und Informationen in der Familie.

Max: Mama, das ist echt nervig, immer nur die Zeitung zu sehen. Es wäre viel netter, wenn du dich an unserer Unterhaltung beteiligen würdest.

Jessy: Genau! Wir dürfen unser Smartphone auch nicht am Tisch benutzen. Jetzt leg doch mal die Zeitung weg.

Vater: Naja, zwischen Smartphone und Zeitung besteht schon noch ein Unterschied. Mama liest die wichtigsten Nachrichten des Tages. Und wer die Nachrichten verfolgt, ist informiert und kann sich eine eigene Meinung bilden. Das ist wichtig. Ihr solltet das auch tun.

Jessy: Dann hole ich jetzt mein Smartphone, da erhalte ich auch immer die neusten Nachrichten.

Vater: Welche Nachrichten liest du darauf denn? In deinen Sozialen Netzwerken wird gefiltert, welche Meldungen dir angezeigt werden. Und in Werbeanzeigen geht es meistens darum, Aufmerksamkeit und Klicks zu erzielen. Für glaubwürdige Informationen müsstet ihr die Quellen prüfen. Übrigens gilt das Smartphone-Verbot am Tisch, weil wir uns auch mal mit euch unterhalten wollen.

Max: Dann lass uns wenigstens das Radio einschalten. Dann haben wir alle was davon.

Mutter: Wie bitte? Habt ihr mit mir gesprochen?

Jessy: Und wenn ich an meinem Smartphone das Online-Angebot der Zeitung lese – darf ich es dann auch am Küchentisch nutzen?

M2 Welche Medien gibt es?

Analoge Medien („alte Medien“):	Digitale Medien („neue Medien“):
Buch, Brief, Plakat, Flyer, Zeitung, Zeitschrift, Kassette, Schallplatte	CD, Computer, Digitalfoto, E-Book, Tablet, Smartphone

Zeitstrahl zur Entwicklung der Medien
Briefe – …

(MASSEN-)MEDIEN

Medien sind alle Formen und Möglichkeiten, mit denen Informationen übermittelt werden können.
Früher nutzte man häufig Briefe, um wichtige Ereignisse bekannt zu machen. Heute erhalten wir Nachrichten über Massenmedien. Dazu gehören das Internet, das Fernsehen oder Zeitungen. So werden viele Menschen erreicht.

M3 Mediennutzung zur Informationsbeschaffung

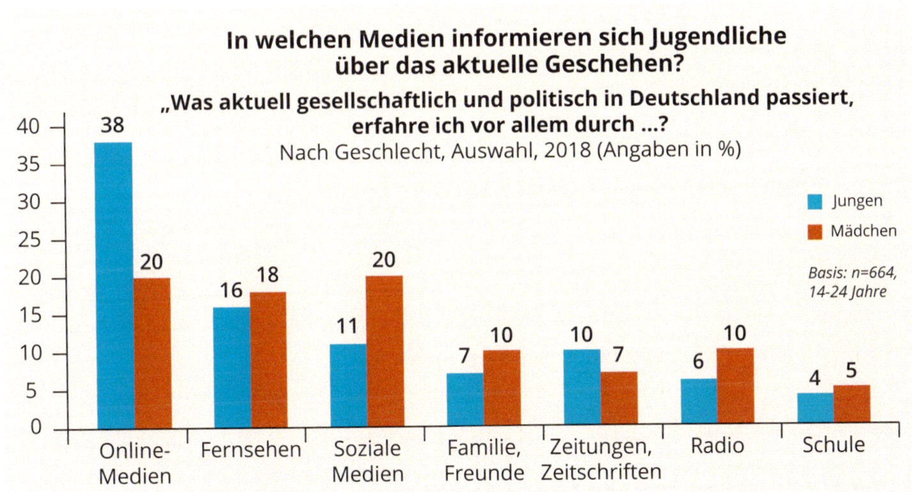

Vodafone Stiftung Deutschland GmbH: Studie: Alles auf dem Schirm? Wie sich junge Menschen in Deutschland zu politischen Themen informieren. Oktober 2019, S. 11

AUFGABEN

1. Arbeite heraus, welche Medien Familie Schmidt nutzt, um sich zu informieren (**M1**).
2. Wie informiert sich wer in deiner Familie? Tauscht euch zu zweit aus, ob das Medienverhalten der Familie Schmidt in euren Familien ähnlich ist (**M1**).
3. Erkläre in eigenen Worten den Begriff Medien (**M2, #Medien**).
4. a) Trage mit einem Partner zusammen: Mit welchem Medium informiert ihr euch über Politik, Wirtschaft und Kultur?
   b) Vergleicht eure Ergebnisse mit der Grafik (**M3**).
5. Schreibe das Gespräch der Familie Schmidt (**M1**) weiter.

F zu Aufgabe 3
Gehe dabei auch auf die Begriffe „analoge“ und „digitale Medien“ ein.

Meldung oder Hintergrundinformation? Den Nachrichtenwert ermitteln

Bist du jemand, der höchstens die Schlagzeilen in der Zeitung oder im Internet liest und dich danach mit anderen Sachen beschäftigst? Oder nimmst du dir Zeit, um auch die Nachrichten genau zu lesen?

M4 Meldung oder Nachrichtenwert?

Jessy: Hast du heute auch die Nachricht gelesen, dass Deutschland wahrscheinlich seine Klimaziele nicht erreichen wird?

Max: Klar, die Meldung war ja überall Schlagzeile.

Jessy: Ich finde das super ärgerlich. Der Artikel, den ich gelesen habe, hat ziemlich gut erklärt, wie es dazu gekommen ist.

Max: So genau habe ich gar nicht gelesen. Mir reichen die Meldungen, dann kann ich auch mitreden.

M5 Nachricht mit Nachrichtenwert?

Schluss mit der Kohle

Politiker der Regierung haben sich darauf geeinigt, dass spätestens 2038 alle Kohlekraftwerke abgeschaltet werden müssen.

Am Freitag haben Politiker in Deutschland mit einem neuen Gesetz eine wichtige Entscheidung für den Klimaschutz getroffen: mit dem sogenannten Kohleausstiegsgesetz. Das schreibt vor, dass bis spätestens 2038 alle Kohlekraftwerke abgeschaltet werden müssen. Denn Kohlekraftwerke erzeugen für uns zwar jede Menge Strom, verursachen aber auch riesige Mengen des klimaschädigenden Gases Kohlendioxid oder kurz CO_2. Außerdem treten noch andere Schadstoffe aus, die Menschen krank machen können.

Politiker von anderen Parteien und Umweltschützer finden das Ende des Kohleabbaus richtig, aber sie kritisieren, dass es viel zu lange dauert, bis alle Kraftwerke stillgelegt sind. Die Grünen beispielsweise fordern, bis 2030 schon Schluss mit der Kohle zu machen. Die Regierung sagt dagegen, dass solch ein Wandel diese Zeit brauche, so schnell könnten wir nicht auf den Strom aus den Kohlekraftwerken verzichten. Außerdem müssten die Regionen, in denen viele Menschen für die Kohlekraftwerke arbeiten, erst noch neue Arbeitsmöglichkeiten schaffen. Kohlekraftwerke gibt es in Nordrhein-Westfalen, Sachsen-Anhalt, Sachsen und Brandenburg.

Pannhausen, Christina, WDR 5 KiRaKa: Schluss mit der Kohle. In: https://kinder.wdr.de, 03.07.2020

NACHRICHTEN, NACHRICHTENWERT

Jede Nachricht enthält eine oder mehrere Informationen. Eine vollständige Nachricht sollte bestimmte Fragen beantworten: Wer? Was? Warum? Wie? Woher?
Ist der Nachrichtenwert hoch, beinhaltet die Nachricht viele sachliche Informationen.

M6 Mit Textlupen den Nachrichtenwert prüfen

Möchtest du eine Nachricht auf ihren Nachrichtenwert prüfen, kannst du Textlupen verwenden.

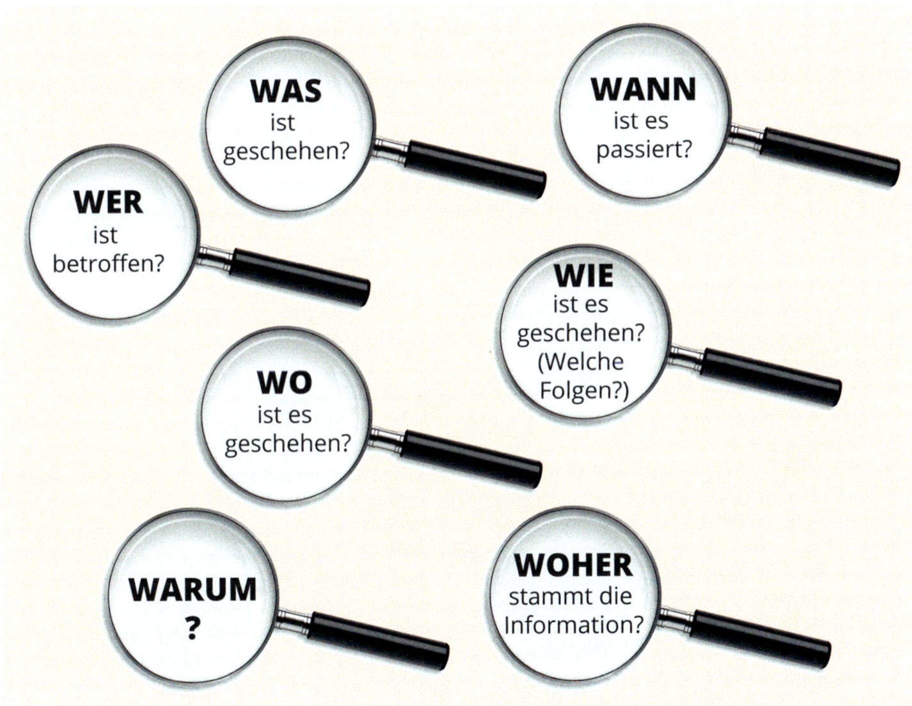

AUFGABEN

1. Welcher Typ bist du? Liest du ausschließlich Meldungen oder bist du auch an Hintergrundinformationen interessiert? Tauscht euch in der Klasse aus (**M4**).
2. Welchen Nachrichtenwert hat die Klicker-Nachricht für Kinder des WDR (**M5**)? Überprüfe die Nachricht mit den Textlupen (**M6**).
3. Stelle Vermutungen auf, warum das Lesen von Nachrichten wichtig ist (**M4**, **M5**). Begründe deine Meinung.

F zu Aufgabe 2
Sammelt unterschiedliche Beiträge zu einem Thema und überprüft die Nachrichten mit den Textlupen (**M6**). Vergleicht den Informationswert.

Warum erreichen dich einige Nachrichten und andere nicht?

Welche Ereignisse und Nachrichten sind eigentlich wichtig? Und wer entscheidet über die Auswahl der Nachrichten, die dir auf deinem Smartphone angezeigt oder in der Zeitung gedruckt werden?

M7 Wer berichtet über was?

Max: Ich habe gerade extra die Nachrichten auf 1Live gehört. Da haben sie nichts von einer Demonstration am kommenden Freitag berichtet.

Mutter: Schau mal, ich habe schnell im Internet gesucht. Die Online-Ausgabe der Lokalzeitung hat dazu was geschrieben. Die Demonstration beginnt um 11 Uhr am Bahnhof. Wahrscheinlich ist das nicht für alle Radiohörer interessant, was hier bei uns im Ort passiert…

M8 Vom Ereignis zur Nachricht – in der Presseredaktion

Nachrichtenagenturen
private Unternehmen, die viele Reporter und Journalisten beschäftigen und Nachrichten über aktuelle Ereignisse verkaufen

Redakteure sichten und prüfen die Meldungen, holen eigene Informationen ein und formulieren Beiträge. In der **Redaktionskonferenz** wird diskutiert und entschieden, welche Artikel an welcher Stelle mit welchem Umfang veröffentlicht werden. Diese Auswahl und Schwerpunktsetzung nennt man auch **„Agenda-Setting“**.

M9 Durch Suchmaschinen zum Leser – im Internet in der Filterblase?

Jessy: Ich habe auch gerade online nach der Demo gesucht und den Bericht der Lokalzeitung nicht angezeigt bekommen. Komisch...

Mutter: Wenn man im Internet sucht, bekommen nicht alle die gleichen Ergebnisse angezeigt. Die Suchmaschinen zeigen dir vor allem Themen und Meldungen an, die dich auch bisher interessiert haben – zum Beispiel, weil du ähnliche Meldungen schon oft angeklickt hast. Was dir angezeigt wird, ist abhängig von persönlichen Daten, vergangenen Suchanfragen und GPS-Daten, die wir bisher im Internet veröffentlicht haben. Man nennt das auch eine „Filterblase".

Max: Das klingt ja eigentlich ganz praktisch.

Mutter: Das kann aber auch dazu führen, dass viele Informationen und Meinungen an dir vorbei gehen. Es ist aber wichtig, Themen von verschiedenen Seiten zu betrachten und das eigene Denken kritisch zu hinterfragen.

PRESSE

Presse sind Zeitungen und Zeitschriften. Manchmal sind damit auch andere Medien, zum Beispiel Radio oder Fernsehen gemeint.
Journalisten und Journalistinnen berichten in Zeitungen, dem Radio oder Fernsehen über Neuigkeiten. Sie schreiben auch ihre Meinung. So können sich auch die Leser und Zuschauerinnen eine Meinung bilden. Die Presse ist darum ein wichtiger Teil in der Demokratie.

AUFGABEN

1. a) Beschreibe, wie Max und seine Mutter nach Informationen suchen (**M7**).
   b) Wie suchst du gezielt nach Informationen? Tragt erst zu zweit und dann in der Klasse zusammen und erstellt eine Mindmap.
2. Erläutere den Weg einer Nachricht (**M8**).
3. Stellt in Gruppenarbeit dar, warum viele Nachrichten an verschiedenen Stellen aussortiert werden (**M8**).
4. Beschreibe, warum du gefilterte Nachrichten auf deinem Smartphone erhältst (**M9**). Verwende dabei auch den Begriff „Filterblase".

F zu Aufgabe 1
Ergänzt eure Mindmap, welche eurer Informationsquellen durch eine Redaktion auf ihre Qualität hin geprüft sind.

F Überprüft in der Klasse: Einigt euch auf Suchbegriffe und vergleicht die euch angezeigten Suchergebnisse.

Alles logo? Eine Nachrichtensendung für Kinder

Meldungen im Internet sind auch Informationen. Aber eine Nachrichtensendung sortiert, überprüft und bewertet Inhalte. Was macht eine unabhängige Nachrichtensendung aus und welche Unterschiede gibt es?

M10 logo!-Nachrichten des ZDF

Themenfelder

Wirtschaft
Familie
Verkehr
Medien
Kultur
Umwelt/Natur
Sport
„Buntes"
Wissenschaft/Forschung
Wetter
Justiz und Kriminalität
Berufe
Internationale Politik
Gesellschaft
Alltag

Meldungen auf der Internetseite von ZDF logo! Vom 07.07.2020

www.zdf.de/kinder/logo/, Abruf am 07.07.2020

M11 Wann wird ein Ereignis zur Nachricht?

Jeden Tag passieren auf der Welt unendlich viele Dinge. Reporter vor Ort geben Informationen oder Hintergrundberichte über wichtige Ereignisse an Nachrichtenagenturen oder direkt an die Redaktionen von Zeitungen, Fernsehen oder Radio weiter. Sie befragen Zeugen oder holen Informationen ein. Oft geben Unternehmen oder Verbände auch selbst Presseinformationen heraus.

Aus der Vielzahl der Meldungen wählen die Redakteure dann jene aus, von denen sie glauben, dass sie von besonderem Interesse für die Leser, Zuschauerinnen oder Zuhörer sind. Welche Ereignisse verdienen es, zur Nachricht zu werden? Journalistinnen und Journalisten sortieren Ereignisse nach so genannten Nachrichtenfaktoren. Entscheidend ist das Besondere an einem Ereignis, das es von den vielen anderen Ereignissen abhebt. Je nach Zielgruppe und Medium können die Nachrichtenfaktoren unterschiedlich sein. Die wichtigste Frage ist: Was interessiert die Leser, Hörer oder Zuschauer? Die Kriterien, nach denen Redaktionen die Nachrichten auswählen, sind vor allem:

Aktualität
Je unerwarteter und aktueller ein Ereignis, desto eher wird es zur Nachricht. Regelmäßige Ereignisse haben weniger Chancen berichtet zu werden, als einmalige Ereignisse.

Prominenz
Über bekannte Personen wird häufiger berichtet. Wenn Mark Forster mit dem Singen aufhört, ist das eine Nachricht; wenn die nur wenigen bekannte Nachbarin das Gleiche tut, interessiert das kaum jemand, es wird zu keiner Nachricht.

Negativität
Je schlimmer ein Ereignis ist, desto eher wird darüber berichtet. „Schlechte Nachrichten sind gute Nachrichten", heißt es unter Journalisten.

Nähe
Was in der eigenen Stadt, im eigenen Land passiert, interessiert die meisten mehr als ein Ereignis in Timbuktu.

Unterhaltung
So genannte Boulevardthemen wie „sex and crime" verkaufen sich besonders gut, und sind deshalb für Zeitungen wichtig, die in erster Linie am Kiosk verkauft werden.

Betroffenheit
Die eigene Betroffenheit ist ein wesentliches Kriterium für die Auswahl von Nachrichten. Den Leser interessiert, welche Folgen ein Ereignis für seine persönliche Lebenssituation hat.

Außergewöhnliches/Kurioses
„Hund beißt Mann" ist keine Nachricht, „Mann beißt Hund" ist eine Nachricht!

Gefühl
Liebe, Trauer, Glück – Geschichten mit Gefühl berühren den Leser und unterhalten ihn. Dazu gehören insbesondere auch Tiergeschichten.

ÖFFENTLICH-RECHTLICHER RUNDFUNK

Die öffentlich-rechtlichen Sendeanstalten finanzieren ihre Arbeit über die Rundfunkbeiträge der Haushalte in Deutschland. Sie haben den Auftrag, mit ihrem Programm die Menschen umfassend und unabhängig zu informieren.
Zum öffentlich-rechtlichen Rundfunk gehören Radio- und Fernsehsender, z. B. ARD, ZDF, Deutschlandradio. Die privaten Sender dagegen gehören privaten Unternehmen, die über Werbung oder Anzeigen Geld verdienen wollen (z. B. ProSieben, SAT.1, RTL).

Erklärfilm zum öffentlich-rechtlichen Rundfunk

Mediencode: 70061-20

M12 Medien im Auftrag der Demokratie

Die öffentlich-rechtlichen Sender haben einen besonderen Auftrag: Sie berichten so vielfältig, dass sich jeder selbst die Meinung zu gesellschaftlich-politischen Themen und Fragen bilden kann. Meinungsvielfalt ist ein wichtiger Grundstein für die Demokratie. Sie ermöglicht einen umfassenden Blick auf politische Themen.

Damit die Sender unabhängig berichten können und nicht von Geldgebern oder Werbeträgern beeinflusst werden, zahlen die Menschen in Deutschland einen Rundfunkbeitrag.

„Im Auftrag der Gesellschaft produziert die ARD für alle Menschen in Deutschland ein frei zugängliches und vielfältiges Programmangebot mit Inhalten in Information, Bildung, Beratung und Unterhaltung. Um möglichst viele Menschen täglich zu erreichen, richten sich unsere Angebote an unterschiedliche Alters- und Zielgruppen. [...] [Die Programme tragen] wesentlich zur Meinungs- und Medienvielfalt in Deutschland bei [...]."

www.ard.de, Auftrag der ARD, 09.05.2019

M13 Aufgaben von Medien

- Mitbestimmung und Mitsprache ermöglichen (Kommentare zu den Beiträgen)
- unparteiisch und ausgewogen berichten
- über aktuelle Ereignisse informieren
- auf Probleme in der Welt hinweisen
- politische Entscheidungen und aktuelle Entwicklungen durchschaubar machen
- Missstände aufdecken
- unterhalten

AUFGABEN

1. Schaut euch eine aktuelle Nachrichtensendung von Logo an und beschreibt den Aufbau der Nachrichtensendung Logo. Geht auch auf gestalterische Elemente ein (Moderation, Musik, Ablauf der Beiträge usw., vgl. **Methode Redaktionskonferenz**).
2. a) Wähle einen Nachrichtenbeitrag aus und analysiere diesen, indem du auf folgende Punkte eingehst:
   - Benenne das Themenfeld (**M10**).
   - Begründe, warum über das Thema berichtet wird (**M11, M12**).
   - Prüfe, ob verschiedene Seiten des Themas dargestellt werden.

   b) Begründe, warum du den Beitrag ausgewählt hast.
3. Überprüfe, ob Logo den Aufgaben von Medien gerecht wird (**M13**). Notiere zu jeder Aufgabe von Medien ein Beispiel aus der Sendung.
4. Schreibe einem Freund oder einer Freundin eine Nachricht, in der du das regelmäßige Schauen von Logo empfiehlst oder davon abrätst. Begründe deinen Standpunkt.

Eine Redaktionskonferenz durchführen

Worum geht es?

In einer Nachrichtensendung werden Meldungen aufbereitet und sortiert. Um besser zu verstehen, was dahintersteckt, macht es doch einmal selber: Dreht gemeinsam eine Nachrichtensendung. In einer Redaktionskonferenz legt ihr zunächst fest, welche Themen in welcher Reihenfolge in eurer Nachrichtensendung vorkommen.

Geht dabei so vor:

1. Schritt: Themen sammeln, prüfen und sortieren

Tragt Themen zusammen, über die ihr in der Nachrichtensendung berichten möchtet. Themenvorschläge findet ihr z. B. in diesem Kapitel und im Gemeinsam aktiv. Ordnet die Nachrichten in ein Ressort (Themenfeld) ein.
Begründet, warum über das Thema berichtet werden sollte, z. B.:

- Das Thema ist besonders aktuell.
- Das Thema betrifft/interessiert besonders eure Zuschauer.
- Das Thema ist von besonderer Bedeutung.

2. Schritt: Ablauf der Sendung festlegen

Wann?	Was?	Wie lange?	Wer spricht?
Beginn	Musik Begrüßung der Zuschauer	30 sec	
1. Nachricht (1)	Schlagzeile und passendes Bild neben dem Moderator/der Moderatorin Bericht wird vorgelesen	1:30 min	
2. Interview zur Nachricht (1)	Einspielen eines aufgenommenen Interviews	1:00 min	
...	...		
...	...		
5. Nach der letzten Nachricht	Wetterbericht		
Ende	Verabschiedung der Zuschauer Musik	30 sec	

3. Schritt: Nachrichtenbeiträge verfassen und Sendung aufnehmen

Nach der Redaktionskonferenz müssen die einzelnen Beiträge natürlich noch erstellt und aufgenommen sowie die Sendung geschnitten werden.

Hilfe zum Schnitt

Mediencode: 70061-16

Welche Interessen stecken hinter einer Nachricht?

Du liest eine Meldung und hast das Gefühl, da ist irgendetwas faul – kennst du das? Es lohnt sich immer, einen Sachverhalt genauer zu prüfen und zu hinterfragen.

M14 Die Sache mit der Anzeige

Max: Mama, ich habe gerade in deiner Zeitung gelesen! In diesem Artikel steht, dass Zucker weder krank noch dick macht. Die zitieren hier sogar irgendwelche Wissenschaftler. Du hast doch immer gesagt, ich soll auf die Quellen achten...

Mutter: Ist das etwa wieder eine Anzeige, die aussieht wie ein normaler Zeitungsbericht? Das ist wirklich ärgerlich.

M15 Zeitungsberichte von Anzeigen unterscheiden

In einer Zeitung stehen neben Berichten der Redakteure auch Werbeanzeigen. Dadurch finanziert sich die Zeitung: Die Redakteure, das Papier und der Druck werden bezahlt.

Werbeanzeigen verzichten in der Regel auf lange Texte. Das Produkt steht im Vordergrund.

Es gibt aber auch Anzeigen, die wie ein Zeitungsbericht gestaltet sind. So entsteht für die Leserinnen und Lesern der Anschein, dass es sich eher um eine Information als um Werbung handelt. Das Landespressegesetz schreibt jedoch vor, dass diese „interessengeleiteten" Anzeigen eindeutig gekennzeichnet werden müssen.

Bei den Berichten der Zeitungsredakteure wird die Quelle der Informationen genannt. Häufig sind dies Nachrichtenagenturen (dpa, AFP, Reuters, ddp, AP, etc.). Dann kannst du davon ausgehen, dass die Informationen gründlich recherchiert und geprüft sind.

Auch kennzeichnen die Zeitungen vermehrt, wenn der Bericht die Meinung eines einzelnen Redakteurs oder einer Redakteurin abbildet. Diese Texte sind z. B. überschrieben mit „Kommentar" oder „Meinung".

M16 Interessen, die schwer zu erkennen sind

Max: Die Anzeige ist als solche wirklich schwer zu erkennen. Aber tatsächlich, darüber steht „Anzeige".

Mutter: Ja, das hat kein Redakteur der Zeitung geschrieben. Aber auch so ist es für Journalistinnen und Journalisten gar nicht so einfach, vollkommen unabhängig zu berichten. Viele Informationen bekommen sie von Lobbyisten. Zum Glück gibt es den Pressekodex.

LOBBYISMUS

Viele Unternehmen, Parteien und andere Organisationen beschäftigen Personen, die ihre Interessen in der Öffentlichkeit gut vertreten sollen. Sie nennt man Lobbyisten.
Als Lobbyismus bezeichnet man den Versuch, auf Politiker und die öffentliche Meinung Einfluss zu nehmen.
Zur Interessenvertretung werden z. B. Informationspapiere erstellt oder Veranstaltungen und Gespräche organisiert. Kritisiert wird, dass Interessengruppen, die mehr Geld haben, auch mehr Einfluss organisieren können.

M17 Ein Grundsatz für jeden Journalisten: der Pressekodex

Bei dem Pressekodex handelt es sich um vom deutschen Presserat herausgegebene Vorgaben, an die sich alle Journalisten halten müssen. […]
Die oberste Richtlinie ist dabei, dass der Journalist immer wahrheitsgetreu berichten muss, ohne die Menschenwürde derjenigen zu verletzen, die in seinen Berichten vorkommen. Aus diesem Grund ist eine sorgfältige Recherchearbeit die einzig richtige Arbeitsweise eines Journalisten. Gerüchte über ein bestimmtes Thema dürfen niemals als Fakten ausgegeben werden. […]
Ein weiterer wichtiger Punkt […] ist die Wahrung der Persönlichkeitsrechte des Menschen, über den man berichtet. Dazu gehört, dass sein Name nicht genannt oder sein Foto nicht gezeigt werden darf. Ein jeder Mensch hat das Recht darauf, in der Presse anonym zu bleiben. […] [Auch] sollte ein Journalist immer unparteiisch sein und bei einem Konflikt stets beide Seiten darstellen. Die Einhaltung des Pressekodex sollte zum Grundsatz eines jeden Journalisten gehören. Dies gehört zur sogenannten „journalistischen Sorgfaltspflicht".

www.helles-koepfchen.de, Lexikon: Pressekodex, 02.01.2017

Deutscher Presserat
Organisation der deutschen Verleger und Journalisten, kontrolliert u. a. die Einhaltung des Pressekodex

Pressekodex
Mediencode: 70061-21

AUFGABEN

1. Beschreibe, welches Problem Max beim Lesen der Zeitung hat (**M14**).
2. Erkläre, warum ein genaues Betrachten eines Nachrichtenartikels wichtig ist (**M15**).
3. Erläutere, warum Lobbyisten den Kontakt zu Journalisten suchen (**M16, #Lobbyismus**).
4. Stell dir vor, du bist bei einer politischen Partei oder einem Verein engagiert. Was würdest du tun, um viele Menschen von deinen Interessen zu überzeugen? Beschreibe (**#Lobbyismus**).
5. a) Nenne und begründe, welche Richtlinie für Journalisten dir persönlich wichtig ist (**M16, M17**).
   b) Einigt euch in der Klasse auf fünf besonders wichtige Richtlinien für Journalisten.

F Führt ein Interview mit einer/einem Journalistin/Journalisten (**Methode: Ein Interview führen**). Fragt u. a., welche Rolle Lobbyisten und der Pressekodex bei der Arbeit spielen.

Wie kann ich Fake News von korrekten Nachrichten unterscheiden?

Bestimmt bist du auch schon einmal auf eine Falschmeldung im Internet reingefallen – wer nicht?! Aber wie kann man die Echtheit von Nachrichten prüfen?

M18 Jessy fällt auf Fake News herein...

Nachdem sich Jessy am Frühstückstisch das Smartphone geholt und die aktuellen Nachrichten aufgerufen hatte, ist sie über eine Meldung irritiert...

M19 Wo und wie finde ich vertrauensvolle Nachrichten?

Im Internet findest du unglaublich viele Informationen. Doch nicht allen Informationen kannst du trauen. Es werden viele Falschmeldungen verbreitet. Du solltest darauf achten, wie vertrauenswürdig die Internetseite ist. Vertrauensvolle Internetseiten sind z. B.:

- öffentlich-rechtliche Fernseh-, Radio- und Nachrichtensender
- Zeitungen
- staatliche Einrichtungen (z. B. die Homepage deiner Stadt, die Seite des Bundestages...)
- bekannte Interessenverbände

Lügen im Internet erkennen

Mediencode: 70061-22

Fake-News-Quiz

Mediencode: 70061-23

FAKE NEWS

Fake News sind Nachrichten, die bewusst Falschmeldungen enthalten. Besonders über Soziale Netzwerke (Facebook, Twitter, Youtube usw.) werden mit diesen Meldungen schnell viele Menschen erreicht.
Die Verfasser von Fake News möchten Aufmerksamkeit erregen, Personen verärgern oder die Meinung von Menschen beeinflussen. Im US-Wahlkampf 2016 wurden z. B. Fake News verbreitet, um den Ruf von Politikern zu schädigen.

M20 Auch Bilder können Fake News sein

Bilder von Greta Thunberg, der schwedischen Klimaaktivistin – links die Fälschung, rechts das Original vom 14.05.2019.

Mithilfe einer Fotomontage können Personen oder Gegenstände aus einem Bild entfernt oder hineinkopiert werden.

Durch die Kombination und das Aneinanderreihen von Fotos kann eine neue Geschichte erstellt werden.

Fotos werden mit Bildprogrammen (z. B. Photoshop) bearbeitet, um Gesichter zu verändern.

Es werden nur Teile von Bildern gezeigt, um gezielt Informationen wegzulassen. Die Bildaussage kann sich dadurch ändern.

AUFGABEN

1. a) Warum ist Jessy unsicher, ob die Nachricht echt ist? Tauscht euch aus (**M18**).
b) Berichtet über eigene Erfahrungen mit Fake News.

2. Lege eine Tabelle mit Internetseiten an, die glaubwürdig bzw. nicht glaubwürdig berichten (**M19**).

3. Jessys Vater findet es besser, Nachrichten in der Tageszeitung zu lesen. Du weißt aber auch, dass es glaubwürdige Internetseiten gibt. Formuliere einen Dialog zwischen Jessys Vater und dir (**M19**).

4. a) Durch die Bearbeitung von Bildern können Falschmeldungen verbreitet werden. Recherchiert in Kleingruppen nach Fake News, die mit Bildern verbreitet wurden (**M20**).
b) Entwerft eine Collage mit Fake News. Notiert auch, welche Absichten der Absender mit der Falschmeldung verfolgen könnte.

F Formuliere oder gestalte eine eigene Falschmeldung und präsentiere sie deiner Klasse.

Nachrichten auf Seriosität prüfen MK

Worum geht es?

Über Facebook, WhatsApp, Instagram oder andere Netzwerke verbreiten sich schnell unzählige Meldungen, Posts, Videos oder Twitter-Nachrichten. Bevor du diesen traust und Meldungen weiter verbreitest, solltest du folgende Aspekte geprüft haben.

Geht dabei so vor:

1. Schritt: Quelle prüfen

Informiere dich zunächst, woher die Meldung stammt.

- Wie lautet die Internetadresse?
  Nützlicher Link: https://www.mimikama.at
- Wird der Name des Autors genannt? Findest du Informationen über den Autor?
  Nützlicher Link: Fake News Check-App
- Was und wo hat der Verfasser bereits anderes veröffentlicht?

Speziell in Sozialen Medien:

- Wie lange ist der Verfasser bereits aktiv?
- Wie viele Freunde oder Follower hat er?
- Wer und wie viele Leute haben die Beiträge geteilt?
- Hat der Twitter-Account einen blauen Verifizierungshaken?
  Nützlicher Link: https://www.mimikama.at

2. Schritt: Fakten prüfen

Gerade in Sozialen Medien werden viele Fake News verbreitet. Hier solltest du die Fakten prüfen. Du kannst z. B. Schlüsselbegriffe der Meldung in eine Suchmaschine eingeben.

- Wird die Nachricht auch über andere Medien verbreitet?
  Nützlicher Link: https://swrfakefinder.de
- Ist die Nachricht auf Seiten von öffentlich-rechtlichen Sendern veröffentlicht?
  Nützlicher Link: https://hoaxmap.org
- Geben andere Medien Zusatzinformationen?
  Nützlicher Link: https://correctiv.org/faktencheck/
- Liefern andere Medien andere Informationen?
- Wie aktuell ist die Nachricht? Hat das Ereignis aktuell stattgefunden oder wird eine alte Meldung wieder aufgegriffen?
- Prüfe die Rechtschreibung und Zeichensetzung.

3. Schritt: Bilder und Videos überprüfen

Auch Bilder und Videos können Falschmeldungen enthalten. Mithilfe von Programmen können Bilder leicht gefälscht und Videos zusammengeschnitten werden, um Perspektiven zu verändern. Ebenso können Bilder benutzt werden und in einem anderen thematischen Kontext verwendet werden.

- Wann wurde das Bild/das Video veröffentlicht?
- Gibt es Angaben, wer das Bild/das Video erstellt hat?
- Prüfe mithilfe von tineye, auf welcher Homepage das Bild/das Video veröffentlicht wurde.
  Nützlicher Link: https://tineye.com

MEDIEN UND INFORMATIONEN IN UNSEREM ALLTAG

WIE KÖNNEN WIR UNS INFORMIEREN?

← M3, M6

Im Alltag sind wir auf Informationen angewiesen. Wir möchten uns in der Welt orientieren und über Ereignisse oder interessante Nachrichten informiert werden. Über Medien können wir viele Nachrichten erhalten. Dazu gehören das Internet, das Fernsehen, das Radio oder Zeitungen

WARUM ERREICHEN DICH EINIGE NACHRICHTEN UND ANDERE NICHT?

← M8, M9

Wenn Nachrichten von Journalisten in der Presse (Zeitungen, Rundfunk, Fernsehen, auch online) verbreitet werden, wurden sie geprüft und sortiert. Im Internet findet man Informationen aus aller Welt. Suchmaschinen zeigen dir aber vor allem Meldungen, die dich sehr wahrscheinlich interessieren. So gehen andere Meinungen an dir vorbei, man spricht auch von Filterblasen.

ALLES LOGO? EINE NACHRICHTENSENDUNG FÜR KINDER

← M11, M12, M13

Logo ist eine Nachrichtensendung für Kinder und Jugendliche. Die Redaktion trägt Meldungen und Berichte zusammen und entscheidet, welche Nachrichten veröffentlicht werden. Bevor ein Ereignis veröffentlicht wird, suchen Journalisten nach Informationen. Die öffentlich-rechtlichen Sender haben die Aufgabe, uns über politische Themen zu informieren. Sie sollen ausgewogen berichten, Politiker und deren Arbeit überprüfen und mögliche Missstände aufdecken. Dafür zahlen alle die sogenannten Rundfunkgebühren.

WELCHE INTERESSEN STECKEN HINTER EINER NACHRICHT?

← M15, M17

Durch Werbung und Anzeigen finanzieren sich viele Medien, vor allem Zeitungen. Manchmal sehen Anzeigen einem Nachrichtenartikel der Zeitung sehr ähnlich. Damit entsteht der Eindruck, es handele sich um unabhängige Informationen. Auch werden viele Informationen von Interessenvertretern verbreitet, sogenannten Lobbyisten. Eine genaue Prüfung von Informationen ist also wichtig, um Interessen hinter den Nachrichten zu erkennen. Journalisten halten sich an den Pressekodex. Dazu gehört auch, dass sie die Wahrheit berichten und Informationen sorgfältig prüfen.

KANN ICH ALLEN INFORMATIONEN TRAUEN?

← M19

Nicht alle Informationen, die wir erhalten, sind glaubwürdig. Insbesondere im Internet werden viele Fake News verbreitet. Um sichere Informationen zu erhalten, solltest du die Quelle prüfen. Vorsichtig solltest du in Sozialen Netzwerken sein. Hier wird vieles hochgeladen, um Stimmung zu machen und Menschen zu beeinflussen. Deshalb solltest du seltsame Nachrichten unbedingt prüfen, bevor du ihnen glaubst oder sie teilst.

Fall 1: Medienverhalten von Kindern und Jugendlichen kritisch reflektieren

Aufgaben

1. Beschreibe, was du auf der Zeichnung siehst: Welche Menschen sind abgebildet? Welche Gegenstände erkennst du? Welche Symbole erkennt du? Welche Kleidung tragen die Menschen?
2. Erläutere, welches Problem angesprochen wird.
3. Erkläre, welche Meinung der Zeichner oder die Zeichnerin zu diesem Thema hat.
4. Wie stehst du zu der Aussage der Karikatur? Nimm Stellung. Nutze dabei Kenntnisse aus diesem Kapitel.

Fall 2: Podiumsbeitrag zu digitalen Medien

Podiumsdiskussion für Kinder und Jugendliche:
Digitale Medien – mehr Teilhabe oder Risiko?

Veranstalter:
Ministerium für Digitales

Thema:
Ermöglichen die digitalen Medien, dass sich mehr Kinder und Jugendliche über aktuelle Themen und Nachrichten informieren und so mehr am gesellschaftlichen Leben teilhaben können? Oder haben die digitalen Medien sogar negative Auswirkungen auf Kinder?

Teilnehmer:
Du!? Formuliere deine Haltung zur Fragestellung, schicke sie direkt ans Ministerium und wir laden aus den Einsendungen drei Teilnehmer für die Diskussion ein!

Aufgabe

Am Aushang der Schule siehst du die Einladung zur Podiumsdiskussion. Formuliere eine Stellungnahme zur Fragestellung.

Prüfe dein Wissen und schätze ein, ob du ein Medienexperte bist.

Ich kann ...	Das klappt schon ...	Hier kann ich noch üben ...
...Unterschiede bei der Kommunikation früher und heute beschreiben.		Kapitel 4.1: M1, M3, Grundwissen
...Kommunikation in Sozialen Netzwerken analysieren.		Kapitel 4.1: M2, M4, M5, M6, Grundwissen
...Cybermobbing und wie man dagegen vorgehen kann erklären.		Kapitel 4.1: M8, M9, Grundwissen
...die Darstellung der eigenen Person in sozialen Netzwerken beurteilen.		Kapitel 4.2: M2, M3, M4, Grundwissen
...den Einfluss von Influencern darstellen.		Kapitel 4.2: M6, M7, Grundwissen
...das eigene Medienverhalten am Beispiel von Computerspielen und In-App-Käufen kritisch reflektieren.		Kapitel 4.2: M9, M10, M12, M13, M14, Kapitel 4.3, M1, M2, M3, Grundwissen
...Risiken vom Computerspielen erklären und Tipps bei Computerspielsucht geben.		Kapitel 4.2: M16, M17, M18, Grundwissen
...den Nachrichtenwert von Meldungen und Nachrichten ermitteln.		Kapitel 4.3: M4, M5, M6, Grundwissen
...den Weg vom Ereignis zu einer Nachricht erläutern.		Kapitel 4.3: M8, M9, M11, Grundwissen
...glaubwürdige Medien benennen, mit denen ich mich über aktuelle Nachrichten informieren kann.		Kapitel 4.3: M10, M12, Grundwissen
...den Aufbau einer Nachrichtensendung analysieren.		Kapitel 4.3: M10, M13
...Nachrichten kritisch auf Interessen prüfen.		Kapitel 4.3: M15, M16, M17, Grundwissen
...Falschmeldungen („Fake News") erkennen und Nachrichten auf Seriosität prüfen.		Kapitel 4.3: M18, M19, M20, Grundwissen

Papier
Paper

#Projekt: Aktionswoche Müllvermeidung

Warum ist Müll ein Problem?

Wer hat nicht schon mal sorglos ein Stück Müll nicht in der Tonne entsorgt...? Aber wusstest du, dass das Problem riesig ist? Im Pazifik gibt es einen Strudel aus Müll, der ist viermal größer als Deutschland. Menschen und Tiere sind in Gefahr.

Erklärfilm zu Plastik im Meer

Mediencode: 70061-24

M1 Plastik in Nahrung, Wasser und Luft

Der WWF hat ausrechnen lassen, wie viel Plastik jeder Mensch weltweit durchschnittlich über Wasser, Nahrung und Atemluft aufnimmt.

M2 Mikroplastik: Risiko für die Gesundheit

Jährlich werden weltweit 400 Millionen Tonnen Plastik produziert, von denen etwa 10 % die Weltmeere und ihre Küsten verschmutzen [...]. Ein Großteil dieser Plastikteile zerfällt in Partikel kleiner als fünf Millimeter (Mikroplastik) und weiter in Nanopartikel. Diese Mikroplastikpartikel und die chemischen Verbindungen [...], die bei der Zersetzung entstehen, nimmt der Mensch vorwiegend über die Nahrung und Atemluft auf. Nach jetzigem Kenntnisstand entstehen dadurch sehr wahrscheinlich erhöhte gesundheitliche Risiken für Allergien, [Fettleibigkeit], Unfruchtbarkeit, Krebs- und Herz-Kreislauferkrankungen. Allerdings sind langfristige wissenschaftliche Studien notwendig, um die Effekte der Verschmutzung durch Plastik [...] nachzuweisen.

Zerkleinerter Plastikmüll am Strand

Schweisfurth, Hans: Plastikmüll – Risiko für Mensch und Umwelt. In: www.dguht.de, Abruf am 11.12.2019

M3 Wie kommt der Plastikmüll ins Meer?

Das kann kein Meer mehr schlucken: Unsere Ozeane versinken im Müll. In jedem Quadratkilometer Meer schwimmen heute schon bis zu 46.000 Teile Plastikmüll. Jedes Jahr kommen sieben Millionen Tonnen dazu.

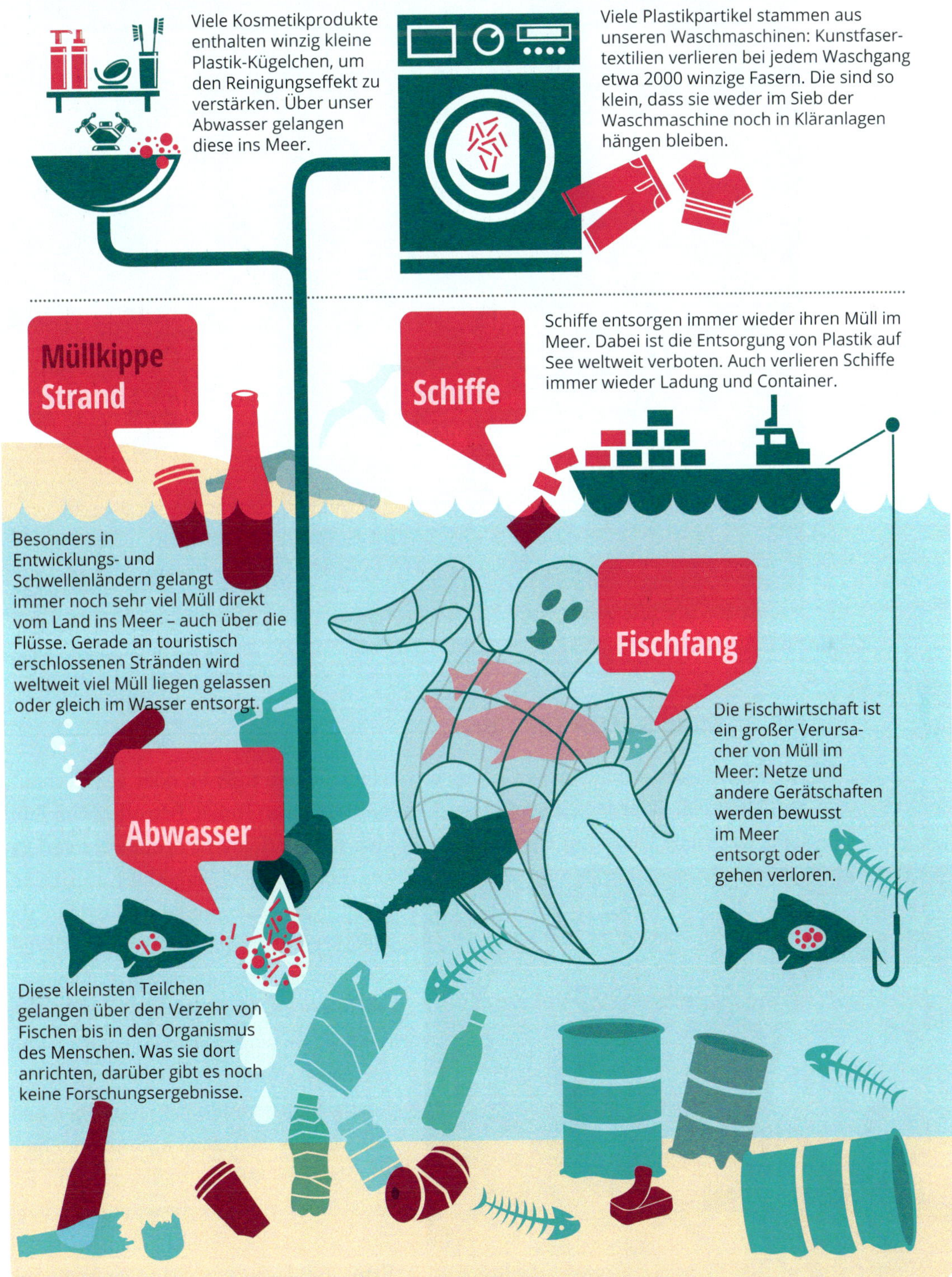

© WWF Deutschland, 2017 | Infografik Anita Drbohlav, www.paneemadesign.com (Texte leicht gekürzt)

M4 Wie lange bleibt der Müll im Meer?

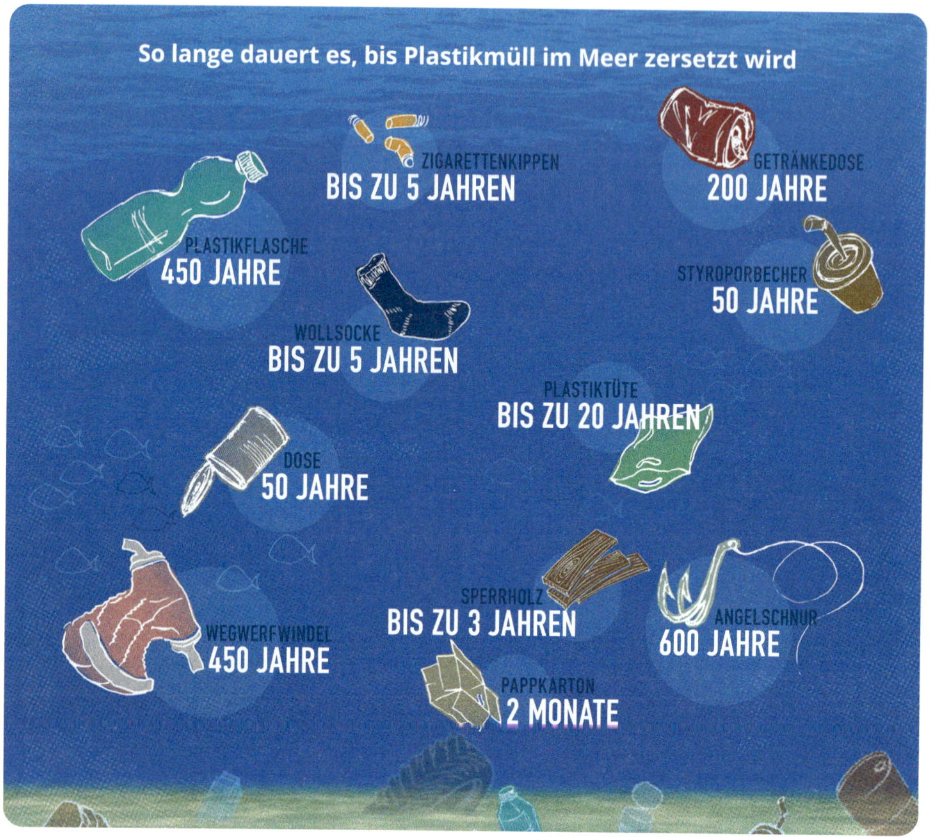

NABU/Kuchem, Christine: www.NABU.de/meeresschutz, www.meere-ohne-plastik.de

M5 Müll: Gefahr für Tiere

Achtlos weggeworfener Abfall kann zur tödlichen Falle werden: „Es ist schrecklich, wie viele Tiere durch Müll in der Natur leiden müssen oder gar sterben", beklagt Elita Grafke. Betroffen von Funden wie erstickten Vögeln oder verletzten Rehen, hat es sich die Naturtrainerin [...] zur Aufgabe gemacht, über die Gefahren durch Abfälle aufzuklären. So zeigt sie im Naturschutzhof in Nettetal-Sassenfeld die Ausstellung „Wilder Müll – eine lebensbedrohliche Gefahr für Tiere".

Müll kann für Tiere zur Todesfalle werden.

Lustig sieht es auf den ersten Blick aus, wie da ein Igel seinen Kopf in einen Pappbecher steckt, vielleicht um Essens- oder Getränkereste aufzulecken. Auf den zweiten Blick jedoch wird der Ernst der Lage klar: Das Tier kann seinen Kopf nicht mehr daraus zurückziehen, muss verhungern, erleidet einen qualvollen Tod. „Das ist so ein typisches Beispiel. Wer glaubt denn schon, dass so ein Einwegbecher aus Pappe oder Plastik gefährlich für Tiere sein kann", sagt Grafke. […]

Becher hier, Glas da – Flaschen und andere gläserne Behälter sind eine Gefahrenquelle sondergleichen: „Auch hier können Tiere reinkriechen und nicht wieder rauskommen, bei Sonneneinstrahlung kann Glas Brände auslösen, an Scherben können sich Tiere schneiden und verbluten", zählt Grafke auf. Wenn Tiere Plastikteile oder Zigarettenkippen essen, sterben sie qualvoll. Folien, die von vielen Vögeln in Nestern verbaut werden, lassen Regenwasser nicht durchsickern – Jungvögel ertrinken im Nest.

Beispiele kennt auch Förster Thomas Gieselmann, „etwa Tauben, die sich in Stricken verfangen oder Käfer und andere Insekten, die aus Pappbechern oder Getränkedosen nicht mehr rauskommen."

Auch Meerestiere verfangen sich in Netzen oder fressen Plastik und sterben qualvoll.

Grafke appelliert deshalb an die Vernunft: „Ich glaube nicht, dass Menschen, die Müll in der Natur wegwerfen, Tieren schaden wollen." Umso wichtiger sei es, „dass jeder seinen Müll ordentlich entsorgt". Damit nicht achtlos weggeworfener Abfall für Tiere zur tödlichen Falle wird.

Burghardt, Joachim: Wenn Abfälle zu Todesfallen werden. In: www.rp-online.de, 08.08.2016

AUFGABEN

1. Tausche dich mit einem Partner aus: Was weißt du bereits über Plastikmüll (im Meer) und die Folgen (**M1**)? Tragt euer Wissen an der Tafel zusammen.
2. Bearbeitet die Materialien **M2-M5** in einem Lerntempoduett (→ **Methodenglossar**), und beantwortet dabei folgende Fragen:
   a) Warum ist Plastikmüll im Wasser ein Risiko für unsere Gesundheit (**M2**)?
   b) Wie kommt Plastik in unsere Meere (**M3**)?
   c) Welche Probleme entstehen mit Blick auf den Abbau von Müll im Meer (**M4**)?
   d) Warum ist Müll eine Gefahr für Tiere (**M5**)?
   Gestaltet zu zweit ein Plakat zum Thema „Plastikmüll – ein Problem!" **MK**
3. Fahre zu einem Gewässer in deiner Stadt.
   a) Halte fest, welchen Müll du im Wasser oder am Ufer gefunden hast.
   b) Erläutere, wie dieser Müll Menschen und Tieren schaden kann.

Wie entsorge und vermeide ich Müll?

Häufig kommt es vor, dass man mit der Bananenschale oder der leeren Chipstüte vor dem Abfalleimer steht und überlegt: Kommt mein Müll in die braune, gelbe oder blaue Tonne? Warum ist Mülltrennen überhaupt wichtig? Und welche Möglichkeiten haben wir, Müll zu vermeiden?

M6 Welche Tonne ist die richtige?

Durch die richtige Mülltrennung kann der Müll leichter wiederverwertet werden. Jeder hat zu Hause meist vier verschiedene Mülltonnen: die gelbe für Plastik (wird oft auch noch in Säcken entsorgt), die blaue für Papier, die braune für Biomüll, also organische Abfälle, und die graue für Restmüll. Papier und Plastikmüll werden recycelt, Restmüll wird verbrannt und Biomüll wird kompostiert. Sondermüll muss je nach Art des Mülls speziell entsorgt werden.

M7 Warum wird Müll wiederverwertet?

Den Müll, den wir jeden Tag produzieren, kann man zum großen Teil wiederverwerten, also noch einmal benutzen. Das Glas der Wasserflaschen kann zum Beispiel wieder eingeschmolzen und dann zu neuen Flaschen geformt werden. Oder aus Zeitungen, also aus Altpapier, kann man wieder Papier gewinnen, um daraus zum Beispiel Schulhefte herzustellen. Wenn man Müll wiederverwertet, nennt man das „Recycling" (man spricht es „Riseikling" aus). Das Wort kommt aus dem Englischen und bedeutet einfach „wiederverwenden". Die Rohstoffe werden also wieder in den Herstellungsprozess, in einen Kreislauf (im Englischen „cycle"), eingeführt. Zum Beispiel müssen für recyceltes Papier nicht zahlreiche neue Bäume gefällt werden. Es entsteht also auch weniger Müll, denn man verwendet viele Materialien wieder, um etwas Neues daraus anzufertigen. [...]

Übrigens: Mit Müll kann man auch noch andere originelle und spannende Sachen anstellen, wie zum Beispiel einen Roboter basteln. Der Fantasie sind dabei keine Grenzen gesetzt – besonders gut eignen sich leere, saubere Dosen oder leere Klopapierrollen und Plastikteile. Oder du kannst zum Beispiel eine schicke Handtasche aus leeren Tetra-Pack-Kartons anfertigen – solche Recycling-Basteleien können auch witzige Geschenkideen sein. Es gibt noch viele weitere Möglichkeiten, was man aus Müllteilen alles basteln kann…

Lindauer, Tanja/Pawlak, Britta: Lexikon: Mülltrennung und Recycling, www.helles-koepfchen.de, 28.11.2011

Mit Müll kann man basteln oder ihn wiederverwenden.

NACHHALTIGKEIT

Nachhaltigkeit bedeutet, dass Menschen an die nachfolgenden Generationen denken und nur das aus der Natur entnehmen, was auch wieder nachwachsen kann. Nachhaltigkeit bedeutet zum Beispiel, dass nicht mehr Bäume gefällt, als neue gepflanzt werden.

Nachhaltigkeit bezieht sich aber nicht nur auf die Umwelt. Auch in der Wirtschaft und in der Gesellschaft muss an die nächsten Generationen gedacht werden.

M8 Ein Tag mit Nils

a

Nils kauft sich in der Pause einen Kakao im Pappbecher.

b

Nils gefällt sein T-Shirt offensichtlich nicht mehr. Er wirft es in den Müll.

c

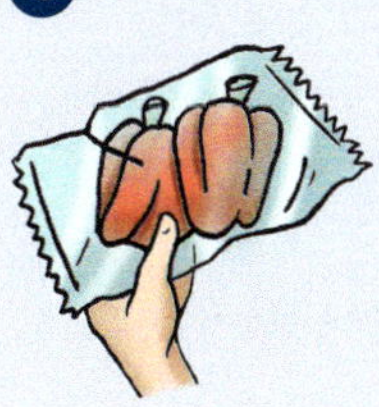

Nils ist mit seiner Mutter einkaufen. Er greift nach der in Plastik verpackten Paprika, unverpackte Paprika liegen direkt daneben.

d

Das Display von Nils Smartphone ist kaputt – nun möchte er ein neues zum Geburtstag.

M9 Die Konsumpyramide

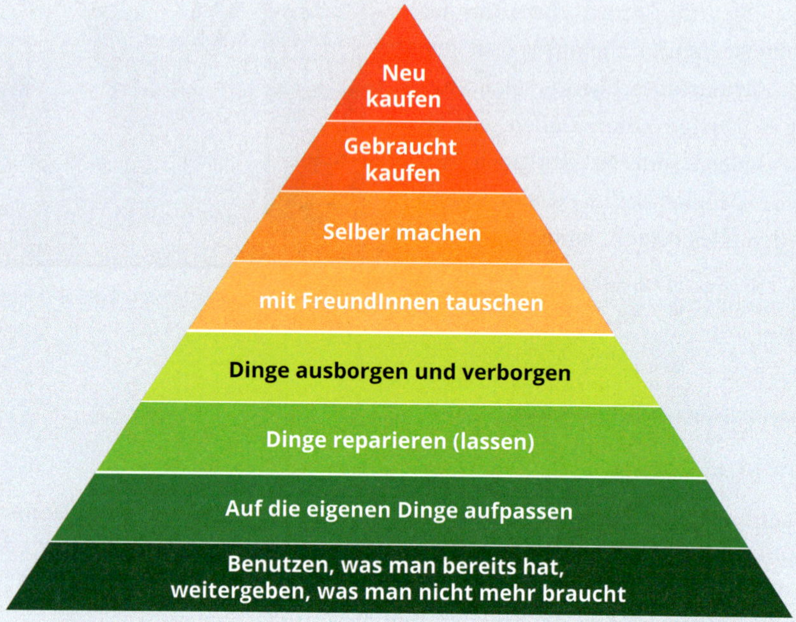

Vom Verbrauchen zum Nutzen

AUFGABEN

1. Welche Tonne ist die richtige? Ordne folgende Abfälle der richtigen Mülltonne zu (**M6**):
   Batterien, Bananenschale, Tomatendose, Zeitung, Windeln, Milchtüte, Obstverpackungen, Shampooflasche, Kartoffelschalen, Blumen, Trinkglas, Bürste, Joghurtbecher, Aspirin.
2. Warum ist Recycling gut für die Umwelt und verhindert die Entstehung von neuem Müll? Erkläre in ganzen Sätzen (**M7**).
3. Wie viel Müll werfe ich in einer Woche weg? Führe sieben Tage lang ein Mülltagebuch. Sammelt eure Mülltagebücher an einer zentralen Stelle in der Klasse.
4. Recherchiere im Internet die Bedeutung des Begriffes „Upcycling". Stelle deiner Klasse eine interessante Upcycling-Idee vor. **MK**
5. Wie hätte Nils in seinem Alltag Müll vermeiden können? Notiere Alternativen (**M8**).
6. Erstellt in der Klasse eine Liste mit Tipps zur Müllvermeidung und hängt sie sichtbar in der Klasse aus. **MK**
7. Ordnet eure Ideen zur Müllvermeidung den passenden Bereichen der Konsumpyramide zu (**M9**).
8. Organisiert eine Woche der Abfallmeidung (**Methode**).

H zu Aufgabe 6
Denk dabei an Nils. Vorschläge sind z. B.
- eine Trinkflasche zum Auffüllen mit in die Schule bringen,
- das Pausenbrot nicht in Folie einpacken, sondern …

Eine Aktionswoche zum Thema Abfallvermeidung organisieren und durchführen

Worum geht es?

Um auf Müllvermeidung aufmerksam zu machen, kannst du mit deiner Klasse, deinem Jahrgang oder der ganzen Schule eine „Woche der Müllvermeidung“ organisieren. Die Klasse, die die meisten Punkte sammelt, gewinnt. Europaweit findet diese Woche zum Beispiel immer im November statt.

Geht dabei so vor:

1. Aktionswoche vorbereiten

Wer?	Was?
Klassensprecher, Lehrkräfte, evtl. SV	• Einigt euch mit der Lehrerschaft und den Klassen eurer Jahrgangsstufe auf einen Zeitraum, in dem ihr die Aktion „Müllvermeidung“ durchführen möchtet.
Ganze Klasse, Jahrgangsstufe, Lehrkräfte, evtl. SV	• Tragt zusammen, welche Beiträge zur Müllvermeidung wie bewertet / bepunktet werden. • Legt fest, wer die Auswertung übernimmt. • Überlegt, ob und welche Preise für die Gewinner-Klasse ausgelobt werden.
Alle teilnehmenden Klassen	Erarbeitet gemeinsam die Fragestellungen im Buch: • Wieso ist Müll ein Problem? (Ergebnis: Plakat) • Wie entsorge und vermeide ich Müll? (Ergebnis: Mülltagebuch und Tipps zur Müllvermeidung)

2. Aktionswoche durchführen

Wer?	Was?
Alle Teilnehmenden	Diese Woche zählt es. Ihr achtet eine Woche lang auf Abfallvermeidung und den richtigen Umgang mit Müll. • Benutzt Brotdosen und feste Trinkflaschen (keine Pfandflaschen). • Nutzt Mehrwegflaschen statt Einwegflaschen. • (Ver)kauft im Schulkiosk unverpackte Lebensmittel. • Sammelt den Müll in eurem Klassenraum/auf dem Schulgelände und trennt ihn richtig. • Führt ein Upcycling-Projekt durch. • weitere Ideen willkommen...

3. Siegerehrung und Aktionswoche nachbereiten

Wer?	Was?
Jede Klasse, SV	Der Sieger des Wettbewerbs wird gekürt. Jede Klasse bespricht die Aktionswoche: • Was war in der Aktionswoche besonders schwer für euch? • Wie hat euch das Projekt gefallen? etc. MK

Lexikon für Politik

B

Bürgerinitiative
Lockerer, zeitlich befristeter Zusammenschluss von Bürgerinnen und Bürgern, die wegen eines bestimmten Anliegens Einfluss auf die Politik nehmen wollen.

Bürgerliches Gesetzbuch (BGB)
In ihm stehen die wichtigsten rechtlichen Regelungen, die das Zusammenleben der Bürger betreffen.

C

Clique
Die Clique (Peergroup) ist eine Gruppe von meist Gleichaltrigen, die sich zusammengehörig fühlt. Die Mitglieder zeigen ihre Zugehörigkeit, in dem sie gemeinsam etwas unternehmen, eine bestimmte Kleidung tragen, eine bestimmte Musik hören oder eine eigene Sprache benutzen.

D

Demokratie
Das Wort stammt aus dem Griechischen und bedeutet Herrschaft des Volkes. Die Beteiligung aller Bürgerinnen und Bürger an allen Abstimmungen kann nur in sehr kleinen Staatsgesellschaften verwirklicht werden (direkte Demokratie). Wo dies nicht möglich ist, wählt das Volk Vertreter (Repräsentanten), die für das Volk handeln (repräsentative Demokratie).

F

Familie
Gemeinschaft, die bei uns in der Regel aus den Eltern und Kindern besteht. Im weiteren Sinne ist eine Familie eine Gruppe von Menschen unterschiedlicher Generationen, die unter einem Dach zusammenleben, füreinander Verantwortung übernehmen und sich gegenseitig unterstützen. In unserer Gesellschaft gibt es viele unterschiedliche Formen der Familie: Kleinfamilie, Patchwork-Familie, Großfamilie, allein erziehende Mütter oder Väter mit ihren Kindern, Stieffamilie usw.

G

Gemeinde
Die Gemeinden (Kommunen) bilden das unterste politische Gemeinwesen in der Bundesrepublik Deutschland. Gemeinden besitzen das Recht der Selbstverwaltung (Art. 28 GG) und regeln im Rahmen der Gesetze alle Angelegenheiten der örtlichen Gemeinschaft in eigener Verantwortung.

Generation
Damit meint man alle innerhalb eines bestimmten Zeitabschnitts geborenen Menschen. Der Abstand zwischen zwei Generationen ist der Abstand zwischen den Geburtsjahren von Großeltern, Eltern und Kindern.

Gesellschaft
Eine Gesellschaft bezeichnet einen relativ dauerhaften Verbund von Gemeinschaften/Gruppen, die innerhalb einer politischen und wirtschaftlichen Ordnung leben und gemeinsame Normen und Werte teilen.

Gesetz
Ein Gesetz ist eine verbindliche Vor-

schrift, die das Ziel hat, das Zusammenleben der Menschen zu regeln. Es muss in einem dafür vorgesehenen Verfahren rechtmäßig zu Stande kommen. Gesetze werden von den Parlamenten (Bundestag, Landtag) beschlossen. Anmerkung: Gemeindevertretungen können lediglich Verordnungen auf Grundlage von bereits existierenden Gesetzen erlassen.

Grundgesetz
Das Grundgesetz ist die Verfassung der Bundesrepublik Deutschland. Sie regelt den Aufbau, die Aufgaben und das Zusammenspiel der Staatsorgane. Im Grundgesetz werden auch die Grundrechte garantiert, die jedem Einzelnen gewährt werden, wie zum Beispiel die Meinungsfreiheit, die Versammlungsfreiheit und die Menschenwürde.

Gruppen
Eine Gruppe ist ein „sozialer Verband" von mehreren Menschen, die durch ein bestimmtes „Wir-Gefühl" miteinander verbunden sind. Es gibt Gruppen, in die man hineingeboren wird (Familie) und welche, die man sich nicht aussuchen kann (z. B. Schulklasse), so genannte Zwangsgruppen. Für Jugendliche ist der Freundeskreis besonders wichtig. Er übt auch Einfluss auf die eigene Entwicklung aus (sog. „peer-group").

Gruppendruck/Gruppenzwang
Er entsteht, wenn die Mitglieder einer Gruppe auf andere Mitglieder der Gruppe Druck ausüben, um das Verhalten oder die Meinung desjenigen zu verändern und an die Gruppe anzupassen. Es kann durchaus passieren, dass man unter dem Gruppendruck Dinge tut, die man eigentlich nicht tun möchte. Dem Gruppendruck zu widerstehen erfordert Mut.

J

Jugendschutzgesetz
Eine Sammlung von Gesetzen, die zum Ziel hat, Kinder zu schützen. Dazu gehört z. B. das Jugendarbeitsschutzgesetz, das in fast allen Fällen verbietet, dass Kinder unter 15 Jahren arbeiten.

K

Kinderarbeit
Kinderarbeit ist weltweit verbreitet. Nach den Regelungen der Internationalen Arbeitsorganisation (ILO) ist Kinderarbeit verboten, mit Ausnahmen für leichte Tätigkeiten ab 12 Jahren, wenn ein Schulbesuch gewährleistet ist. Erst ab 15 Jahren dürfen Jugendliche in Vollzeit arbeiten. Gefährliche Kinderarbeit oder Zwangsarbeit ist generell verboten – nach ILO-Erhebungen arbeiten jedoch weltweit über die Hälfte der Kinderarbeiter unter unerträglichen Bedingungen.

Kinderrechtskonvention
In der Kinderrechtskonvention sind die Rechte der Kinder zusammengefasst. Die Kinderrechtskonvention soll einen Beitrag dazu leisten, dass Kinder vor Ausbeutung und Gewalt geschützt werden, dass sie keine Kinderarbeit leisten müssen, dass sie nicht hungern müssen und dass sie nicht misshandelt werden.

Konflikt
Ein Konflikt ist ein Spannungszustand zwischen zwei oder mehreren Personen. Er entsteht dadurch, dass es zwischen den Personen oder Personengruppen unterschiedliche Zielvorstellungen und Interessen gibt, die zunächst unvereinbar gegeneinander stehen. Wenn man einige Regeln beim Streiten beachtet und versucht, die eigenen Bedürfnisse zu formulieren, können Konflikte leichter gelöst werden.

M

Mobbing
Mobbing bedeutet, dass jemand z. B. in der Schule schikaniert, belästigt, drangsaliert, beleidigt, ausgegrenzt wird. Wenn man eine negative Handlung als Mobbing bezeichnen möchte, dann muss diese häufig und wiederholt auftreten und sich über einen längeren Zeitraum erstrecken. Das Mobbingopfer ist der Situation häufig hilflos ausgeliefert und leidet stark unter der Situation.

Medien
Das Wort kommt aus dem Lateinischen und bedeutet so viel wie „Vermittler". Über Medien werden Nachrichten und Informationen verbreitet. Man kann sich dadurch informieren oder sich unterhalten. Weil sehr viele Menschen Zeitungen oder bestimmte Internetseiten lesen und Fernsehen schauen, bezeichnet man sie auch als „Massenmedien". In der Demokratie übernehmen die Medien eine wichtige Rolle: Die Bürgerinnen und Bürger sollen sich eine eigene Meinung bilden.

N

Nachhaltigkeit
Nachhaltigkeit bedeutet, dass Menschen an die nachfolgenden Generationen denken und nur das aus der Natur entnehmen, was auch wieder nachwachsen kann. Nachhaltigkeit bedeutet zum Beispiel, dass nicht mehr Bäume gefällt, als neue gepflanzt werden. Nachhaltigkeit bezieht sich aber nicht nur auf die Umwelt. Auch in der Wirtschaft und in der Gesellschaft muss an die nächsten Generationen gedacht werden.

P

Politik
Politik bedeutet die allgemeinverbindliche oder auf Allgemeinverbindlichkeit zielende Problemlösung oder Gestaltung des Gemeinwesens.

R

Rolle
Eine Rolle ist ein bestimmtes Verhalten, das andere Menschen von bestimmten Personen oder in bestimmten Situationen erwarten. Das Verhalten der Geschlechter (Frauen/Männer) und damit zusammenhängend die Rollen- und Arbeitsverteilung in der Familie sind oft mit solchen Erwartungen verbunden.

S

Schülervertretung
Die Schülervertretung (häufig SV abgekürzt) vertritt die Interessen der Schülerinnen und Schüler bei der Gestaltung des schulischen Lebens. Alle Schülerinnen und Schüler können an ihrer Interessenvertretung mitwirken. Aus der Gruppe der Klassen- und

Jahrgangsstufensprecher wird in der Regel ein SV-Team gewählt, das für ein Schuljahr die Anliegen und Angelegenheiten der Schülerschaft vertritt und besondere Aufgaben bei der Organisation der SV-Arbeit übernimmt.

Schulgesetz
Das Schulgesetz ist eine Regelsammlung für alle Schulen in einem Bundesland (z. B. Nordrhein Westfalen). Es legt unter anderem fest, welchen Auftrag die Schulen haben, wie sie organisiert sein sollen, welche Möglichkeiten der Mitbestimmung es für Schüler, Eltern und Lehrer gibt und welche Rechte und Pflichten Schüler haben. Auch wie Entscheidungen innerhalb der Schule getroffen werden sollen und wer an ihnen beteiligt werden muss, regelt das Schulgesetz.

Schulkonferenz
Die Schulkonferenz ist in der Schule das oberste Gremium. Alle wichtigen Entscheidungen, die die einzelne Schule betreffen, werden dort gefällt. Die Schulkonferenz besteht aus gewählten Schülervertretern, Elternvertretern und Lehrervertretern. Zusätzlich ist der Schulleiter oder die Schulleiterin immer Vorsitzende/r der Schulkonferenz.

Soziales Netzwerk
Der Begriff soziales Netzwerk bezeichnet ein Beziehungsgeflecht, das Menschen mit anderen Menschen verbindet. Menschen sind untereinander zum Beispiel durch Beziehungen in der Familie und Verwandtschaft sowie im Freundeskreis, aber auch mit der Nachbarschaft und in der Arbeitswelt verletzt. Soziale Netzwerke werden zunehmend im Internet gebildet.

Staat
Mit dem Begriff bezeichnet man eine Vereinigung vieler Menschen (Staatsvolk) innerhalb eines durch Grenzen bestimmten geografischen Raumes (Staatsgebiet) unter einer unabhängigen (souveränen) Staatsgewalt, die von den Staatsorganen (Regierung, Parlamente, Gerichte, Polizei) ausgeübt wird.

Steuern
Steuern sind allgemeine Geldabgaben der Bürger und Unternehmen an den Staat. Alle Steuerpflichtigen müssen Steuern zahlen. Es gibt verschiedene Steuerarten (z. B. Einkommensteuer, Mineralölsteuer, Hundesteuer). Steuern sind in der Regel nicht an einen bestimmten Zweck gebunden. Hundesteuern müssen z. B. nicht zur Beseitigung von Hundekot verwendet werden. Steuern dienen dazu, dass der Staat (oder das Land, die Gemeinde) seine Aufgaben erfüllen kann, d. h. seine Straßen bauen und instand halten, seine Einrichtungen betreiben und seine Beamten und Angestellten bezahlen kann.

W

Wahlen
Verfahren der Berufung von Personen in bestimmte Ämter durch Stimmabgabe einer Wählerschaft. Wahlen in Deutschland müssen allgemein, frei, gleich und geheim sein. Das genaue Wahlverfahren ist meist in Wahlgesetzen geregelt.

Ein Ampelspiel durchführen

Worum geht es?

Das Ampelspiel dient dazu, euch eine eindeutige eigene Position zu bilden. Durch eine von drei Farbkarten (rot, gelb, grün) könnt ihr zu erkennen geben, ob ihr spontan einer bestimmten Aussage zustimmt, ob ihr unentschlossen seid oder ob ihr sie ablehnt. Mithilfe dieses Spiels macht ihr eure (Vor-)Ansichten deutlich, die dann in einer weiteren Arbeitsphase reflektiert werden können.

Geht dabei so vor:

1. Schritt: Vorbereitung

- Die Lehrkraft trägt verschiedene zugespitzte Aussagen bzw. Thesen vor.

2. Schritt: Durchführung

- Jeder von euch hat drei Karten: eine grüne, gelbe und rote Karte
- Bei jeder Aussage hebt ihr eine dieser Karten:
  Rot = Ablehnung,
  Gelb = Enthaltung / Unentschiedenheit,
  Grün = Zustimmung.

3. Schritt: Abschluss

- Nach einer kurzen Zeit der Beobachtung könnt ihr euch darüber austauschen: Fragt euch gegenseitig nach Gründen und besprecht, wo und warum ihr euch unsicher wart.

Einen Flyer gestalten

Worum geht es?

Auf einem Flyer werden Informationen kurz, präzise und anschaulich dargestellt. Hierzu müssen kurze Texte formuliert und das Papier ansprechend gestaltet werden.

Geht dabei so vor:

1. Schritt: Computer oder von Hand?

Entscheide, ob du den Flyer mit der Hand (a) oder am Computer (b) gestaltest.
(a) Nimm ein Papier oder eine Pappe im DIN A4-Format. Wähle eine Farbe aus, die zu deinem Thema passt und auf der man die Schrift gut lesen kann.
Falte das Blatt entlang der langen Seite so, dass drei gleichgroße Spalten entstehen. Du kannst die Knickfalten auch mit einem Lineal ausmessen.
(b) In einem Computerprogramm zur Textverarbeitung kann man das Seitenlayout des Dokuments einstellen: Wähle das Querformat und drei Textspalten. So kannst du den DIN A4-Ausdruck im Anschluss einfach falten.

2. Schritt: Inhalte anordnen

Der Flyer hat eine Vorder- und eine Rückseite und vier Innenseiten.
Die Vorderseite muss ansprechend gestaltet sein und das Thema bzw. die Fragestellung zeigen. Auf der Rückseite kannst du einen Appell an die Leser richten oder die Namen der Autorinnen und Autoren nennen. Wenn beide Außenseiten aufgeklappt sind, bleiben drei Innenspalten nebeneinander, die Platz für größere Zusammenhänge bieten können.

3. Schritt: Inhalte erstellen

Formuliere einen ansprechenden Titel. Erstelle eine grobe Gliederung der Inhalte und entscheide, was wo stehen soll. Formuliere anschließend die Inhalte vollständig.
Wichtig: Auf einem Flyer ist nicht viel Platz. Nutze (Zwischen)Überschriften, kurze Sätze und möglichst wenig Text.

4. Schritt: Flyer gestalten

Die Handschrift muss leserlich sein, die Schriftgröße am Computer mindestens 12pt groß. Die Überschriften sollten sich in Größe und Farbe von dem übrigen Text abheben. Ergänze passende Bilder oder Illustrationen.
Nenne unter Texten und Bildern die Quellen, die du genutzt hast.

Ein Gruppenpuzzle durchführen

Worum geht es?

Diese Unterrichtsmethode ist eine Form der Gruppenarbeit. Sie arbeitet mit zwei Gruppenformen, der Stamm- und der Expertengruppe.
Beim Gruppenpuzzle werden die Mitglieder einer Klasse in Gruppen eingeteilt. Jede Gruppe bearbeitet das Gesamtthema, jedoch jedes Mitglied in Einzelarbeit einen anderen Teil.

Geht dabei so vor:

1. Schritt: Bildet Stammgruppen

- Teilt die Klasse in Stammgruppen von drei bis sechs Personen auf.
- Teilt jedem Mitglied einer Stammgruppe eine Teilaufgabe zu. Jedes Gruppenmitglied wird somit zum „Experten“ eines Themas.
- Gebt euch ausreichend Zeit, damit ihr euch in euer Gebiet einarbeiten könnt.

Stammgruppen

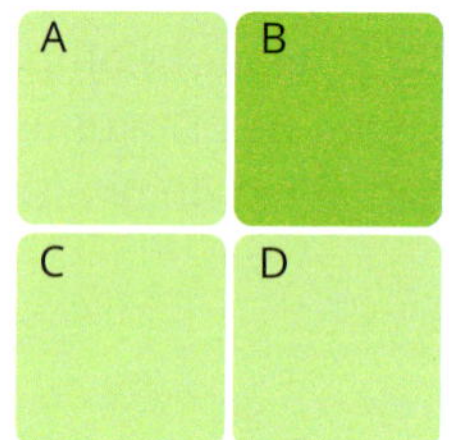

2. Schritt: Bildet Expertengruppen

- Bildet nun „Expertengruppen“, indem sich Mitglieder des gleichen Themengebiets treffen und ihre Ergebnisse vergleichen.
- Besprecht in euren „Expertengruppen“ eure Teilaufgabe als Experten. Löst zusammen die Teilaufgabe und formuliert ein Ergebnis mit dem sich jeder „Experte“ einverstanden erklärt.

Expertengruppen

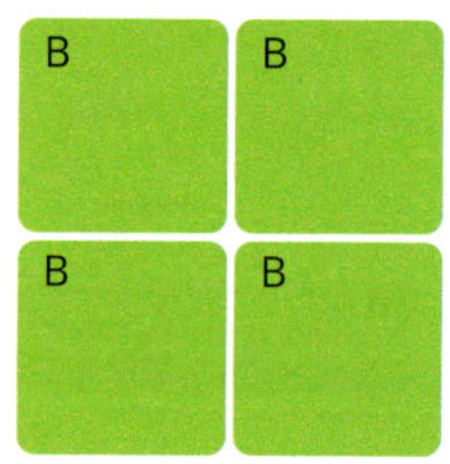

3. Schritt: Rückkehr in die Stammgruppen

- Kehrt als „Experten“ anschließend in eure ursprünglichen Gruppen zurück.
- Vermittelt als „Experten“ euren anderen Gruppenmitgliedern, was ihr über euer Themengebiet erarbeitet habt.
- Hört den anderen Experten zu und stellt ihnen gegebenenfalls Verständnisfragen.

Stammgruppen

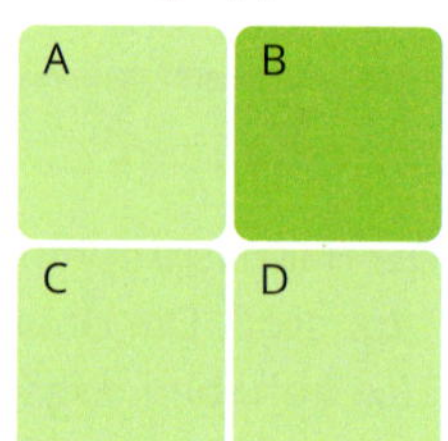

Ein Lerntempoduett durchführen

Worum geht es?

Diese Unterrichtsmethode ist eine Kombination aus Einzel- und Partnerarbeit. Sie eignet sich vor allem gut, um dem unterschiedlichen Arbeitstempo der Schülerinnen und Schüler bei der Erarbeitung eines Themengebiets gerecht zu werden. Sie wird auch als Think (Aneignung von Wissen in Einzelarbeit) – Pair (Austausch in Partnerarbeit) – Share (Präsentation der Ergebnisse) Methode bezeichnet.

Geht dabei so vor:

1. Schritt: Erarbeite dir die Inhalte in Einzelarbeit

Bearbeite das Thema zuerst in Einzelarbeit. Mache dir Notizen, um das Erlernte festzuhalten. Nimm dir dabei die Zeit, die du benötigst, um die Aufgabe gründlich zu bearbeiten.

2. Schritt: Bildet Lernteams mit ähnlichen Arbeitsgeschwindigkeiten

Wenn ihr mit der Bearbeitung eurer Aufgabe fertig seid, steht auf oder geht zu einer „Haltestelle" in eurem Klassenzimmer. Wartet bis ein anderer Schüler oder eine andere Schülerin ebenfalls aufsteht und schließt euch zusammen.

3. Schritt: Tauscht euch im Lernteam aus

Tauscht euch jetzt zu zweit über eure Ergebnisse der bearbeiteten Aufgabe(n) aus. Ergänzt gegenseitig Inhalte und stellt euch Verständnisfragen. Gegebenenfalls sollt ihr noch weitere Aufgaben zur Vertiefung des Themas bearbeiten. Bereitet eure Arbeitsergebnisse gemeinsam so auf, dass ihr sie im Anschluss in der Klasse vorstellen könnt.

4. Schritt: Präsentiert eure Arbeitsergebnisse

Als Lernteam präsentiert ihr jetzt eure Arbeitsergebnisse im Plenum. Im Plenum werden noch weitere Verständnislücken geklärt und von den anderen Schülerinnen und Schülern weitere Inhalte ergänzt.

Nach: Bungert-Müller, Anette: Lerntempoduett. Formen des kooperativen Lernens. Bildungsserver Rheinland-Pfalz, www.heterogenitaet.bildung-rp.de, abgerufen am 18.05.20

Eine Mindmap erstellen

Worum geht es?

Eine Mindmap (englisch: mind map; auch: Gedanken[land]karte, Gedächtnis[land]karte) erstellen, ist eine Technik, die für das Erschließen oder das visuelle Darstellen eines Themengebietes oft zum Einsatz kommt. Hierbei sollen Gedanken freien Lauf erhalten und so die Fähigkeit des Gehirns zur Kategorienbildung genutzt werden.

Geht dabei so vor:

1. Schritt: Das Thema bestimmen

Zuerst gilt es, ein möglichst konkretes Thema bzw. einen bestimmten Begriff zu bestimmen. Schreibt dieses Thema/diesen Begriff in die Mitte eines Papiers.

2. Schritt: Hauptäste setzen

Zieht Linien/Hauptäste von dem Thema/Begriff in verschiedene Richtungen. Schreibt dann Oberbegriffe in Großbuchstaben am Ende der Hauptäste. Mit diesen Oberbegriffen strukturiert ihr das Thema/den Begriff grundlegend, überlegt hier also genau, welche Begriffe ihr für die Hauptäste wählt.

3. Schritt: Erweiterung und Abschluss

Ergänze nun Nebenarme mit einer zweiten (und evtl. dritten) Gedankenebene.

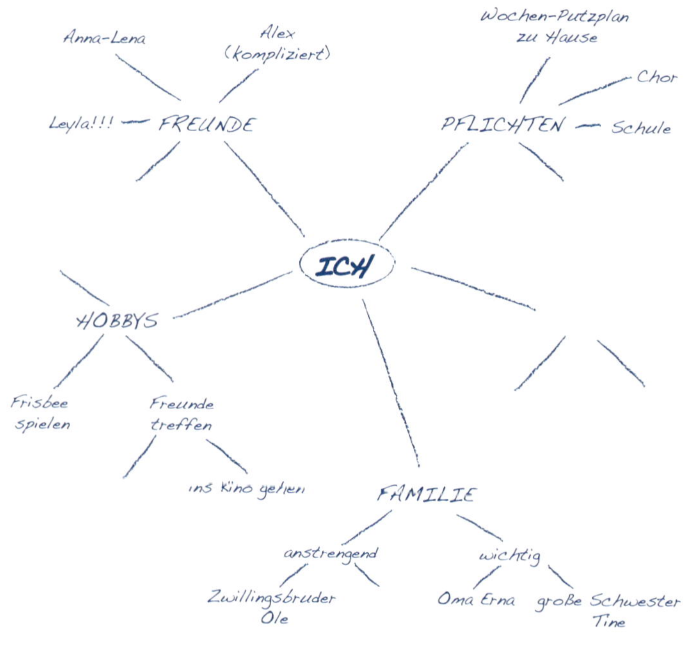

Ein Partnerpuzzle durchführen

Worum geht es?

Diese Unterrichtsmethode ist eine arbeitsteilige Form der Partnerarbeit. Am einfachsten lässt sie sich durchführen, wenn die Schülerinnen und Schüler zu viert an Gruppentischen zusammensitzen. Aber auch bei einer frontalen Sitzordnung lässt sie sich mit der entsprechenden Vorbereitung anwenden. Sie eignet sich vor allem dann für die Aneignung von Wissen, wenn es zwei gleichwertige Themengebiete gibt, die nicht aufeinander aufbauen.

Geht dabei so vor:

1. Schritt: Vorbereitung

- Bildet Gruppen mit jeweils vier Schülerinnen und Schülern.
- Jeweils zwei Schülerinnen und Schüler der Gruppe bearbeiten Aufgabe A, die anderen zwei Aufgabe B.

2. Schritt: Erarbeite dir die Inhalte in Einzelarbeit

- Nachdem dir deine Aufgabe zugewiesen wurde, bearbeite das Thema zuerst in Einzelarbeit. Mache dir Notizen, um das Erlernte festzuhalten.

Einzelarbeit

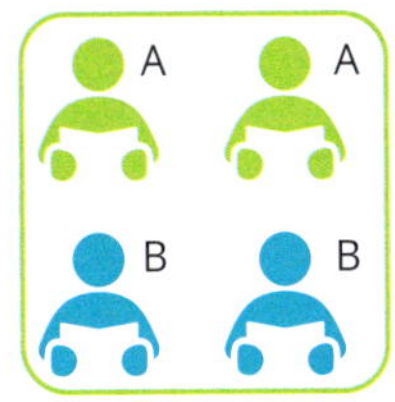

3. Schritt: Tauscht euch als Experten zu eurem Thema aus

- Schließt euch nun als Experten mit derselben Aufgabe zusammen.
- Vergleicht die Ergebnisse eurer Erarbeitung: Korrigiert euch gegenseitig und ergänzt jeweils Wissen zu eurem Thema.
- Bereitet euch darauf vor, euer Thema den anderen Schülerinnen und Schülern zu erklären: Markiert die wichtigsten Informationen, die ihr weitergeben wollt und überlegt euch, wie ihr diese Informationen am besten vermitteln könnt. Ihr seid die Experten für euer Thema, also seid gut vorbereitet.

Partnerarbeit

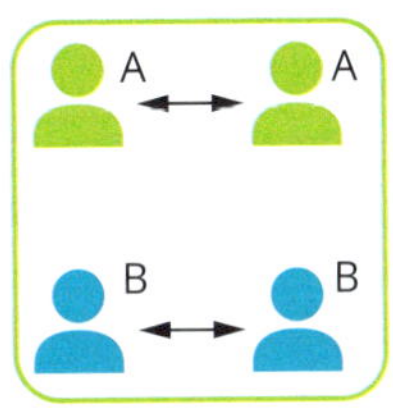

4. Schritt: Vermittelt den jeweils anderen Experten euer Thema

- Jeweils eine Schülerin oder ein Schüler mit der Aufgabe A schließt sich jetzt mit einer Schülerin oder einem Schüler der Aufgabe B zusammen.
- Der Experte A vermittelt nun die wichtigsten Inhalte seiner Aufgabe und erklärt wichtige Zusammenhänge. Experte B muss an dieser Stelle die wichtigsten Informationen festhalten (Sicherung).
- Im Anschluss vermittelt Experte B dem Experten A seine Inhalte auf die gleiche Weise.

Vermittlung

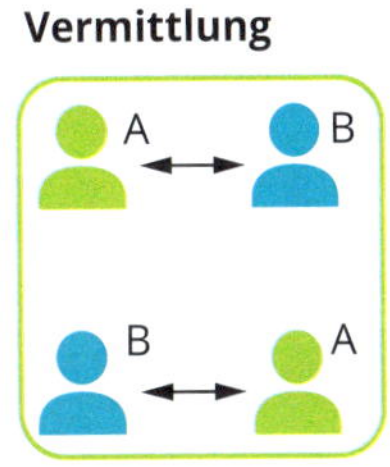

5. Schritt: Kehrt zurück in euer Expertenpaar

- Zum Schluss könnt ihr euch in eurem Expertenpaar nochmals gegenseitig überprüfen. Habt ihr alle Inhalte, die euch vom anderen Experten vermittelt wurden richtig verstanden?

Nach: Brüning, Ludger und Tobias Saum: Erfolgreich Unterrichten durch Kooperatives Lernen 1. Strategien zur Schüleraktivierung, Essen 2007

Ein Placemat erstellen

Worum geht es?

Mithilfe der Placemat-Methode könnt ihr in Kleingruppen verschiedene Ideen zu einem Thema mit grafischer Unterstützung zusammenführen. Das Placemat-Verfahren hilft, eigene Arbeitsergebnisse mit Gruppenergebnissen zu vereinen.

Geht dabei so vor:

1. Schritt: Gruppen bilden und Placemat vorbereiten

- Bildet Vierergruppen und versammelt euch an einem Gruppentisch.
- Nehmt ein weißes Blatt Papier und zeichnet die nebenstehende Grafik nach.
- Legt die Grafik mitten auf den Gruppentisch.

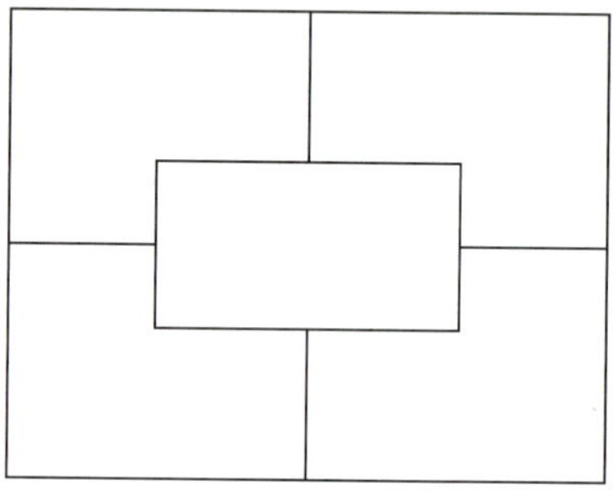

2. Schritt: Durchführung des Placemat-Verfahrens

- Jede Schülerin und jeder Schüler hat einen Außenbereich in der Grafik für sich. In diesen Bereich könnt ihr eure Ideen zu einem bestimmten Thema stichpunktartig eintragen.
- Wenn alle ihre Felder ausgefüllt haben, tauscht euch über eure Einträge aus. Dreht hierfür das Placemat einfach immer ein Stück weiter. So erfahrt ihr die Ideen der anderen.
- Ihr könnt die Ideen der anderen auch mit eigenen Ideen ergänzen.
- Wenn das Placemat wieder in der Ausgangsposition liegt, könnt ihr lesen, was eure Mitschülerinnen und Mitschüler in eure Felder hinzugefügt haben.
- Nun werden die Einträge in der Gruppe diskutiert. Einigt euch auf 3 Ideen/ Punkte, die im leeren Feld in der Mitte notiert werden.

3. Schritt: Vorstellung

- Stellt eure Ergebnisse in der Klasse vor.
- Vergleicht eure Ergebnisse mit den Ergebnissen der anderen Gruppen. Gibt es Gemeinsamkeiten oder Unterschiede?

Eine Positionslinie/Meinungslinie bilden

Worum geht es?

Mithilfe einer Positionslinie können Einstellungen körperlich zum Ausdruck gebracht werden. Dies kann in jedem größeren Raum geschehen, z. B. in eurem Klassenraum.

Geht dabei so vor:

1. Schritt: Vorbereitung

Auf einer gedachten oder durch einen Klebestreifen auf dem Boden markierten Linie positionieren sich die Schüler zu einer Frage oder zu einem Problem. Die Enden dieser Linie stellen alternative Pole (ja/nein; stimmt/stimmt nicht), der Abstand zwischen diesen Punkten entsprechend abgestufte Positionen dar.

2. Schritt: Durchführung

Die Schüler werden dann aufgefordert, ihre Positionen zu begründen und sich auch argumentativ aufeinander zu beziehen.

Scholz, Lothar: Spielerisch Politik lernen. Methoden des Kompetenzerwerbs im Politik- und Sozialkundeunterricht, Frankfurt/M, 2003, S. 114

Ein Wandplakat erstellen

Worum geht es?

Ein Wandplakat bietet die Möglichkeit gelernten Inhalt zu visualisieren.

Geht dabei so vor:

1. Schritt: Vorbereitung

Haltet das Wichtigste fest. Hierbei können euch folgende Materialien helfen:

- Bilder, Tabellen, Fotos ...
- Kurze Informationstexte

2. Schritt: Gestaltung

- Klare, saubere, deutliche Schrift
- Keine Rechtschreibfehler
- Farben verwenden, die auch von weitem gut erkennbar sind
- Raum gut aufteilen (nicht dicht gedrängt)

Nach: Klippert, Heinz: Methodentraining. Übungsbausteine für den Unterricht, Weinheim und Basel: Beltz Verlag 1999, S. 168

Eine Präsentation halten

Worum geht es?

Eine Präsentation ist ein Vortrag über ein Thema, der in einer begrenzten Zeit (etwa 10-15 Minuten) gehalten wird. Die häufigsten Formen sind mündliche Berichte, Kurzreferate bei Seminaren oder Übungsreferate in der Schule. Eine gute Vorbereitung für einen Vortrag ist wichtig, damit du am Ende etwas flüssig und auf interessante Art und Weise vortragen und die Zeit einhalten kannst.

Geht dabei so vor:

Der erste Eindruck ist entscheidend! ...

... Der letzte Eindruck bleibt!

1. Schritt: Vorbereitung und Einleitung

Eine gelungene Eröffnung des Vortrags ist die beste Möglichkeit, um beim Publikum Interesse für die Darbietung zu wecken. Du kannst deinem Thema entsprechend verschiedene Einstiegsvarianten auswählen.
Sicher kennst du die schlechteste Variante aus eigener Erfahrung: „Wir wollen heute einen Vortrag zum Thema ... halten." Und schon habt ihr das Desinteresse der Zuhörer auf eurer Seite. Also solltet ihr einen Einstieg wählen, der das Publikum

• visuell einstimmt, • provoziert, • persönlich anspricht, • durch eine kluge Fragestellung einbezieht, • mit einem Vergleich konfrontiert, • spontan anspricht, • überrascht oder • erheitert

2. Schritt: Durchführung

1. Interessiert sich dein Publikum erst einmal für euer Thema, kannst du Thema und Gliederung vorstellen. Damit beginnst du den Hauptteil des Referats – das eigentliche „Filetstück".
2. Deine Gliederung als „Fahrplan" der Darbietung schreibst du am besten auf eine Folie oder bringst sie vor Beginn des Referates auf einer Flipchart oder Tafel an. So kann das Publikum dem Inhalt deiner Präsentation gut folgen.
3. Plane den Hauptteil wie eine Regieanweisung. Plane die Übergänge zwischen den einzelnen Gliederungspunkten genau.

3. Schritt: Abschluss

1. Der Schluss fasst die wesentlichen Aspekte eures Referates zusammen.
2. Gut ist es, wenn Einstieg und Schluss einen gewissen Rahmen des Referates bilden.
3. Der Schluss ist auch dazu geeignet, offene Fragen zu formulieren und an das Publikum zur Diskussion weiterzugeben.

Nach: Deparade, Elke: Planung und Durchführung der Präsentation, Methodenlernen in der gymnasialen Oberstufe, Bamberg 2013, S. 97 f.

Register

Register

Bildnachweis

AdobeStock / rcx – S. 119; - / schulzfoto – S. 10; - / valdisskudre – S. 62; - / Werner – S. 152 • Mehmet Akyazi – S. 33 • Alamy Stock Photo / David Kilpatrick – S. 10 • Sebastian Bolesch, Berlin – S. 72 • © Deutscher Bundestag / Achim Mende – S. 10 • dieKLEINERT.de / Jutta Kleinert – S. 84 • dpa infografik / Globus-Grafik – S. 85 • dpa Picture-Alliance / AP Photo, Martin Meissner – S. 10; - / Daniel Kalker – Cover; - / epa efe, Antonio Aragon – S. 72; - / Fotoreport, Polizei – S. 156; - / Henning Kaiser – S. 74; - / Rolf Vennenbernd – S. 72; - / Ton Koene – S. 72; - / ZB, Jens Kalaene – S. 124 • Foto: Christel Kovermann / terre des hommes – S. 73 • Fotolia / Ak-DigiArt – S. 56; - / animaflora – S. 56; - / Christian Schwier – S. 29; - / Lucky Dragon – S. 56; - / Stefan Redel – S. 152/153; - / Tylor Olson – S. 29 • GEPA The Fair Trade Company mbH, Wuppertal – S. 75 • Getty Images / Maskot – Cover • Getty Images Plus / iStockphoto, ajt – S. 159; - / iStockphoto, Canetti – S. 62; - / iStockphoto, ChakisAtelier – S. 34; - / iStockphoto, doble-d – S. 154; - / iStockphoto, dragonimages – S. 29; - / iStockphoto, IPGGutenbergUKLtd. – S. 153; - / iStockphoto, Joerg Steber – S. 60; - / iStockphoto, jonathanfilskov-photography – S. 83; - / iStockphoto, kdamy – S. 56; - / iStockphoto, Kerkez – S. 122; - / iStockphoto, monkeybusinessimages – S. 16, 18, 103; - / iStockphoto, Monsterstock – S. 20; - / iStockphoto, nilimages – S. 20; - / iStockphoto, Oleksandr Hrytsiv – S. 122; - / iStockphoto, Paperkites – S. 95; - / iStockphoto, Ridofranz – S. 98; - / iStockphoto, simarik – S. 83; - / iStockphoto, tsvibrav – S. 152; - / iStockphoto, Wavebreakmedia – S. 104; - / moodboard – S. 10, 56; - / Purestock – S. 83 • © Greta Thunberg Media – S. 147 • GoodWeave Deutschland, Konstanz – S. 75 • iStockphoto / FatCamera – S. 103; - / jaroon – S. 29; - / placebo365 – S. 157 • Kampagne für Saubere Kleidung, Wuppertal – S. 75 • Kindernothilfe e.V., Duisburg – S. 73 • LUDWIGGALERIE Schloss Oberhausen – S. 108 • mauritius images / age fotostock / Ton Koene – S. 72; - / Alamy Stock Photo, Ufuk Uyanik – S. 32; - / Fotomaschinist, Westend – S. 53; - / Niels Quist – S. 51; - / Photononstop, Philippe Turpin – S. 152; - / SZ Photo Creative, Catherina Hess – S. 53; - / Westend61, Robijn Page – S. 62 • Misereor – S. 74; - / Kat Menschik – S. 74 • © NABU – S. 156 • © Lukas Pohland – S. 49 • Seilbahnfreies Wuppertal e.V., Wuppertal / Kai Koslowski – S. 42, 46 • statista.com – S. 110 • TransFair e.V. (Fairtrade Deutschland) Köln – S. 75 • © UNICEF – S. 74; - / Wolfgang Friesslich – S. 69/70 • Katharina Weber – S. 124 • Wolters Kluwer Deutschland, Köln / www.schulverwaltung.de – S. 21 • © WWF – S. 154 • © WWF Deutschland, 2017 / Infografik Anita Drbohlav, www.paneemadesign.com – S. 155 • ZDF Marketing – S. 140